シン人間失格

新堂冬樹

ビジネス社

プロローグ

「本日のスペシャルコメンテーターは、国都大学心理学部卒、同大学院教育学研究科博士課程を経て、現在は青少年教育コンサルタントとして精力的に活動中の森田誠先生です。森田先生、本日はよろしくお願いいたします」

アシスタントの女子アナウンサーが自分を紹介している間中、森田の心臓は早鐘を打っていた。コメンテーターとして他局で二本のレギュラーを持っている森田にとっても、午前八時の「あさ生！」は特別な番組だった。

「よろしくお願いします」

高過ぎず、低過ぎず、大き過ぎず、小さ過ぎずの声。軽薄な印象を与えない程度の笑顔。

森田は、番組出演が決定してからの一週間、鏡に向かって数百回は練習した笑顔で頭を下げた。お辞儀の最中に頭頂部に視聴者の視線が集まることを想定し、髪のセットも入念にした。

練習したのは、笑顔と発声だけではない。速過ぎず、遅過ぎず、しかしキレのいい速度のお辞儀も、スタジオ入り直前まで控室の鏡の前で繰り返し練習した。

森田は知っていた。挨拶《あいさつ》からお辞儀までの三十秒にも満たない時間で、視聴者の心を摑《つか》めるかどうかが決まる。収録と違って生放送では、そのままの印象が電波に乗ってしまうのでミスはできなかった。

森田は「令和アフタヌーンショー」の月曜コメンテーターと「バッチリ！」の金曜コメンテー

ターを務めている。講演も受けており、二時間百五十万円のギャラで、月に五本はコンスタントにオファーが入っていた。

著書はこれまでに十五冊出している。中でも三年前に刊行した百五十万部突破のミリオンセラー『天使に育つ子供と悪魔に育つ子供』は社会現象になり、森田の名前を全国に知らしめた。

それまでは情報番組のコメンテーターや教育関連の講演のオファーばかりだったが、ミリオンセラー作家になってからはバラエティ番組やＣＭのオファーも舞い込むようになった。いまでは芸能人の不倫のニュースのコメントを求められるような番組にも出演している。

本業の教育関連とは無関係の仕事が半分を占めていた。数多《あまた》の教育評論家、心理カウンセラーがいる中、森田にオファーが集中するのは知識が優れ実績に勝っているからではない。リサーチ力と心理コントロール術に長《た》けているのが理由だ。

「早速ですが伊藤先生は、『福岡県父子スマートフォン殺人事件』をどう思っておられますか？」

女子アナウンサーがコメンテーターの一人──小説家の伊藤のコメントを求めた。

ロマンスグレイの長髪、ノーフレイムの眼鏡、藤色のジャケット……伊藤は四十五歳の森田より十五歳上の還暦で、ベストセラー製造機と呼ばれるほどの流行作家だ。伊藤原作のドラマは高視聴率を叩《たた》き出し、各テレビ局のプロデューサーが争奪戦を繰り広げている。

森田と伊藤のほかには、女性のコメンテーターが二人いた。

森田のターゲットは、同性で好感度の高い伊藤だった。今日の仕事で爪痕《つめあと》を残したほうが、レギュラーになれるかもしれないのだ。

「福岡県父子スマートフォン殺人事件」とは、彼女と長時間にわたり電話をしていた十五歳の息子に父親が注意したことをきっかけに起こった惨事だ。

注意を無視して電話を続ける息子から、父親はスマートフォンを取り上げた。逆上した息子は、父親に殴りかかった。父親も殴り返し、壮絶な親子喧嘩《げんか》に発展した。激高した息子は、部屋にあったナイフを手に父親に襲いかかった。

ナイフを奪おうとした父親は、揉《も》み合っているうちに誤って息子を刺殺した。

息子を殺してしまった父親は、自らの心臓をナイフで貫いた。

森田は番組の冒頭で事件のVTRが流れている間、いつワイプで抜かれてもいいように深刻な表情を作っていた。

以前、痛ましい事件のVTR中に、気を抜いてほかの出演者と談笑しているところを抜かれてしまったレギュラーの芸人が番組を降板させられたことがあった。

生放送は編集が利かないので、少しの油断が命取りになるのだ。

反対に結婚や出産といったおめでたいVTRのときに、しかめっ面や暗い表情を抜かれるのもまずい。こちらは番組を降ろされるまでには至らないが、視聴者の好感度は下がってしまう。

テレビ業界は視聴者に与えた印象で、境遇が天国にも地獄にもなる恐ろしい世界だった。

「まずは、お二人のご冥福《めいふく》をお祈り申し上げます」

殊勝な顔で合掌《がっしょう》する伊藤……森田は心で笑った。好感度を上げたいのだろうが、やりかたが昭和だ。故人の冥福を祈るくらいで好感度が上がるほど、視聴者は甘くはない。

重要なのはコメントの内容だ。

「この事件を聞いたときに、私は父親に同情してしまいました。結果的に息子を刺殺してしまったとはいえ、アクシデントです。最初に殴りかかったのもナイフで襲いかかったのも、息子が先です。正当防衛にもかかわらず、父親は息子のあとを追って命を絶ちました。親の心子知らずというやつですね。父親は息子のためを思い口うるさく注意し、疎《うと》んだ息子が暴力に訴えた。愛が引き起こした悲劇です」

伊藤が悲痛な顔で首を横に振る。

森田は、心でほくそ笑んだ。

ベストセラー作家と言っても、しょせんは創作を生業《なりわい》にしている男だ。物語の中では優秀な刑事や探偵を生み出せても、現実は違う。

伊藤のコメントを聞いて、森田のコメントの方向性が決まった。

森田はコメンテーターとして出演する番組では複数のコメントを用意しておき、ＴＰＯに応じてどのパターンで行くかを決めている。

これまでに森田は数々のテレビ番組に出演してきたが、純粋に自分の考えを口にしたことはなかった。

たとえ正論でも、スポンサーや視聴者を不快な気分にすれば降板させられてしまうのがテレビ業界だ。

文化人枠はタレントに比べてギャラが安く、二時間の情報番組に出演しても五万円から十万円程度だ。

森田がテレビ番組に出演する目的は、ギャラではなく知名度だった。

テレビに出演前の講演のギャラは二時間で五十万円だったが、出演後に知名度が上がってからは三倍になった。テレビに出演前の著作は一、二万部の売れ行きだったが、出演後には平均して五倍から十倍に伸びた。

芸人がテレビで顔を売れば、地方公演でギャラが跳ね上がるのと同じ仕組みだ。

「森田先生は、今回の事件をどのように受け止めていらっしゃいますか？」

女子アナウンサーが、森田を促した。

「私にも十七歳の息子と十五歳の娘がいますので、身につまされる事件です。結論から言えば、私は伊藤先生とは逆の意見です。たしかに殴りかかったのもナイフで襲いかかったのも息子が先です。だからといって、息子に非があると決めつけていいものでしょうか？　長電話を注意されたことにキレる性格も、殴りかかったりナイフで襲いかかったりする性格も、育った環境が大きく影響しています」

森田は言葉を切り、女子アナウンサーを見た。

「育った環境ですか？」

森田の意図通り、女子アナウンサーが合いの手を入れてきた。

示し合わせたわけではない。アナウンサーという職業は、沈黙が訪れると間を埋めたくなる生き物だ。加えてコメンテーターに眼をみつめられたら、黙っていられるわけがない。

森田は、アナウンサーの職業心理を利用しただけだ。

人間が話を聴く集中力は、二分半が限界と言われている。

最も頭に入るベストの時間は一分半だ。いったん女子アナウンサーに合いの手を入れさせ、ストップウォッチを0に戻したのだ。

「はい。育った環境は人の一生を左右します。人の手に育てられたライオンは、大人になってサバンナに戻せば一ヵ月も生存できないと言われています。人間に乳や肉を与えられていたライオンは、狩りというものを知りません。雨風を凌《しの》げる安全な屋内で育てられたライオンは、自然の脅威と外敵の恐ろしさを知りません。私たちも同様です。子供の人格を形成するのは親の影響力が大です。恩師、恋人、友人の影響力は形成された人格に肉付けされる後天的なもので、根本的な性質は変わりません。だから、親以外の外部からの影響を受けた子供は成長過程で反抗期を迎えますが、それは一時的なものでやがて素直だった頃に戻ります」

森田は言葉を切り、今度はMCの男性芸人を見た。

「ということは、ナイフで切りかかった息子にばかり非があるわけではなく、親にも責任があるということですね？」

絶妙のタイミングで、芸人MCが質問してきた。

「狩りを教えて貰《もら》っていないライオンは、シマウマはおろかウサギを捕らえることもできません。生きるためにライオンが狙《ねら》うのは弱った動物か子供……若《も》しくは容易に捕らえることのできる人間です。狩りを知らないライオンが生き延びるために弱い動物に狙いを定めるのは自然の摂理であり、責めることはできません。責められるとすれば、ライオンに狩りを教えなかった人間のほうです。『福岡県父子スマートフォン殺人事件』は、父と息子のコミュニケーション不足が招いた悲劇です」

ふたたび森田は間を置き、芸人MCを見た。

「つまり今回の惨劇は、父親に非があったということですか？」

芸人ＭＣの顔に、困惑の色が浮かんでいた。

無理もない。

ナイフを手に襲いかかってきた息子と揉み合っているうちにアクシデントで刺殺し、その後に自ら命を絶った父に責任があるという森田の発言は視聴者の反感を買うのではないかと恐れたのだろう。

三十五歳から四十九歳の男性と五十歳以上の男性……Ｍ２層とＭ３層が視聴する夜のニュース番組なら、芸人ＭＣの不安は現実のものとなっただろう。

だが、平日午前八時からの「あさ生！」の視聴者層はＦ２層、Ｆ３層と呼ばれる三十五歳から四十九歳と五十歳以上の女性が九割以上を占めている。

そのくらいの年代の女性は、家庭を顧みずに子育てを妻に任せきりの夫に不満を抱いている場合が多い。伊藤のように息子が悪く父親が正しいという発言は、女性視聴者を一瞬にして敵に回してしまう。

いま頃、番組スタッフは伊藤にたいしてのクレーム電話の対応に追われていることだろう。

「どちらに非があるということではありません。ただ、一つだけ言えるのは父親が息子とのスキンシップが取れていたら、この悲劇は回避できたでしょう。男の子にとっての父親の存在というのは、非常に大きなものです。父子間に信頼があれば、多感な年頃の息子が彼女と話している最中にスマートフォンを奪うようなことはしないし、息子も殴りかかったりしなかったはずです。息子には伝わっていたのです。父親がスマートフォンを奪ったのは息子への愛の鞭《むち》ではなく、無視されたことで感情的に怒りをぶつけたということを」

「君、親子のコミュニケーションが取れない家庭はすべて殺人が起きているとでも言うのか⁉」

血相を変えた伊藤が、森田に食ってかかってきた。

思った通り。伊藤がトラップに嵌《はま》った。

「伊藤先生、いまは森田先生の……」

「私は大丈夫ですから。どうぞ、続けてください」

森田は女子アナウンサーを笑顔で遮り、寛容な態度で伊藤を促した。

伊藤がむきになって発言すればするほど、主婦層を敵に回すことになる。森田が攻撃しなくても、伊藤の好感度は急下降するだろう。

「森田先生の言い分では、親子のコミュニケーションが取れていない家庭では殺人事件が起こるということになるが、それは乱暴すぎる見解じゃないか？」

伊藤が挑戦的に言った。

「そうは言ってません。親子のコミュニケーションが取れていなくても、事件の起きない家庭のほうが多いでしょう。しかし、僅《わず》かな確率であっても悲劇が起きたのは事実です。親子のコミュニケーションが取れていれば僅かな確率でも悲劇は起こらない、と言っているのです」

森田は伊藤とは対照的に、穏やかな口調で言った。

冷静な森田と感情的な伊藤のどちらの好感度が上がるかは、言うまでもない。

「なにを言ってるんだ、君は！　息子が先に父親を殺そうとしたんだぞ！　殺人未遂の息子を庇《かば》おうというのか！」

伊藤が口角泡を飛ばし、森田に食ってかかってきた。

「いまの伊藤さんみたいに感情的に言われたら、反発したくもなるでしょうね。特に、思春期の少年なら」

森田は緩みそうになる頰の筋肉を引き締め、冷静な口調で言った。

「なんだと!?　君は私を侮辱……」

「伊藤先生、落ち着いてください」

森田を指差し声を荒げる伊藤を、女子アナウンサーが制した。

森田は俯《うつむ》き、そっと口角を吊《つ》り上げた。

☆

【森田誠様】

森田の名前が貼《は》られた控室のドアを開けた。

五坪ほどのスクエアな空間だ。森田はテーブルに並べられた飲料の中から、ブラックの缶コーヒーを手にした。

プルタブを引きながら、森田はドレッサーの椅子《いす》に腰を下ろした。

一仕事終わったあとのコーヒーは格別だった。

「ベストセラー作家とか言っても、しょせんは空想の世界しか知らない甘ちゃんだったな」

森田は鼻で笑いながら、鏡の中の自分をみつめた。

整髪料で七三に髪を整えているのは誠実さを、アイブロウで眉を濃く一文字にしているのは意志の強さを、濃紺のスーツにストライプのネクタイを締めているのは清潔感を印象づける狙いがあった。

森田の髪型から服装に至るまで、すべては視聴者の好感度を上げるためで自分の趣味など一つもない。

バラエティ番組に出演するときには、七三髪を緩く整えネクタイは淡いピンクや黄色などの明るい色を意識的に締めていた。

ノックの音がした。

「どうぞ」

森田はドレッサーから立ち上がり、応接ソファに座った。

「先生、お疲れ様でした！」

番組プロデューサーの中山が、媚《こ》び笑いを浮かべながら入ってきた。

「今日は、あんな感じで大丈夫でしたか？」

森田は不安そうに訊《たず》ねてみせた。

「大丈夫もなにも、視聴者から森田先生を絶賛する電話がたくさんかかってきています！　でも、伊藤先生にたいしてのクレーム電話も同じくらいに入ってます」

中山の笑顔が瞬時に曇った。

「伊藤先生にクレーム電話が？　なぜです？」

もちろん、訊《き》かなくてもわかっていた。

「罪のすべてを子供に被《かぶ》せるとはけしからん、というようなお叱《しか》りがほとんどです」

「それを言うなら、私も責任を父親に問いましたよ?」

森田は気づかないふりをした。

「ウチの番組の視聴者は中高年の主婦層が主ですから、子供に責任を被せる発言はまずかったですね。ぶっちゃけ、この年代の主婦は子育てに無関心の旦那《だんな》に不満を抱いている場合が多いですからね。その証拠に、父親に非があるとコメントした森田先生には称賛の電話が相次いでいますから。やはり、教育のプロフェッショナルの方のコメントは重みが違いますね」

中山が揉み手をしながら森田に諂《へつら》った。

「それほどでもありませんよ」

森田は謙遜《けんそん》してみせた。

だが、本音だった。

森田と伊藤の発言内容に大差はない。

差があるとすれば、伊藤は流れを読み違え視聴者の地雷を踏んでしまったことだ。

「いえ、森田先生は話が流暢《りゅうちょう》ですし、比喩《ひゆ》を効果的に使っているので素人の僕たちにも実にわかりやすいです。先生、急なのですが、明日のスケジュールはどうなっていますか?」

中山が訊ねてきた。

「と言いますと?」

森田は質問を返した。

本当は、中山の質問の意図がわかっていた。

「『福岡県父子スマートフォン殺人事件』を明日も扱うんですけれど、引き続き、森田先生のコメントを頂きたく思いまして」

「ありがとうございます。明日の午前中は空いてますけど、私が連続で出演して番組的に大丈夫ですか？」

森田は、心にもないことを訊ねた。

「もちろんです！　視聴者は森田先生のご意見をもっと聞きたがっています。急なオファーで申し訳ないのですが、ご出演を受けて頂ければ非常に助かります」

「わかりました。私でよければ、喜んで協力させて頂きます。青少年教育コンサルタントの端くれとして、微力ながら『あさ生！』さんに貢献させて頂きます」

「ありがとうございます！　助かりました。こちらの勝手なお願いを聞いて頂きすみません。近々水曜日の新レギュラーの選定に入るところなので、森田先生を推薦しておきます」

「レギュラーですか？　とんでもない。レギュラーともなれば、教育関係以外のテーマにたいしてのコメントも求められます。ほかに適任の方がいらっしゃると思います。お気持ちだけ、頂いておきます」

森田は固辞した。

もちろんポーズだ。

「あさ生！」の水曜日のレギュラーコメンテーターである国際弁護士の堀内が、交通事故で大怪我を負い長期入院したという情報は十日前にネットニュースで読んでいた。

タイミングよく舞い込んできた「あさ生！」のスポット出演のオファーを受けたのも、レギュラーコメンテーターの座を獲得するためだ。

「なにをおっしゃいますか！　森田先生のバラエティ番組やクイズ番組での活躍を、たくさん見せて頂いております。いまや森田先生は万能文化人タレントとして、キャスティング会議で必ず名前が上がり、各局で争奪戦が繰り広げられています」

　中山の媚び諂いは続く。

　だが、彼の言葉に嘘はない。去年あたりから、テレビ番組出演のオファーが飛躍的に増えた。本業の教育関連のテーマはもちろん、食レポや物まね番組の審査員のオファーまでくるようになった。

　今年に入ってからの森田は、仕事を選ぶようになっていた。

「わかりました。万能ではありませんが、もし『あさ生！』さんのレギュラーコメンテーターのお仕事を頂けるとしたら全力でやらせて頂きます」

　森田は、あくまで謙虚な姿勢を崩さなかった。

「ありがとうございます！　明日、企画会議がありますから水曜レギュラーコメンテーターの件、猛プッシュさせて頂きます。まずは、明日のスペシャルコメンテーターのほうをよろしくお願いします！　お車でいらっしゃってますよね？　駐車場まで、ご案内いたします！」

「いえ、もうすぐマネージャーがきますので大丈夫です」

「そうですか。では、明日、よろしくお願いします！」

　深々と頭を下げ、中山が控室をあとにした。

「順調順調」

　森田はネクタイを緩めながら、缶コーヒーを喉《のど》に流し込んだ。

すぐに、ドアがノックされた。

「どうぞ」

「手配できました！」

ドアが開くと同時に、マネージャーの日村俊が人懐《ひとなつ》っこい笑顔で言った。

日村は三十歳で、森田のマネージャー歴は五年になる。

知人の推薦で面接した五人の中から日村を選んだのは、元芸能プロダクション勤務でマネージャー経験があるのが決め手になった。

森田が見込んだ通り、日村のテレビ局への売り込みやプロデューサーとのやり取りは手慣れたものだった。

身長百六十五センチ、色白で童顔の日村は外見とは裏腹にかなりのやり手だった。

「大丈夫なんだろうな？」

森田は日村を見据えた。

「ええ。安全で極上な品を用意しました。いままで、危険で粗末な品を揃《そろ》えたことはなかったですよね？」

すかさず、日村が笑顔で答えた。

「信じるぞ」

森田は言いながら腰を上げた。

☆

三八〇五号室のドアの前で、森田は足を止めた。

森田は日村の運転する車内で、スーツからベージュのサマーセーターとデニムに着替えていた。

森田はスマートフォンのインカメラを起動し、ビジュアルチェックをした。

七三分けの髪は手櫛《てぐし》でナチュラルに崩し、テレビ出演の際には濃くするために描いていたアイブロウを落としていた。

トレードマークの七三髪と一文字眉をなくしただけで、インカメラに映る男は視聴者の知る森田誠とは別人だった。

森田は、日村から送られてきたＬＩＮＥの文面に視線を走らせた。

『工藤つぐみ　年齢二十一歳、身長百六十五センチ、体重五十キロ、Ｂ86（Ｆ）Ｗ58Ｈ87、エステティシャン』

日村は多方面に顔が利くようで、政財界、芸能界の著名人が数多く登録するデートクラブに所属する女性を指名したらしい。

森田は証拠隠滅のためＬＩＮＥを削除し、伊達《だて》眼鏡とマスクを着けてからドアにカードキーを当てた。実物を確認して顔やスタイルが好みではなかったり、性格的に問題がありそうだったりした場合には、伊達眼鏡とマスクを外さずに引き返すつもりだった。

ドアを開け中に入ると、ラグジュアリールームを奥に進んだ。

期待に胸が高鳴り、心臓がアップテンポのリズムを刻む。

白い革張りのカウチソファに座っていたスリムな女性……ベージュのキャミソールワンピースに身を包んだつぐみが、微笑《ほほえ》みながら立ち上がると頭を下げた。

白く長い首の先に乗る掌《てのひら》に収まりそうな小顔、光沢を放つ黒髪のロングヘア、吸い込まれそうな垂れ気味の大きな二重瞼《ふたえまぶた》の眼、フェラチオがうまそうな大きな口、細身だが豊満で揉み応えがありそうな乳房に括《くび》れたウエスト、スカート越しにもわかるスパンキングし甲斐《がい》のありそうなプリッとした欧米並のヒップ……早くもデニムの中で森田の別人格が自己主張してきた。

「君みたいな若く美しい女性が、どうしてこんな仕事をしてるの?」

森田はキングサイズのベッドに腰かけながら、伊達眼鏡とマスクを外した。

森田が素顔になった瞬間の、つぐみの表情を観察した。

表情に変化はなかった。

これから自分を抱こうとしているのが、テレビに講演にと引っ張りだこの森田誠だと気づいているふうはなかった。

ブリーフの中で痛いほど怒張したペニスが、つぐみが面接に合格したことを告げていた。

「若く美しいうちじゃないと、できない仕事だと思いまして」

つぐみが、悪戯《いたずら》っぽく笑った。

「気に入った。一緒にシャワーを浴びよう」

森田はつぐみを促し、バスルームに向かった。

☆

湯気に白く煙《けむ》ったバスルームに、淫靡《いんび》な唾液《だえき》の音が響き渡った。

気泡で渦巻く湯に膝立《ひざだ》ちになったつぐみが、腰に両手を当て仁王立ちする森田の陰嚢を口に含んでいた。

つぐみは頬を凹ませながら陰嚢を吸い、舌先で睾丸を転がした——右手で陰茎を扱《しご》き、左手で乳首を摘まんでいた。

「ほ……本当に……あふぅん……き……君は……うむふぁ……に、二十一……おぅふ……なのか……そ……そんな……エロい……テクニックを……どこで……お、覚えた……？」

「ひろんなおひふぁまがおふぃえふぇくれまひた……」

いろんなおじ様が教えてくれました——陰嚢を口の中に含んだまま喋《しゃべ》るつぐみの言葉を、森田は桃色に染まる脳内で変換した。

「ふむぅふ……今度……は、はぁん……裏筋を……舐《な》めて、むふぅ……くれないか？」

喘《あえ》ぎ交じりに、森田は言った。水割りが美味《おい》しい店はすべての酒が美味しいように、フェラチオのうまい女の性戯は極上だというのが森田の持論だった。

つぐみがアイドル級のかわいい顔を傾け、血管の浮くペニスの裏側を下から上へと舐め上げるたびに森田の背筋に甘美な電流が走った。

つぐみは上まで舐めると亀頭を含み、唇で締めつけながら尿道口を舌先で刺激した。

「うむふぁ……」

これまでに五百人を超える浮気相手にフェラチオをさせてきたが、裏筋をねっとり舐め上げ亀頭をスティックキャンディーのようにしゃぶるつぐみのテクニックは群を抜いていた。

あまりの気持ちよさに、森田の骨盤は煮込んだ魚の骨のようにとろけてしまいそうだった。

射精コントロールには自信のある森田だが、気を抜けば精子を放出してしまいそうだった。

それは、彼女のフェラチオテクニックばかりが理由ではなかった。

つぐみが森田のペニスをしゃぶりながら上目遣いするときの表情、顔を前後するたびにゆれる美巨乳――つぐみは視覚だけで興奮できるほどの極上の女だった。

つぐみがペニスを咥《くわ》え込み、激しく顔を前後させた。

このままだと、挿入前に果ててしまう。

これだけの上物を味わえずに口で果ててしまうのは、牛丼で満腹になり百グラム五万円のシャトーブリアンを食べないようなものだ。

「こっちにきて」

森田はつぐみを立たせ、バスルームから連れ出すとパウダールームの洗面台に手をつかせた。

用意していたコンドームを手早く装着する。鏡の前での立ちバック――つぐみの湿った秘部に、森田は反り返ったペニスを挿入した。

「あんっ……」

鏡の中――つぐみがアイドルフェイスを歪《ゆが》め、かわいい喘ぎ声を上げた。

顔が残念な女性とのときは、鏡の前での立ちバックはしない。

「かわいい顔して、まるで発情したメス豚だな！　エロ尻め！　プリ尻め！　桃尻め！」

森田は腰を動かしながら、左手でつぐみの肉付きのいい尻を叩き右手で張りのある乳房を揉みしだいた。

「乳首をこんなに硬くして！　どスケベが！」

右手で乳房を揉みながら、人差し指と中指の間に乳首を挟んだ。

森田はつぐみのシミ一つない背中に覆い被さり、腰を前後に動かしながら耳を舐め回した。

「ああん……ヤバい……イキそう……」

甘い鼻声を漏らしながらつぐみが尻をグラインドさせるので、森田のペニスもオーガズムの波に襲われた。

つぐみは顔やスタイルも一級品だが、膣の具合も最高だった。挿入して五分も経《た》っていないのに、森田は快感の海に溺《おぼ》れていた。

今回は大当たりだ。

つぐみは、レギュラーメンバーにするだけの価値がある。

これで、妻との義理セックスがより苦痛なものになる。

「つぐみ……もう、ダメ……林さんも……イッて……」

つぐみが振り返り、森田の偽名を口にしながら潤む瞳《ひとみ》でみつめてきた。

勢いを増すオーガズムの波――森田は腰の動きのピッチを上げた。

肉と肉がぶつかり合う音、ペニスを出し入れするたびに愛液が奏でる淫靡《いんび》な音、声量を増すつぐみの喘ぎ声――熱くぬかるむ秘部にペニスを突き刺した、突き刺した、突き刺した！

「あうぅあぁーっ！」

恍惚《こうこつ》の声を上げ、森田は絶頂に達し——つぐみの背中に胸を密着させた。

「二ラウンド……は……ベッド……で……やろう……」

つぐみの耳元で、森田は切れ切れの声で囁《ささや》いた。

1

『そろそろ日本も、少年法を見直す時期にきていると思います。今回の事件で犯人の十四歳未満の少年グループは、遊ぶ金ほしさに妊娠六ヵ月の糸田沙織さんを殴る蹴《け》るの暴行の末に殺害しています。胎児も即死です。目撃していた祖母の話では、少年グループはまるでゲームでもするように、糸田さんの腹部を競うように蹴りつけていたそうです。通報で警察官が駆けつけなければ、祖母も殺されていたでしょう。こんな無残な事件を起こした犯人が、十四歳未満だからといって少年法で守られてもいいのでしょうか？　数年後に起こした事件なら無期懲役は免れない凶悪犯が、十四歳未満だからという理由だけで法で庇護《ひご》される意味がわかりません！』

渋谷区松濤《しょうとう》の森田家——白い大理石張りの三十畳のリビングルームにU字形に設置されたカッシーナのソファに座る森田は、険しい表情にならないように気をつけながらテレビを観ていた。

森田の右隣には妻の由梨《ゆり》、左隣には長女のひまり、ひまりの隣には長男の佑真《ゆうま》が座っていた。

十五歳のひまりと十七歳の佑真は思春期だったが、これといった反抗期もなかった。

毎晩夕食のあとにリビングに移動して、テレビを観たりゲームをしたり、家族団欒《だんらん》の時間を過ごすのが森田家の日課になっていた。

テレビの中では、一週間前に起こった「練馬区妊婦殺害事件」についてコメンテーターの佐久《さ く》間忠人《ま ただひと》が怒りをあらわにしていた。

佐久間は森田の出身大学である「国都大学」とライバル関係にある「京帝大学」の教授であり、五歳下の四十歳だ。

ナチュラルに流したセミロングの髪、褐色の肌、百八十センチを超える長身に引き締まった筋肉質の身体――佐久間はその精悍《せいかん》な風貌《ふうぼう》と正義感を武器に、この一年で飛躍的にテレビ出演の本数を伸ばしていた。

森田が悲願としている「あさ生!」の水曜レギュラーコメンテーターの座も、番組スタッフの間で森田推薦派と佐久間推薦派に分かれているという。

いま森田家のリビングで流れているテレビ関東の「情報21時」で、佐久間と初めて顔合わせをした。

率直な感想を言えば、佐久間の弁舌は恐るるに足りない。戦略、知略でも森田が勝っている。

佐久間は、正義感に任せて正論を口にしているだけに過ぎない。

だが、それが佐久間の最大の武器であった。

駆け引きなしに思ったことをストレートに口にする佐久間は、野性的な風貌と相まって主婦層の人気が高かった。

各局の企画会議で佐久間の名前が挙がるのは、それが理由だった。

策略を仕掛けてくる相手ならば、心理戦を得意にする森田の敵ではない。

森田にとって一番厄介なのは、佐久間のような良心の声に耳を傾け無策で挑んでくるタイプだ。

「ママ、これ美味しいね」

佑真がガラスの器に盛られたサクランボを頬張《ほおば》りながら、嬉《うれ》しそうに言った。

色白で目鼻立ちがはっきりしている佑真は母親似で、小学生のときはよく女子に間違われていた。

「今日のサクランボはちょっと奮発しちゃった。百グラム五千円もしたのよ。美味しくなくちゃ困るわ」

由梨が悪戯っぽい顔で言った。

元ファッションモデルの由梨は四十歳とは思えぬ若々しい美貌の持ち主で、百六十七センチのスリムなボディラインも出会った当時……ミスキャンパス時代とほとんど変わっていなかった。いまでも、一人で街を歩けば若者にナンパされるほどだ。

だが、人間は習慣の生き物だ。

結婚して十九年。どんなに美しい風景画も見慣れてしまえば感動もときめきもなくなり、壁にかかっていることさえ忘れてしまう。

由梨に欲情して抱いていたのは……もう、ずいぶんと昔だ。

つき合い始めの頃は学園のマドンナを手に入れた喜びと興奮で、毎日のように由梨を抱いていた。結婚して佑真が生まれてからも、月に三、四回は妻を求めた。

妻の肉体を欲望で求めていたのが義務で求めるようになったのは、結婚生活が十年を過ぎたあたりだ。

だからといって、夫の義務を果たさないほど森田は愚かではない。いまでも、夫婦の営みは月に二回はある。

よき夫の定義は、妻を失望させないことだ。

森田は、好きなギャルタレントとのセックスを想像しながら由梨を抱く。

罪悪感は微塵《みじん》もない。

妻一筋と言いながらセックスレスになり男日照りにする偽善夫より、ほかの女を思い浮かべながらも勃起《ぼっき》して妻を満たす自分のほうが遥《はる》かに良心的な夫だ。

物事は過程ではなく、結果がすべてなのだ。

森田は今年に入って数ヵ月間で、両手両足の指を使っても数え切れない女性と浮気している。

もちろん、みな二十代前半の若い女性だった。

本当は十代の女子……しかも、茶髪で肌を焼いた露出多めの服を着たギャルが好きだが、性欲を満たすために名誉と金を失うわけにはいかないので、二十代の女性で我慢していたのだ。

青少年教育コンサルタントの肩書で活躍している森田が、娘のような年の女子と不倫するなどシャレにならない。

「この人が、パパのライバル？」

森田の隣に座るひまりが、佐久間を指差した。

ひまりは都内屈指のお嬢様校として誉れ高い、「フェアリー女学院」に通う中学三年生だ。

三歳の頃からヴァイオリンを習っているひまりは、中学を卒業したらウイーンの国立音楽院に留学する予定だ。

「ん？　パパにライバルなんていないさ」

森田は内心の動揺を隠し、ひまりに笑顔を向けた。

「そうだよね。パパよりかっこよくて、優秀な人なんていないよね」

ひまりが、自慢げな顔で言った。

「ありがとう。褒めてくれて。でも、そういう意味じゃないんだよ。パパはね、誰かと競うためにテレビに出ているんじゃないんだ。世の中の親や、これから親になる人たちに向けて、子供の人生は大人次第で天国にも地獄にもなるということを広めるためさ。それは、佐久間さんも同じだよ。だから佐久間さんは、パパのライバルなんかじゃなくて同じ志を持つ戦友みたいなものさ」

森田は、ひまりの頭を撫《な》でながら言った。

心にもないでたらめ——佐久間は戦友どころか、戦場で遭遇したら真っ先に撃ち殺す怨敵《おんてき》だ。

『佐久間先生、ありがとうございます。では、森田先生のご意見を伺わせてください』

アシスタントのアナウンサーの女性が、森田を促した。

『私も佐久間先生と同じです。ですが、ここで気をつけなければならないのは、刑法や少年法を改正して罰則が厳しくなったところで問題は解決しないということです』

『問題が解決しないとは、どういうことでしょうか？』

アシスタントが森田に訊ねた。

このアシスタントは二十四歳の入社二年目のアナウンサーで、職業柄露出は少なめの清楚《せいそ》なワンピースを着ていたが、衣服越しにもEカップはありそうな巨乳とプリッと締まった桃尻の持ち主であることはわかった。

正直、収録中もアシスタントの隠れ巨乳と隠れ桃尻が気になり集中できなかった。

『成人になれば極刑がありますが、だからといって犯罪はなくなりません。私たち大人がやるべきは少年法で少年たちを押さえ込むことではなく、どうしたら人生経験の浅い彼らを正しい道へ導けるかを模索することだと思います』

『いつもながら、森田先生のコメントは深いですね。勉強になります』

アシスタントが感心したように言った。

「あたりまえでしょう。ウチの自慢のパパだもの」

ひまりが、画面越しのアシスタントに向かって誇らしげに言った。

「当然のことだよ。たしかに少年たちの罪は許されるものではない。だけど、その罪を犯させたのは大人の責任もあるということを忘れちゃいけない。パパはね、恥知らずの大人の背中を青少年に見せたくはないんだよ」

森田はひまりの肩に手を置き、頷《うなず》いてみせた。

もし、自慢の父が自分といくつも年の変わらないギャル好きだと知ったら、ひまりはさぞかしショックだろう。

「都合の悪いことが起これればなんでもかんでも若者のせいにする大人たちに、パパの爪《つめ》の垢《あか》を煎《せん》じて飲ませたいよ。僕はパパを誇りに思うよ」

佑真が、尊敬の眼差しで森田を見つめた。

「ずいぶん、古い諺《ことわざ》を使うんだな。ありがとう。お前のような優秀で心優しい息子にそう言ってもらって、パパは逆に誇りに思うよ」

森田は、佑真に微笑みかけた。

本当は、尊敬する父が事件を起こした少年たちを片端から死刑にすればいいと願っていると知ったら、佑真はさぞかしショックだろう。

本音を言えば、事件を起こさなくても大人に生意気な口を利くガキどもを問答無用で刑務所にぶち込みたかった。

富、名誉、地位のために青少年の味方を演じてはいるが、森田はガキが大嫌いだった。

とくに、なにかと言えば反抗的な態度を取る思春期のガキは最悪だ。

――私たち大人がやるべきは少年法で少年たちを押さえ込むことではなく、どうしたら人生経験の浅い彼らを正しい道へ導けるかを模索することだと思います。

番組で発したコメントが、森田の脳裏に蘇《よみがえ》った。

冗談じゃない。親の脛《すね》を齧《かじ》ってるくせに逆らうガキどもは力尽くで押さえ込めばいい。

ガキどもを正しい道へ導く必要はない。

害獣のように捕獲して、少年院に送り込めばいい――容赦なく痛めつけて、反抗する気力を根こそぎ奪えばいいだけの話だ。

ハクビシンやドブネズミを駆除するのに、温情をかける馬鹿はいない。

「でも、なんだか心配だわ。パパは頭もよくてお金もあってイケメンだから、いろんなタレントに言い寄られるんじゃないかって。たとえば、ゲストで出ているあのギャルの子なんて、グイグイきそうじゃない？」

由梨がゲストのギャル……マリリンを指差した。

元モデルの由梨は、芸能界に身を置いていたこともある。いわゆる枕《まくら》営業をしていたタレントも眼にしているので、森田の周囲の女性には敏感になっていた。

アッシュグレイのロングヘア、褐色の肌、胸元がざっくりと開いた白のキャミソールワンピース――十八歳のマリリンはいわゆるギャル枠で、レギュラー番組を八本持っている超売れっ子だ。

十代、ギャルとくれば当然、森田の大好物だ。

本当はマリリンとＬＩＮＥを交換したかったが、さすがに十代はまずい。

もし、森田が著名人でなくしがないサラリーマンだったら、迷いなく口説いたことだろう。

いまでは、変装せずに人通りの多い場所を歩けばすぐにバレてしまうほどの有名人になってしまった。

この前など、カフェで台本に眼を通していたら女子高生グループに気づかれその場で撮影会が始まった。こんなときほど、有名人の自分を呪《のろ》ったことはない。その気になれば青い果実を摘み放題だというのに、指をくわえて我慢するしかない現況は蛇の生殺し状態だった。

「ママは心配性だな。パパにかぎって浮気なんてするわけないよ。こんなに美しい奥さんもいるし、それにパパは言い寄ってくるような下品な女性を誰より嫌うタイプだから」

佑真が自信満々の表情で言った。

佑真は東大進学率ナンバー1を開成高校と争う英海学園の二年生で、成績は常に学年で十位以内。一年の頃から学級委員長を務め、部活動でサッカー部の副主将を務める文武両道の秀才だ。

だが、佑真はわかっていない。

どれだけ美味しい食事でも、十数年食べ続ければ飽きがくるということを。

そして、佑真は知らない。

父親が、言い寄ってくるような下品な女性を誰よりも好きだということを。

「そうだよ。悪いけど、真島凛《まじまりん》ちゃんのような派手なタイプは苦手でね。君は僕と、何年一緒にいるんだい？」

森田は鷹揚《おうよう》な態度で笑い飛ばしながら、一脚十万円のバカラのワイングラスを手に取った。

サクランボと赤ワインは、果実同士で相性が抜群だ。

二十万円のシャトーマルゴーで深紅に染まるワイングラスを、森田は口もとに運んだ。

「どうしてマリリンの本名を知ってるの？　しかもフルネームで？」

怪訝《けげん》そうな由梨の顔に、森田はワインを飲み込めなくなった。

しまった……。

心理学のプロを自任する自分が、凡ミスをしてしまった。

マリリンに興味があり検索しまくっていたときに、真島凛という本名を知ったのだ。

タレント名鑑には真島凛で登録してあったが、一般的にはマリリンの愛称で知れ渡っていた。

つまり、咄嗟《とっさ》に真島凛の名を口にするのは不自然であり、彼女に興味があることを白状したようなものだ。

「え？　あ、ああ、仕事のためだよ」

平静を装い、森田は言った。

こういうときこそ、冷静さを保たなければならない。

「仕事のため？」

相変わらず怪訝な顔で、由梨が森田の言葉を繰り返した。

「うん。僕は、共演者のことは収録前に調べておく質《たち》でね。出身、本名、所属事務所、趣味や特技なんかをね。彼女だけじゃなくて、出演者全員のね。そのときに、マリリンの本名をしっかりインプットしたのさ。僕が番組で彼女と絡むときに、マリリン、なんて呼ぶのは変だろう？」

「そうだったのね。私ったら、あなたがマリリンに興味があるんじゃないかって……ごめんなさい」

由梨が、バツが悪そうに詫《わ》びた。

「だから、僕が言ったとおりでしょう？　パパは、ママ以外の女の人に興味がないって。ママは、ヤキモチ妬《や》きなんだから」

佑真が呆《あき》れたように言った。

「そうよ。パパは完璧《かんぺき》なの。ママ以外の女の人によそ見するわけないじゃない。ひまりなら別だけど」

「あら、それじゃまるで、ひまりがパパの恋人みたいじゃない」

由梨がひまりを、軽く睨《にら》んで見せた。

「そうよ。パパはひまりの初恋の人なの。ひまり、パパと結婚したかったな」

ひまりが、森田の左腕に両腕を絡めてきた。

「それは光栄なことだけど、残念ながらパパは十代の子に興味はなくてね」

森田は穏やかに笑いながら言った。

嘘――興味がないどころか、トイレや移動の車内で女子高生のインスタグラムやＴｉｋ

Ｔｏｋを漁《あさ》っていた。

「ほら、パパのハートを射止めるには、まだまだひまりはおこちゃまだって。パパは、これまでもいまもこれからも、ママの王子様だからね～」

由梨がおどけたように言いながら、森田の右腕にしがみついてきた。

「おいおいおい、パパには娘が二人いるのか？　困った子たちだな。美少女二人にモテモテなのは嬉《うれ》しいけど、両腕が塞《ふさ》がったらワインが飲めないじゃないか」

森田は家族の団欒を噛《か》み締めていた。

社会的地位、名誉、金を得るために自我を殺し、家族に尽くし、世論に媚びてきた。

美しき妻、素直で優秀な子供たち……家族は森田の剣であり鎧《よろい》だ。

栄華を極めるには、理想の父、理想の夫でなければならない。

家庭崩壊はすなわち、森田の破滅を意味する。

「あら、嬉しい！　私のことも、美少女と呼んでくれるのね」

由梨が、輝かせた瞳で森田をみつめた。

「あたりまえじゃないか。君は、僕には眩《まぶ》し過ぎるほどの美少女だよ」

森田も細めた眼で由梨をみつめた。

二十年前までなら――森田は、心で言葉の続きを補足した。

とりあえず、ピンチを乗り切った。

森田のギャル好きが、由梨にバレずに済んだ。

『お二人の話は、本当に説得力があります。それもそのはずです。視聴者の皆さま、ご注目ください』

アシスタントの声に、森田、由梨、ひまり、佑真の視線がテレビに戻った。

アシスタントが、二つのパネルを手にしていた。

『十五歳から二十五歳の学生、社会人千人に取ったアンケートによりますと、父親にしたい文化人ランキングで森田先生が一位で佐久間先生が二位、女子高生、女子大生千人に取った夫にしたい文化人ランキングで佐久間先生が一位で森田先生が二位という結果になっています。森田先生と佐久間先生は、令和を代表する理想の男性像なのですね』

「えー！　夫にしたいランキングで、あなたが負けたのは納得できないわ。ブ〜！　ブ〜！」

由梨がアシスタントに向かってブーイングした。

「僕が女の人だったら、絶対にパパと結婚するけど。アンケートに答えた女の人たちは、趣味悪いな」

「ほんと！　この人よりパパのほうが何倍……ううん、何十倍もかっこいいのに！」

佑真とひまりが、由梨に続いて不満を露《あら》わにした。

「みんな、パパの応援団でいてくれてありがとう。でも、同性から見ても佐久間先生は素敵な男性だよ。パパより若いし、身長が高くて俳優みたいにイケメンだし」

森田は鷹揚に構え、穏やかに笑った。

「パパのほうがイケメンだって！」

すかさず、ひまりが言った。

「テレビ局がバランスを取るために、票の操作をしたんだよ！」

佑真が吐き捨てた。

「あなたのそういう、懐の深いところが大好きよ。やっぱり、最高の旦那様よ」

由梨が、うっとりした顔で言った。

「懐が深いとかじゃなくてさ、さっきも言ったけど佐久間先生はパパの敵でもライバルでもなくて尊敬できる同志だから、どっちが一位とか二位とかは関係ないんだよ。たとえ佐久間先生が両方のランキングで一位でパパが百位に入ってなくても、彼にたいしてジェラシーや敵対心なんて感情は芽生えないよ」

森田は由梨とひまりを両腕で抱き寄せ、佑真に微笑みかけた。

2

「昨日の『情報21時』のアンケート……あれはなんだ！　ランキングはオンエアするなという、俺の希望を伝えなかったのか！」

青山の外苑西通り沿いに建つビルの十階——デスクチェアに座った森田の怒声が、二十坪のオフィスに響き渡った。

「すぐに担当のプロデューサに抗議しました。それぞれのランキングでお二人が一位を分け合いバランスが取れているという判断で、オンエアに踏み切ったそうです」

デスクの前に立つ日村が、神妙な顔で言った。

「要望を無視するとは、プロデューサーは俺を馬鹿にしてるのか!?」

森田はデスクに掌を叩きつけた。

「いえ、絶対にそれはありません」

日村が即答した。

「どうして、そう言い切れる!? 馬鹿にしてなかったら、俺の要望を無視してランキングをオンエアで流したりしないだろうが!?」

昨夜は家族の前で寛容な男を演じていたが、ランキングを見て腸《はらわた》が煮えくり返る思いだった。不満を口にする妻と子供に、佐久間にたいしてのジェラシーや敵対心は微塵もないと言ったが、本当は怒りと屈辱に理性を失ってしまいそうだった。

森田は、スマートフォンのディスプレイの保護カバーの罅《ひび》に視線を落とした。

皆が寝静まってからトイレに籠《こも》った森田は、検索した佐久間の画像を十回以上拳で殴りつけた。保護カバーの罅は、そのときにできたものだ。

「実はもう一つ、彼氏にしたい文化人ランキングというものがありまして、こちらは佐久間先生が一位で先生は五位でした」

「なっ……」

森田の脳内が真っ白に染まった。

「ば、馬鹿なことを言うなよ。そんなアンケートがあったら、どうして収録のときに出さなかったんだ？ 第一、そのランキングテーマで俺が佐久間に負けるわけがないだろう!? 仮に五歳若いぶん奴《やつ》が一位になったとしても、俺の五位はありえない！ でたらめ言うのも、いい加減にしろ！」

森田は声を裏返し、席を立ち上がると日村に指を突きつけた。

「落ち着いてください。でたらめじゃありません。先生がいまみたいに激怒するのを懸念して、自主規制したわけです。つまり、プロデューサーの忖度《そんたく》です」

「忖度だと……ば、馬鹿にしやがって！」

森田は背を向け、ブラインド越しに車が行き交う通りを見下ろした。

法律がなければ、ここから佐久間を突き落とすに違いない。

握り締めた拳が……噛み締めた唇が震えた。

許せない、許せないっ、許せない！

父親にしたい文化人ランキングで佐久間に勝つよりも、夫にしたい文化人ランキングで勝ちたかった。

十代、二十代の女たちに、父親としてではなく男として魅力を感じてほしかった。

夫にしたい文化人ランキングで負けたことだけでも脳みそが爆発しそうなのに、一番欲しかった称号……彼氏にしたい文化人ランキングで佐久間に負けたことは、森田にとって絶対に受け入れられない結果だ。

若い雌犬たちは、自分より佐久間と交際したいと思っているのか!?

自分より佐久間のペニスを咥えたいと……自分より佐久間のペニスに貫かれたいと思っているのか!?

「先生……」

「例の調査、なにかわかったか？」

日村を遮り、森田は窓の外に視線を向けたまま訊ねた。

森田は一ヵ月ほど前から日村に、佐久間に関しての身辺調査を命じていた。

「いま、ちょうどその報告をしようと思っていたところです。依頼した二社の興信所とも佐久間先生については、過去も現在も女性関係、金銭関係、薬物関係、性癖関係についてのスキャンダルになりそうな報告はありませんでした。調査すれば多少の埃《ほこり》は出るかと思ったのですが、信じられないほどに清廉潔白な男ですね」

日村が呆れたような口調で報告した。

「清廉潔白だと……」

森田は、嚙み締めた歯の隙間《すきま》から押し殺した声を漏らした。

「はい。二社の興信所の調査員も言ってました。普通なら、犯罪じゃなくてもなんらかの弱味は摑めるものだって。小ネタの一つも出てこないのは珍しいって。僕も同感ですね。先生。スキャンダルで佐久間先生を叩く作戦は、うまく行きそうもありません。なにか別の方法を考えたほうがよさそうですね」

日村が淡々とした口調で進言してきた。

「スキャンダルがなければ、作ればいい」

森田は、背を向けたまま言った。

「え？　どういう意味ですか？」

森田は無言で振り向き、日村の怪訝な顔を見据えた。

「大人っぽく見える十代の少女を用意しろ」

「大人っぽく見える十代の少女を用意して、どうするんですか？」

日村が森田の言葉を、鸚鵡返《おうむがえ》しにして訊ねてきた。

「決まってるだろう。少女を佐久間に近づけて飲酒させるんだ。未成年との飲酒が週刊誌やSNSに流されたら、清廉潔白な佐久間先生はどうなるかな？」

森田の片側の口角が吊り上がった。

「それはそうですが、佐久間先生が十代の女の子と一緒に酒なんて飲みませんよ」

「もっと頭を使え。十代に見えない少女に二十歳と偽らせろ。番組制作会社のプロデューサー役の男も用意して、少女はAPにするんだ。新番組のMCをオファーしたいからと会食に誘えば、ノーとは言わないだろう」

「でも、プロデューサー役の男と佐久間先生のマネージャーもいますから、少なくとも四人になりますよ？」

「だから、頭を使えって。理由をつけて、プロデューサー役の男に佐久間のマネージャーを連れ出させるのは簡単だ。二人きりになったところを、ムービーで盗撮する。個室はこっちで用意するから、スマホはベストアングルに仕込んでおけばいい」

森田は、以前から温めてきたシナリオを口にした。

「そこまで……いえ、なんでもないです」

日村がなにかを言いかけてやめた。

「なんだ？　怒らないから最後まで言ってみろ」

森田は日村を促した。

「そこまでしなくても、先生の立場は脅かされないと思います」

日村が意を決したように言った。

「勘違いするな。立場を脅かされる心配なんてしちゃいないさ」

森田は言いながら、デスクチェアに腰を戻した。

「じゃあ、どうしてそんなことをするんです？」

「本来、俺が食う権利のある女《エサ》を横取りするからだよ」

森田が涼しい顔で言うと、日村が呆れた表情になった。

「先生が女好きなのは知ってましたが、そこまでとは思っていませんでした」

日村が苦笑いしながら言った。

「わかったなら、プロデューサー役の男と成人に見える少女を探せ。金に困っている舞台役者に四、五万も摑ませれば、喜んでやるだろう」

「わかりました。では、早速行ってきます」

日村を見送りながら、佐久間の画像を検索した。

十代の少女と飲酒して、芸能界から消えるのがお前の運命だ。

森田は、罅割れたディスプレイ越しの佐久間を心で嘲《あざけ》った。

3

バラエティ番組の収録が終わり、事務所へと移動するヴェルファイアの後部シート――森田は、膝の上に載せたノートパソコンのディスプレイを食い入るようにみつめていた。

『私、前から先生のファンでした。一緒に、写真を撮って貰ってもいいですか？』

打ち合わせ場所と偽ったホテルの一室――美結《みゆ》が、スマートフォンを手に佐久間の前に歩み寄った。

美結は「東京映像」という制作会社の、二十一歳のＡＰの役を演じていた。

美結の本当の年齢は十八歳で、劇団に所属している女優の卵だ。

プロデューサー役の舞台俳優は、電話の振りをして部屋を出ていた。

佐久間と美結を二人きりにするための、森田のシナリオだった。

86のＦ、59、87……森田は、美結のスリーサイズを推測した。

ＡＰらしくＴシャツとデニムという色気のないラフな格好だったが、美結の身体が一級品であるということは数多の若い果実を食《は》んできた森田にはわかった。

森田の股間が、ノートパソコンを持ち上げた。

「いい子をみつけてきたじゃないか」

ディスプレイに視線を向けたまま、森田はドライバーズシートの日村に言った。

「劇団のヒロインですからね。なかなかの上玉です」

「グラビアをやっていたのか？」

森田は訊ねた。

「いえ、舞台女優一本みたいです」

日村が即答した。

「もったいない……こんなにいい身体をしているのに、陽《ひ》の当たらない舞台で演技をしているだけなんて」

森田の口から本音が零《こぼ》れ出た。

「だから、こっちがぶら下げた餌《えさ》に食いついてきたんじゃないですか」

日村が愉快そうに言った。

ぶら下げた餌——今回の任務が成功すれば、知り合いの局のプロデューサーにかけ合って君を連ドラにキャスティングしてあげるから。

美結は迷わず餌に食いついてきた。当然だ。観客五十人にも満たない小劇場の舞台女優が、プライムタイムのドラマに出演できるのだから。

『僕みたいなおじさんでいいのかな?』

謙遜しながらも、佐久間の口元の筋肉は弛緩《しかん》していた。

『私、将来は佐久間さんのような素敵な男性と結婚したいと思ってます』

美結のはにかんだ表情に、ノートパソコンの下のペニスが硬度を増した。

『またまた、嬉しいこと言うね。立ったほうがいいかな?』

佐久間が相好を崩しながら美結に訊ねた。

馬鹿な奴だ。俺が仕込んだ相手とも知らないで。

森田は心で毒づいた。

『私が屈《かが》みますから大丈夫です』

美結がインカメラにしたカメラを持った右手を高く掲げ、佐久間にピッタリと身体を密着させて中腰になった。

『君みたいな若くてかわいい子がくっつくと、ドキドキしちゃうな』

佐久間が、デレデレした顔で言った。

「日村！　聞いたか!?　この馬鹿、鼻の下伸ばしやがって！　なーにが、君みたいな若くてかわいい子がくっつくと、ドキドキしちゃうな、だよ！　ハニトラとも知らないで、馬鹿じゃないのか！　夫にしたいナンバー1、彼氏にしたいナンバー1の人気大学教授が十代の劇団員と淫《みだ》らな行為！　こんな見出しの記事が出回れば、マグレでブレイクした佐久間は一巻の終わりだな」

森田が喜色満面の表情で言った。

「先生、嬉しそうですね～」

日村が笑いながら言った。

「あたりまえだ！　調子に乗ったくそ野郎が天国から地獄に真っ逆さまなんだから……」

森田は、言葉の続きを呑《の》み込んだ。

ディスプレイの中――美結が森田の唇にキスをした。

『ちょっと……君、なにやってるんだ!?』

佐久間が美結を押し退《の》け、弾《はじ》かれたように立ち上がった。

「こいつ、忍耐力が強いな。俺だったら、ベッドに押し倒してTシャツ脱がしてブラを剝《は》ぎ取ってるところだ」

森田は血走った眼で、ディスプレイ越しの美結の身体を凝視しながら言った。

「普通ですよ。先生が異常なんですよ」

日村が呆れたように言った。

『先生が好きなんです！』

美結が佐久間に抱きつき、狂おしそうな顔で見上げた。

『そ、それは嬉しいけど、プロデューサーが戻ってきてこんなところ見られたら大変だから離れて』

佐久間が、うわずった声で言った。

『加藤Pは戻ってきません。担当している番組でトラブルが起こったから、打ち合わせの続きは私に頼むとＬＩＮＥが入りました。先生には、あとからお詫びの電話を入れると書いてありました』

『戻ってこない!?　だからといって、こんなことは許されない……』

佐久間の言葉を、美結の唇が奪った。

『や……やめなさい！　私には妻がいるんだ！』

佐久間が美結を突き離した。

『君の好意は嬉しいが、こういうのは間違っている！　上司には黙っていてあげるから、改めて打ち合わせのスケジュールを出してほしいとプロデューサーさんに伝えてくれっ』

佐久間は美結に強い口調で言い残し、部屋を出た。

ほどなくして、ディスプレイが黒く染まった。

「おい……なんだこれは？　もしかして、これで終わりか!?」

森田は日村に訊ねた。

「はい。佐久間先生は、なかなかの人格者でした」

日村がルームミラー越しに眼を細めた。

「あの状況で、その先に進まずに帰るだと？　あんな魅力的な身体をした女子が迫ってきているというのに、なにもしないで帰るだと？」

森田は、うわ言のように繰り返した。

「それが普通だと思います。相手が娘ほど年の離れた女の子なら、なおさらです」

日村が含みのある言いかたをした。

「なんだお前っ、佐久間の肩を持つつもりか!?」

森田は気色ばみ、日村の肩を摑んだ。

「あ、危ないですよ……運転中ですから」

日村が上ずる声で言った。

「くそっ、やらなかったら意味が……」

森田は、怒声を呑み込んだ。

「いや、やらなくても十分だ。キスだけでも、うまく編集すれば奴を地獄に叩き落とせる。日村。事務所に到着したら奴の聖人君子ぶったセリフはカットして、十八の娘と唇を貪《むさぼ》り合っているふうに見えるように編集しろ！　下種《げす》く卑しい最低の女好きに見えるように編集しろよ！」

森田は嬉々《きき》とした表情で日村に命じた。

「先生って本当に……」

日村がなにかを言いかけて、言葉を呑み込んだ。

「本当になんだ？」

森田は訊ねた。

「いえ、なんでもありません」

「本当に下種ですね。そう言いたかったのか？」

森田は押し殺した声で質問を重ねた。

「あ……いえ、そういう意味では……」

慌ててしどろもどろになる日村を、森田の高笑いが掻《か》き消した。

「心配するな。別に怒ってないさ。お前の言う通り、佐久間から地位と名誉を奪うためなら喜んで下種になるよ」

森田の高笑いが、ふたたび車内に響き渡った。

佐久間を完膚なきまでに潰せるなら、下種どころかひとでなしでも鬼畜でも……。

森田は誓いの言葉を心で続けた。

4

朝の情報番組「バッチリ！」のスタジオ——ＶＴＲを見る金曜レギュラーコメンテーターの顔に嫌悪の色が浮かんだ。

ＶＴＲでは、『ＷＥＢ週刊真実』でスクープされた佐久間と未成年の女子……美結との抱擁キスシーンが流されていた。

美結の顔にはモザイクがかけられ、実名は伏せられ劇団員のAさんと報じられていた。

もちろん、リークしたのは森田だ。

森田が日村に命じた通り、佐久間が美結を拒絶した部分をカットしてうまく繋《つな》いであった。

「『WEB週刊真実』でスクープされた人気のカリスマ大学教授、佐久間忠人氏と未成年のAさんとの不倫の動画を観ていただきましたが……いやいや、衝撃的です。佐久間さんには何度か番組にゲストとしてきていただき、誠実で正義感の強い人柄を知っていただけに信じられない気持ちでいっぱいです」

VTRが終わると、番組MCで売れっ子芸人の紀藤が複雑な顔で切り出した。

「森田先生も、佐久間さんとは何度か共演されていますよね？」

台本通り、紀藤が最初に森田に振った。

金曜レギュラー三人に振られる順番が決まっているだけで、コメントの内容は台本には書いてない。

「ええ。佐久間さんとはアプローチの仕方こそ違いましたが、青少年を健全な道に導こうとしていた点では同じ方向を向いていました。彼の教育に対しての真摯《しんし》な姿勢は、年下ながら尊敬していました。それだけに今回のニュースを聞いたときには、耳を疑いました。私の知るかぎり、彼が未成年の少女と動画のようなことをやるとは……いまだに私には信じられません」

森田は唇を噛み、悲痛な表情を作って見せた。

唇を噛んでいるのは、笑いを堪《こら》えるためだ。

「ある意味戦友とも言えた佐久間さんのことを信じたい森田先生のお気持ちはわかりますが、現実問題としてこのような動画が存在する以上は報じられている記事の内容は真実ということです。南先生は今回のスクープをどう思われ……」

「あと一つ、いいですか？」

森田は紀藤を遮った。

「どうぞ」

紀藤が促した。

「佐久間さんがやったことは、許されることではありません。ですが、私が気になるのはこの動画の撮影者です。『WEB週刊真実』では明かされていませんが、ホテルの客室なので撮影者は記者ではないでしょう。となれば、なにものかが客室にカメラを仕込んでいたと考えられます。つまり、佐久間さんは嵌められた可能性があります」

森田は、敢《あ》えて南琴美を刺激した。

「森田先生、それは違いますよ」

目論見《もくろみ》通り、南が険しい顔で反論してきた。

ベリーショートの髪、シャープな眼差し……南は十年前、二十七歳の頃に美人形成外科医としてブレイクした女性文化人タレントの走りだ。

「南先生、どういうことでしょう？」

紀藤が南を促した。

「部屋にカメラを仕込んだのが誰であっても、佐久間さんのやったことの正当化にはなりません。仮にカメラを仕込んだのが女性だとしても、佐久間さんが十代の少女と淫らな行為をする理由にはなりません」

南が厳しい表情で言った。

森田は困惑した顔で南のコメントを聞いていた。

気を抜けば、口元が綻《ほころ》んでしまいそうだった。

もっと言え！　もっとこきおろせ！　佐久間の下種ぶりを一人でも多くの視聴者に知らしめてやれ！　奴を夫にしたいとアンケートで答えた馬鹿な女どもに、奴を彼氏にしたいとアンケートで答えた悪趣味な女どもに知らしめてやれ！

森田は表情とは裏腹に、心で佐久間を毒づきまくった。

「万が一、女性から誘われても密室に入るのは佐久間さんの落ち度ですし、端《はな》から淫らな行為をする目的だったとしか思えません！　実際、十代の少女と淫らな行為をしたのは事実ですし！こんな人が青少年の教育を口にするなんて、考えただけでゾッとします！」

南が容赦ない口調で佐久間を非難した。

森田は相変わらず悲痛な顔を作ったまま、ため息を吐《つ》いてみせた。

できるなら、南の声を録音して今夜の酒の肴《さかな》にしたかった。

佐久間がこき下ろされている音声を聴きながら飲む酒の味は格別なことだろう。

「ここで、佐久間さんが各テレビ局に宛てたコメントをご紹介します」

アシスタントのアナウンサーが、原稿を手にカメラに向き直った。

森田は、さりげなく彼女の全身に視線を這わせた。

スカート越しにもわかる肉付きがよく上がった尻、小麦色の締まったふくらはぎ——学生時代テニス部のキャプテンを務めていただけあり、いい身体をしている。

いまでも十分に魅力的だが、できることなら十代の頃に会いたかった。

「このたびは、私が起こしてしまいました事件についてお相手の女性の方と関係者の方々に心よりお詫び申し上げます。私の不注意が原因で、お相手の女性の方にご不快な思いをさせてしまったこと、誠に申し訳ございませんでした。一つだけ釈明させてください。あの日は新番組に出演してほしいとのことで、制作会社のプロデューサーさんにホテルの客室に呼び出されました。その場にはAPの女性の方もいました。報じられているように、十代の劇団員とは聞かされていませんでした。ホテルの客室での打ち合わせには少し違和感を覚えましたが、情報解禁前の番組の話をしなければならないのでカフェやレストランは避けたかったというプロデューサーからの説明を聞き納得しました」

途中にプロデューサーが電話で退室し、トラブルが起こり戻ってこられなくなったこと、APの女性に写真を撮ってほしいと言われたこと、APの女性に突然キスされたこと、APの女性を押し退けたシーンと妻がいるからこういうことはやめてほしいと言ったシーンがカットされていること、制作会社のAPと聞かされていたので信用していたこと——アシスタントの読み上げる原稿は、謝罪文というよりも釈明文になっていた。

佐久間の言葉はすべて真実だが、この状況での釈明はマイナスにしかならない。

「という内容ですが、諸角《もろずみ》さんはどう思われましたか？」

紀藤が三人目のレギュラーコメンテーターの諸角に振った。

諸角は今回佐久間のスクープを載せた『週刊真実』の元記者で、現在は芸能ジャーナリストとしてテレビを中心に活躍している。

「こういう内容なら、コメントを出さないほうがよかったですね。謝罪というより、言い訳の文面になっていますからね。いかにも、自分は悪くない、という感じで印象が悪いですよ。番組の打ち合わせに呼ばれたとか女性を押し退けたとか十代とは思わなかったとか、なにを言っても勝手ですけれど彼の主張には証拠がないですから。私には、彼の発言は保身に走っているとしか思えませんね」

諸角が嫌悪感を丸出しに吐き捨てた。

「たしかに、私にも言い訳に終始しているようにしか聞こえませんね。素晴らしい教育者だと尊敬していただけに非常に残念です」

紀藤が苦虫を嚙み潰したような顔で言った。

「ちょっと、いいでしょうか？」

森田は手を挙げた。

「どうぞ」

紀藤が促した。

「さっきまでは、なんとか佐久間さんを理解しようとしている自分がいました。ですが、この謝罪コメントを聞いて目が覚めました。どんな事情があろうとも、十代の少女に性的行為をしたのは事実です。それなのに、公共の電波を使ってあたかも少女が誘ってきたようなコメントを出すなんて……彼女がこの番組を観てどういう気持ちになるかを考えると胸が痛みます。少女の顔にモザイクがかかっているとは言え、知り合いが見たら気づくかもしれません。中には、心ない言葉を浴びせかけてくる輩《やから》もいるでしょう。近年ＳＮＳでの誹謗《ひぼう》中傷を苦に、自ら命を絶つ若者が増えています。親や職場に知られたら、少女はさらに苦境に立たされます。佐久間さんの保身の発言で、娘さんの一生が破滅するかも……」

森田は声を詰まらせ俯《うつむ》くと、ハンカチを鼻に当てた。

ツンとした刺激臭が、鼻の粘膜を突き刺した。

森田の瞳にみるみる涙が滲《にじ》んだ。涙を誘引するためにハンカチにワサビを仕込んできたのだ。

森田はハンカチをポケットにしまいながら、ゆっくりと顔を上げた。

「すみません。少女の今後を考えると、つい感情が昂《たかぶ》りまして……」

森田は声を詰まらせ、紀藤に詫びた。

「森田先生は情の深い方ですね。でも、たしかに近年のＳＮＳでの誹謗中傷は社会現象になっており、間違ってもお相手の方を傷つけるような書き込みはしないでいただきたい」

紀藤がカメラに向かって厳しい表情で訴えかけた。

「佐久間さんは同じ青少年を育成する立場にある者として、影響力のある著名人として森田先生の爪の垢を煎じて飲むべきです！」

南がヒステリックな声で佐久間を非難した。

「まったく同感です。佐久間さんは教育者として、森田先生の真摯な姿勢を見習うべきですね。はっきり言いますが、本当にその気がなければ二度もキスをされたりはしません。誤解を恐れずに言えば、私には佐久間さんにその気があったとしか思えません」

諸角が力強く断言した。

ワサビを吸い込み流した涙とも知らずに、単純な奴らだ。

もっと佐久間のくそボケを貶《けな》せ、もっと貶《おとし》めろ……日本中の女から軽蔑《けいべつ》されるように、徹底的に非難しろ！

沈痛な面持ちとは対照的に、森田は心で毒づいた。

佐久間がテレビ業界から消えれば、女性ファン層の何割かは森田に流れてくるはずだ。

「いえ、私だって完璧な人間ではありません。機嫌が悪いときがあれば、妻に当たったりすることもあります。まだまだ、未熟者です。ですが、未熟な姿を見せることができるのは妻だけです。妻を愛しているのは当然で、一人の人間として彼女のことを信頼していますから」

森田の言葉に、スタジオの空気が瞬時に変わった。

紀藤、南、諸角の尊敬の眼差しが森田に注がれた。

一丁上がり。

森田は心でほくそ笑んだ。

☆

「すみません、サインを頂いてもいいですか？」

「私もお願いしてもいいですか!?」

森田が楽屋を出て通路を歩いていると、ショートパンツにへそ出しTシャツ姿の二人の女性が駆け寄ってきた。

二人とも二十歳そこそこだろう。童顔で肉感的な身体をしていた。

ピンクのショートパンツを穿《は》いている小麦色の肌をした女子がミルクティーカラーのロングヘアで、白のショートパンツを穿いている色白の女子が黒髪ショートヘアと対照的だった。

いわゆる、童顔巨乳というやつだ。

最近の若い女子は、胸や尻が大きくてもウエストが括れ手足が細く長かった。

森田が若い頃にこういう女子ばかりだったら、どんなに楽園だっただろうか？

二人の顔に見覚えがあった。

男性週刊誌のグラビアページで見たような……。

思い出した！

森田は心で狂喜乱舞した。二人ともB級のグラビアアイドルだ。

ミルクティーカラーヘアの小麦色の肌をした女子が若月ラムで、黒髪ショートの色白女子が中島セイラだ。若月ラムのスリーサイズが85、58、86で、中島セイラは89、60、88だ。

二人ともルックスもプロポーションもいいが、森田の好みはギャル系のラムだった。

「君たちは？」

森田は知らない振りをして訊ねた。

本当は何度も彼女たちの袋綴《ふくろと》じを破いていた。

「グラビアアイドルの若月ラムと言います。彼女は同じ事務所の中島セイラちゃんです」

ラムが瞳を輝かせて言った。

知っている。きわどい水着を着てバランスボールに乗り腰を上下させたり、溶けかけのアイスキャンディを卑猥《ひわい》にしゃぶったりする下種いDVDに出演しているようなタレントばかり所属している事務所だ。

「今日は『東京チョメっ子倶楽部《クラブ》』というバラエティ番組の収録にきました」

「東京チョメっ子……?」

「はい。森田先生は知らないと思います。深夜二十五時からの、ちょっとエッチなバラエティ番組です」

ラムが自嘲的《じちょうてき》に言った。

知っている。B級グラビアアイドルとAV嬢が複数出演していて、芸人が穿いた海水パンツに装着されたバナナを手を使わずに早食い競争するような下種過ぎる内容の番組だ。

妻や子供が寝静まれば欠かさずに観ていた。

家族にバレてしまう可能性があるので、録画はしない。リアルタイムで観られなかったときは、見逃し配信でチェックしていた。

「そう。何にサインすればいいかな?」

森田が訊ねると、ラムがTシャツの裾《すそ》を引っ張った。

「ここにお願いします!」

ラムが引っ張った生地の胸のあたりを指しながら、サインペンを差し出した。

「失礼するよ」

森田は受け取ったサインペンを、左胸に走らせた。

生地が薄いので、Tシャツ越しに胸の膨らみがわかった。

柔らかな膨らみを鷲摑《わしづか》みしたい衝動に、森田は懸命に抗《あらが》った。

「ありがとうございます！」

サインが終わると、ラムは伸ばしていたTシャツの生地を逆に身体に張りつけた。

美乳の形がはっきりとわかり、森田の下半身に血液が集中した。

生地の薄いスーツなので、勃起したら彼女たちにバレてしまう。

森田は近所の定食屋のおばちゃんの顔を思い浮かべた。効果覿面《てきめん》――硬くなりかけたペニスが、瞬時に萎《な》えた。

「私もお願いします！」

セイラもTシャツの裾を引っ張りサインをせがんできた。

セイラは好みではなかったが、断るわけにはいかずに仕方なくサインペンを走らせた。

「あの、LINEを交換して貰ってもいいですか!?」

ラムが頰を赤らめ、スマートフォンを差し出してきた。

通路の向こう側から、コメンテーターの南とマネージャーらしき女性が歩いてきた。

「申し訳ないんだけど、LINEの交換とかは一切やってないんだよね」

森田は南の耳を意識してきっぱりと断った。

「え～、残念……」

ラムがしょんぼりした顔になった。

「ラム、森田先生のファンなんです。森田先生の出ている番組は、録画して全部チェックしてます」

セイラがラムの気持ちを代弁した。

ラムの髪の色から肌の色から顔からスタイルまで、すべてが森田の好みだった。

贅沢《ぜいたく》を言うとすれば未成年でないことだが、たとえそうだとしたら佐久間の二の舞になってしまう。年はたしか二十一だが、遊ぶにはほぼ完璧な女子だった。

そんな彼女が、自分のファンだというのか⁉

自分の出演番組を録画してまでチェックしているというのか⁉

口説かなくても、自ら抱かれるというのか⁉

森田は散り散りになりそうになる理性を掻き集め、緩みそうになる顔面筋を引き締めた。

「ありがとう。これからもよろしくね」

森田は爽《さわ》やかに微笑み足を踏み出すと、日村に先導されて無人のエレベーターに乗り込んだ。

日村が地下駐車場……Ｂ１のボタンを押した。

「お前はすぐに戻って、ラムとＬＩＮＥを交換してくるんだ！」

扉が閉まると、森田は日村に命じた。

「どっちの子ですか？」

すかさず日村が訊ねてきた。

「馬鹿！　何年、俺の秘書をやってる！　ギャルのほうに決まってるだろうが！　しくじるなよ！」

森田は言い残し、エレベーターを降りた。

屹立《きつりつ》する股間を書類鞄《かばん》で隠しながら、森田はヴェルファイアに乗り込んだ。

「それにしても、驚いたわ。佐久間さんが、未成年の女の子とこんなことをするなんて……」

由梨が、まるで吐瀉物《としゃぶつ》でも見たように顔を顰《しか》めた。

森田家のリビングルームでのいつもの家族団欒——テレビからは、午前中に生出演した「バッチリ！」の録画が流されていた。

『佐久間さんがやったことは、許されることではありません。ですが、私が気になるのはこの動画の撮影者です。『WEB週刊真実』では明かされていませんが、ホテルの客室なので撮影者は記者ではないでしょう。となれば、なにものかが客室にカメラを仕込んでいたと考えられます。つまり、佐久間さんは嵌められた可能性があります』

「パパは優しいね。こんな最低の男、庇《かば》うことないのに」

佑真が吐き捨てるように言った。

「庇うつもりはなかったけど、たしかに、パパのコメントはそう聞こえてしまうね」

森田はフォークで刺したメロンを口もとに運びながら苦笑いした。

メロンの甘さがこの上なく心地よく身体に染み渡った。

由梨が「千疋屋《せんびきや》」で買った一玉一万円の高価なメロンだからではない。

目の上のたんこぶの佐久間が淫行スキャンダルで糾弾されている録画番組を家族で観る……これ以上の至福はなかった。

「そうよ。こんな男を庇ったら、パパのイメージダウンになってしまうわ！　だって、私とそんなに変わらない年の女の子と不潔なことをしてるんだから！　ほんと、キモい男！」

ひまりが、空のペットボトルを佐久間の写真が映るテレビに投げつけた。

「でも、よかったわね。これで、『あさ生！』の水曜レギュラーはあなたに決まったも同然なんだから」

由梨が笑顔を向けた。

その通り！　佐久間を陥れた一番の理由は、念願の「あさ生！」のレギュラーの座を奪うためだった。

「素直に喜べないよ」

森田はため息を吐いた。

「あら、どうして？　以前から、『あさ生！』のレギュラーコメンテーターになりたがっていたじゃない」

由梨が怪訝な顔を向けた。

「こんな形ではなく、正々堂々とレギュラーの座を勝ち取りたかったよ」

森田は小さく首を振りながら言った。

「本当にパパは、フェアな人ね。そういうパパ、大好き！」

ひまりが、森田の右腕に両腕を絡ませてきた。

「僕も。世界一自慢のパパだよ！」

佑真が、森田の左腕に両腕を絡ませてきた。

「ママのパパを取らないで！」

由梨が、森田の胴に両腕を絡ませてきた。

「おいおい、これじゃ身動き取れないじゃないか」

森田は穏やかに笑った。

ヒップポケットのスマートフォンが震えた。

「電話だから、パパを解放してくれないか？」

森田は冗談めかして言いながら、ソファから立ち上がりリビングを出てトイレに入った。

日村の報告の電話に違いなかった。

トイレのカギを締めた森田は、ヒップポケットからスマートフォンを取り出すと便座に座った。

予想通り、ディスプレイには日村の名前が表示されていた。

「どうだった？」

通話ボタンをタップするなり、森田は訊ねた。

『若月ラムとＬＩＮＥ交換し、セッティングしました。明日、「日本橋マドレーヌホテル」のスイートに八時にくるように伝えました』

日村が淡々と報告してきた。

「セックスできるんだろうな？」

森田は声を潜めて訊ねた。

『もちろん、そのつもりで部屋に行きますから』

日村が自信満々に言った。

「よっしゃ！」

便座に座った森田は、左手でガッツポーズをした。

「あ、そうそう、ギャルにスイートルームの価値はわからないから、部屋を普通のダブルルームに変更しておけ。二十万の部屋も二万の部屋も、セックスの気持ちよさは同じだ。頼んだぞ」

一方的に言うと、森田は電話を切った。

ラムの裸体を想像した森田は、早くも勃起した。

「明日までの辛抱だ」

スウェットパンツ越しに硬直した肉棒を握り締め、森田は自らに言い聞かせた。

5

「日本橋マドレーヌホテル」のシャワールーム──森田はいつもより入念に股間を洗った。

とくにペニスのカリ首回りの溝や陰嚢の裏側が不潔になりやすいので時間をかけた。

ラムにフェラチオさせるときに、酸っぱい臭《にお》いや妙な味がするといけない。

ラムのためではない。

本音は、ラムが嫌がるなら、わざと一週間くらい風呂《ふろ》に入らず恥垢《ちこう》に塗《まみ》れたペニスを無理やり口の中に突っ込みたい。ラムが潔癖であるほど、鼻が曲がるように臭く吐き気をもよおす味のペニスをしゃぶらせてやりたい。

森田が清潔にしているのは、世間の人々が抱いているイメージのためだ。

森田がセックスしてきた数々の女子たちも、世間の人々の一人に変わりはない。青少年教育の第一人者の森田が、娘ほどに年の離れた女子の肉体を貪っているというイメージダウン以外は、彼女たちにたいして虚像を守りたかった。

虚像も崩れなければ、それが実像だ。

シャワールームを出た森田は、パウダールームの鏡に全身を映した。

うっすらと割れた腹筋、隆起した胸筋、括れたウエスト――週五回の筋トレとジョギングのおかげで、森田の身体は四十五歳と思えないほどに引き締まっていた。

日々鍛錬して美ボディを維持しているのは、スーツを着たときの素晴らしいフォルムでテレビの視聴者や講演会の参加者の中高年の女性を虜《とりこ》にするためと、セックスする女子の前で恥をかかないためだ。

森田は持参したハーブのローションを首筋と腋《わき》の下に塗った。

四十、五十代の世代が使うようなコロン類は香りがきつ過ぎて、若い女性に不評だ。

森田にとって、十代から二十代前半の女子に嫌悪されることはすべて悪だった。

ローションを塗り終わった森田は鼻毛と目ヤニのチェックを済ませ、パウダールームを出た。

肛門はメンズ専門の美容クリニックで脱毛しているので、チェックの必要はない。本当は陰毛も脱毛したかったが、由梨との義理セックスのときに不審感を抱かせてしまう。勘のいい由梨のことだから、すぐに夫の浮気を疑うだろう。

ＶＩＯラインの脱毛のために、これまで演じてきたよき夫像、よき父親像が崩壊してしまうなんて本末転倒だ。

「あ……」

森田はパウダールームに戻った。

大切な仕上げを忘れるところだった。

アメニティの綿棒をアルコールに浸し、臍《へそ》を掃除した。

臍のゴマを放置していると強烈な異臭を放つ。臍と鼻は離れているので自分では気づかないが、フェラチオしている女性の鼻腔《びこう》をダイレクトに刺激する。いくらペニスや陰嚢を清潔にして肛門回りの毛を処理しても、臍から納豆の臭いがしたら森田のイメージダウンもいいところだ。

森田はナイトガウンを羽織った。

「パーフェクト！」

鏡の中——親指を立ててウインクする男が片側の口角を吊り上げた。

☆

森田は客室のソファに座り、ルームサービスで頼んだ赤ワインのグラスを傾けていた。

本当は風呂上がりでビールを飲みたい気分だったが、ラムに庶民的な印象を与えたくないので飲みたくもないワインを注文したのだ。

森田はスマートフォンのデジタル時計を見た。

ＰＭ７：30
ラムが来るまで、あと三十分もあった。

森田の別人格は、待ちきれないとばかりにナイトガウンの裾を盛り上げていた。

テーブルの上でスマートフォンが震えた。

ディスプレイには、日村の名前が表示されていた。

「どうだ？　例の件、何かわかったか？」

電話に出るなり、森田は訊ねた。

『はい、いくつか出てきました。まず、ラムには離婚歴があります。十八歳の頃に同級生の男子と結婚して半年で離婚してます』

「結婚⁉　子供がいるのか⁉」

森田は思わず立ち上がった。

『ご安心を。子供はいません』

日村の即答に、森田は安堵《あんど》の吐息を吐きながらソファに腰を戻した。

自分にも子供がいるから、良心が咎《とが》めたわけではない。

究極の森田の理想は、未成年の処女だ。

だが、理想に手を出せば森田の人生は破滅してしまう。

だから二十代前半の女性で我慢しているのだ。

しかし、出産経験のある女性はＮＧだ。

生娘までは望まないが、どんなに若くても母親には興奮しない。

「ほかは？」

森田は日村を促した。

『学生時代に、化粧品を万引きした補導歴が三回あります』

「結構やらかしてるな。ほかは？」

『いまのところ、これだけです。引き続き調査を……』

「必要ない。離婚歴と三回も補導歴があれば十分だ。万が一、俺との関係を漏らしたらこの事実をマスコミに晒《さら》すと脅しておけ」

森田は日村を遮り命じた。

この前抱いた女子……つぐみは一般人で森田の顔も知らなかったがラムは違う。

つぐみと違って、森田のファンなのだ。

森田を知らない女子より肉体関係を結ぶのは容易だが、そのぶんリスクも高い。

ラムは、森田を売れば金になることを知っているからだ。

最初はその気がなくても、金が必要になったり誰かに唆《そそのか》されたりして森田を強請《ゆす》ってくる可能性がある。確率がゼロではないかぎり、保険をかけておく必要があった。

『わかりました』

「セックスが終わってからだぞ。事前にそんな脅しをかけたら、気が変わるかもしれないからな」

『大丈夫ですよ。それくらいは心得て……』

「あ、待て。やっぱり、俺がゴーサイン出すまで言わなくていい」

森田はふたたび日村を遮った。

『え？　どうしてですか？　口止めしておかないと、万が一のことがあったら大変ですよ』

日村が怪訝な顔をしているのがわかる。

「わかってるって。とりあえず一戦交えてみて、肌が合うかもしれないだろ？　顔とスタイルはほぼ満点だ。あとは実際にやってみて、フェラとあそこの具合と感度がよかったら一度で終わらせるのはもったいないだろ？」

森田が言うと、受話口からため息が聞こえてきた。

「なんだ？　そのため息は？」

『いえ……。森田先生は、学歴もあって、頭の回転も速くて、ビジュアルもよくて、喋りもうまくて、奥様も美しくて息子さんと娘さんは成績優秀で素直で……女癖の悪ささえなければ完璧なのにな、と思って』

日村が、本気とも冗談ともつかぬ口調で言った。

「お前は、まだまだ甘いな」

森田は鼻で笑った。

『え？』

「お前は、ミシュラン五つ星の芸術的な料理の表面的な華やかさや美味《うま》さしか見てない。どんなに美しく豪華な料理でも、いろんな動物や魚の命を頂いているって事実を見ようとしない。いいか？　光があるから影ができて、影があるから光を認識できる。美しいがあるから対比として醜いが、醜いがあるから対比として美しいがある。世の中っていうのはな、表と裏があるから成り立ってるんだよ」

『つまり先生の女癖の悪さが、好感度ナンバー1で夫としても父親としても完璧な森田誠を作り上げているってことですね』

日村が呆れたように言った。

「そういうことだ」

悪びれたふうもなく、森田は言った。

ドアがノックされた。

「デザートがきたから切るぞ」

森田は早口で言うと電話を切り、ドアに向かった。

☆

シャワールームから出てきたラムはミルクティーカラーの髪をアップにし、ナイトガウンを着ていた。ナイトガウン越しにも、ラムの胸の膨らみや肉付きのいいヒップラインがはっきりとわかった。

ベッドに座って待っていた森田は立ち上がり、ラムに近づいた。

森田のペニスは、ナイトガウンの下で痛いほどに屹立していた。

森田はラムのナイトガウンの帯に手をかけた。初めて抱く女子の裸を見る瞬間は、何百回経験しても胸が高鳴るものだ。

帯を解き、森田はラムのナイトガウンを足元に落とした。

小麦色の肌、水着の跡が白く眩《まぶ》しい釣り鐘形の美巨乳、ツンと上を向いた小粒な乳首、括れた腰、ツルツルの陰部、盛り上がったプリ尻……森田は息を呑んだ。

想像通り、いや、想像を超えるナイスボディだった。

森田もナイトガウンの帯を解き、血管が浮き脈打つペニスをラムの臍に押しつけた。

「やだ……恥ずかしい……」

ラムが小麦色の頬を赤く染め、眼を逸《そ》らした。

「眼を逸らしちゃだめだ。君の憧《あこが》れの人のおちんちんを、しっかり見なさい」

森田は加虐的な笑みを浮かべながら命じた。

「ヤバい……先生のおっきい……」

森田のペニスに視線を戻したラムが、はにかみながら言った。

森田は、この言葉に異常に興奮した。

驚いたり感動したりしたときに、いまどきの女子はのべつまくなしにヤバいと叫ぶ。

清楚《せいそ》系の女子より、森田の大好物のギャル系女子が使う傾向にある。

「君のエッチな身体が、私のおちんちんをギンギンにしたんだよ」

森田は亀頭をラムの臍に押しつけながら、わざと卑猥な言い回しをした。

「え！　マジに!?　ラム嬉しい！」

ラムの顔がパッと輝いた。

この単純さもたまらない。

由梨にたいして卑猥なセリフは一切言えないし、また、軽蔑されることがわかっているので言う気にもならなかった。

お嬢様は鑑賞用にはいいが、ハイブランドのバッグと同じで実用的ではない。

森田はラムのように品がなくても、思い通りに扱える女が好きだった。

「もっと嬉しくしてやるよ」

森田は言いながら、ラムの上向きの乳房を両手で揉み上げた。

低反発のクッションを鷲摑みにしたときのように、森田の両手からラムの豊満な乳房がはみ出した。

「あんっ、ヤバい……」

揉んでいるうちに硬く尖《とが》ってきたラムの乳首を森田は口に含んだ。

ラムが森田の頭を鷲摑みにしてよがった。

森田は音を立てて乳首を吸いながら、右手を下に滑らせた。

ラムの秘部は既に潤っており、森田の人差し指と中指がぬるりと肉襞《にくひだ》に滑り込んだ。

「あっ……」

ラムが甘い声を漏らした。

「なんだこれは？　びしゃびしゃの水浸しじゃないか？」

森田はラムを見上げ、サディスティックに言った。

「だって、大好きな森田先生に触られてるから……あぁぁん！」

森田が指ピストンを始めると、ラムが鼻にかかったよがり声を上げた。

三回、四回、五回……指を抜き差しするたびに、ラムの秘部から溢《あふ》れ出した淫液が森田の肘《ひじ》まで濡《ぬ》らした。

「ああ……いい……気持ちいい……先生……」

ラムが内股《うちまた》になり、尻をくねらせながら甘い喘ぎ声を出した。

やはり、ラムを呼んで正解だった。

感じている姿も、唇を嚙みエクスタシーに抗っている顔も、身をくねらせるたびに揺れるたわわな乳房も、森田の快楽神経を刺激した。

森田の赤黒く怒張した亀頭の尿道口からは、カウパーが滲み出していた。

森田は二本の指を折り曲げ、肉襞の天井のザラザラしている部位……いわゆるGスポットを指の腹で擦った。

「んあぁ！　ヤバい……ヤバいヤバいヤバい……」

ラムの肉襞が激しく伸縮し、森田の指に吸い付いてきた。

森田は指の抜き差しのスピードを上げげた。

「あぁ……イク……イク……」

いきなり、森田はラムの肉襞から指を引き抜いた。

「え……？」

ラムが半泣きの顔で、森田を見下ろした。

「続けてほしいか？」

森田が言うと、ラムが尻をくねらせつつせつなげに眉根を寄せて頷いた。

「これがほしいか？」

森田は立ち上がり、百度の角度でそそり立つ肉棒を指差した。

四十代半ばにしてはなかなかの角度だが、三十代のときは百三十度を楽に維持できていたものだ。

「うん、ほしい……」

ラムが瞳を潤ませ頷いた。

「だったら、お願いの仕方があるだろう？　跪《ひざまず》くんだ」

森田が言うと、素直にラムが跪いた。

「しゃぶりなさい」

森田に命じられたラムが、肉棒に右手を添えて顔を横に倒した。

「うふぁ……」

ラムは陰嚢と肛門を繋ぐ数センチのスペース……蟻《あり》の門《と》渡《わたり》と呼ばれる部位に舌を這《は》わせた。

蟻の門渡りの裏側には前立腺《ぜんりつせん》があり、快楽神経が集中しているので少しの刺激で激しい快感が得られる。

「いきなり……そんな場所を責めるなんて……は……二十歳そこそこの小娘が……どれだけの男の……ちんぽを咥えてきたんだ……あふぅ……」

言葉責めしていた森田は、かつて経験したことがないほどの強烈な刺激に襲われた。

ラムは畳みかけるように陰嚢を口に含み、右手で陰茎を扱きながら左手で乳首を愛撫《あいぶ》する三所責めを仕掛けてきた。

複合的な快楽が、森田の下半身に広がった。

「うむぐふぁ……」

森田は歯を食いしばり、押し寄せるオルガスムスの波に耐えた。

気を抜けば射精してしまいそうな事実に、森田は信じられない思いだった。

二十歳そこそこの小娘に、僅か一、二分でイカされそうになっている事実が……。

ラムが陰嚢から裏筋に舌を這わせた。

陰茎の根元から亀頭の裏へと吸引しながら舐める、いわゆるハーモニカフェラのあまりの気持ちよさに森田の全身に鳥肌が立った。ラムはその間も、空いている手で陰嚢を揉むことを忘れていなかった。

「先生の奥さんって、元モデルさんだよね？」

裏筋に舌を這わせながら、ラムが唐突に訊ねてきた。

「こんなときに……妻の話なんて……するんじゃない。萎えるだろ」

森田は喘ぎながら、ラムを窘《たしな》めた。

「どこが？　先生のビンビンだよ」

ラムは小悪魔的な笑みを浮かべ、亀頭を咥えると森田をみつめた。

「ぐぅ……」

森田はきつく眼を閉じ、喘ぎ声を嚙み殺した。

今度の責めも強烈だ。強弱をつけて亀頭を吸いながら、舌で裏筋を舐める高等テクニック……ラムは相当な熟練者に仕込まれたに違いない。

「ねえ？　先生。ラムと奥さんの身体、どっちがいい？」

亀頭から口を離して悪戯っぽい表情で訊ねたラムが、ふたたび亀頭を咥えねっとりと舌を絡ませてきた。

「そ……そんなの……君に決まってるだろ」

森田は、喘ぎ交じりに吐き捨てた。

ラムならTシャツ姿でも勃起するが、由梨は全裸になっても薬の力を借りなければどうにもならない。

女性がなりたい顔とスタイルランキングで、ベストテンの常連だった頃は遠い昔だ。

「嬉しい！　いっぱいしゃぶってあげる！」

ラムの顔が激しく前後に動き、吸引と唾液の卑猥な音が客室に鳴り響いた。

この前のつぐみのフェラチオテクニックもかなりのものだったが、ラムはさらにその上をいく。


「今度は……私の番だ」

上ずる声で言いながら、森田はラムを立たせてベッドに移動すると四つん這いにさせた。

ラムの盛り上がる左右の臀部《でんぶ》が、森田の肉棒の角度を上げた。

森田は、いきなりラムの秘部に肉棒を挿入した。

既に淫液塗れになっていた秘部は、抵抗なく森田を受け入れた。

「あぁん！」

ラムが天を仰ぎ、一際大きなよがり声を上げた。

「憧れの人のおちんちんはどうだ？　言ってみろ」

森田はゆっくりと肉棒を抜き差ししながら、ラムに加虐的に命じた。

「あん……先生……の……あっ……おちんちん……気持ちいい……」

ラムが自ら腰を前後に動かしながら、鼻にかかった声で言った。

「なに自分から腰を振ってるんだ？　救いようのない淫乱女だな。そんなに私のおちんちんが好きなら、くれてやるよ！」

森田は、それまでの三倍速で腰を振った。

森田の恥骨が臀部に打ちつけられるたびに、ラムの盛り上がった尻肉がプルプルと弾んだ。

「エロ尻が！　エロ尻が！　エロ尻が！　エロ尻が！　エロ尻が！　エロ尻が！」

つぐみのときと同じように、森田は両の平手でラムの尻肉をスパンキングした。

「あっ、いや……先生……恥ずかしい……」

乾いた音とラムの恍惚とした声のコラボレーションが、森田のテンションを上げさせた。

森田は、ラムをベッドに押し潰し寝バックの体勢にさせた。

耳の中に舌を入れ、うなじを甘噛みし、背中に唇を押しつけながら腰を動かした。

「あっ、あん、あん、やだ……くすぐったい……あんっっ！」

ラムのよがり声が、ボリュームアップした。森田はラムの両腋に腕を差し込み、自らも一緒に半回転して仰向けになった。

上体を起こし座った森田は、ラムの膝の裏を両手で抱えM字開脚の格好のまま立ち上がった。

森田はラムに挿入したままパウダールームに移動した。

ラムの膣が下付きなので、肉棒が抜けることはなかった。

「やだ……恥ずかしい……」

M字開脚させられ性器が丸見えの姿が映る鏡から、ラムが顔を逸らした。

「しっかり見なさい！」

森田は命じ、逆駅弁ファックの体勢で激しく腰を振った。

「あぁ……あぁっ、ヤバい……ヤバい、イク……イク、イクイクイクーっ！」

ラムの絶叫と同時に、性器から噴出した夥《おびただ》しい量の潮が鏡を濡らした。

淫液が垂れ落ちる鏡に、片側の口角を吊り上げる男が映っていた。

6

森田家のリビング。

「由梨は、本当に幸せね。渋谷の松濤の豪邸、三十畳の大理石床のリビング、バカラのシャンデリア、イタリア製の高級ソファ……まるで、絵に描いたような結婚生活だわ。このワインだって、二、三十万はするでしょう？」

U字形のカッシーナのソファ——森田と由梨の対面に座る杏《あん》が、グラスの中で波打つ赤ワインを見つめながら言った。

杏の隣では夫の松島が、テーブルに並べられたローストビーフやフォアグラを次々と口の中に放り込んでいた。

杏は由梨と同い年の元モデルで、大学時代からの友人だ。

ミスキャンパスでは、毎年二人がミスと準ミスを独占していたらしい。

杏は由梨同様に百六十五センチを超える高身長にスリムな体形を保っており、三十代前半といっても十分に通用する。

だが、しょせんは四十路《よそじ》だ。

昨日抱いたラムの弾力のある瑞々《みずみず》しいボディとは比べようもないし、比べるものでもない。

昭和に活躍した四十代のグラビアアイドルがセクシーポーズを取っても興奮しないからといって、令和のグラビアアイドルに劣っているということにはならないのと同じだ。

茶色に変色して萎《しぼ》んだバラも、十日前までは燃えるように赤く咲き誇っていたのだから。

それにしても、ラムの身体は……。

昨日の情事を思い出した森田の股間が疼《うず》き始めた。

「さすがは杏ね。やっぱり、一流に囲まれてきた人は違うわ。そのワインは、主人が結婚記念日に買ってきてくれた年代ものなの」

「え⁉　そんな大切なワインを頂いてもいいの⁉」

「ええ。ワインとは別に指輪もプレゼントしてくれたから」

由梨が嬉しそうに口もとを綻ばせた。

「それに、大切なワインだからこそ大切な友人と飲みたいのよ」

「親友冥利《みょうり》に尽きるわ。でも、本当に素敵なご主人ね」

杏が羨《うらや》ましそうに言った。

「のろけるようだけど、絵に描いたような素敵な結婚生活を送れているのは、すべてこの人のお陰よ。ね？」

由梨が、隣に座る森田に笑顔を向けた。

「いや、私は父親として夫として当然のことをやっているだけだよ。素敵な結婚生活を送ることができているとしたら、しっかり家庭を守ってくれている君のおかげさ」

森田は由梨に柔和な笑みを返しながら、膨らんだ股間にさりげなくクッションを乗せた。

「あなたも、森田さんを見習ってよ。トレーニングや遠征ばかりで、家の中のことは全部知らん顔なんだから」

杏が松島のポロシャツ越しに盛り上がった肩を叩いた。

「ちょ……ワインが零れるだろ。僕が男性平均で、森田さんが特例なんだよ。ね、森田さん？」

松島が人懐《ひとなつ》っこい笑顔を森田に向けた。

松島は杏より十歳年下の三十歳で、現役のJリーガーだ。

日本代表に選出されたことはないが、年俸一億円プレーヤーの主力選手だ。

松島夫妻とは、由梨と杏の友人関係が縁となり月に二、三度互いの家に招待し合う間柄だった。

「まあ、特例かどうかはわからないけど、マメな性格であることはたしかだね」

森田は適当に答えた。

運動しか能がない筋肉馬鹿と、まともに会話する気はなかった。

「そう言えば、佑真君とひまりちゃんは？」

思い出したように、杏が由梨に訊ねた。

「二人とも塾よ。ひまりは留学準備、佑真は再来年に大学受験を控えているから大変なのよ」

由梨が肩を竦《すく》めて、キャビアを載せたカマンベールチーズを口に入れた。

「でもさ、佑真君もひまりちゃんも年頃なのに反抗期もなくて素直よね。ねえ、森田さん。どうしたら、そんないい子に育つんですか？」

杏が由梨から森田に視線を移した。

「おいおい、森田さんは教育のプロだぞ。ただで訊き出そうとしてるのか？　教えて貰いたければ、百万くらい払わないと」

顔を赤く染めた松島が、ワインをガブ飲みしながら冗談交じりに言った。

コンビニで売っている二千円のワインと味の区別のつかない味覚馬鹿に、三十万円のリシュブールはもったいなかった。

「そんなたいそうなものではありませんよ。私も日々勉強で、子育てに関しての答えは出ていません。佑真とひまりが素直に育っている秘訣《ひけつ》があるとしたなら、妻であり母親であるのが由梨だったからです」

森田は、松島夫妻を交互に見渡しながら、物静かな口調で言った。

「僕は妻を愛してます。由梨と眼が合うと、苦しいくらいに胸が高鳴ります。仕事で長時間離れていたら妻が恋しくなり、一分でも早く家に帰りたくなります。この前なんて、番組の収録が終わった瞬間に楽屋にも寄らずに駐車場に直行しましたよ」

森田は、照れ笑いを浮かべて見せた。

「それは凄《すご》いですね。たしか森田先生ご夫妻は、結婚十九年目でしたよね？」

松島が驚いた顔を森田に向けた。

「ええ。でも、私の気持ちは十九年前のままです。松島さんも、奥様と出会ったとき胸がときめいたでしょう？　僕はいまでも、由梨にたいしてその気持ちが続いているだけです。なにも、特別なことではないと思いますが」

森田は不思議そうな顔で松島をみつめた。

松島は、ぽっかりと口を開けていた。

子供の頃からサッカーしかやっていない単細胞で性欲の塊の松島には、一人の女性を愛し続ける気持ちなど理解できないだろう。

尤《もっと》も、それは森田も同じだった。

由梨にたいしての胸のときめきなど、とうの昔に風化している。

「森田さんは日本中の、いいえ、世界中の旦那さんの鑑《かがみ》です！」

感極まった表情で、杏が森田をみつめた。

世界中の旦那の鑑がクッションの下で、ラムとのセックスを思い出しいまだに勃起していると知ったらどんな顔をするだろう？

「恋愛感情だけでなく、由梨にたいしては一人の人間として尊敬の念を抱いています。ほとんど家にいない僕に代わって、家庭を守ってくれています。僕がテレビに出ていることで、子供たちも嫌な思いをしたはずです。二人とも、多感な年頃ですからね。由梨のフォローなしでは、佑真とひまりはいまのように素直な子には育たなかったでしょう」

森田は、一言一言に気持ちを込めて言った。

込める気持ちが嘘でも、完璧に騙《だま》せればそれでいい。

「私なんて、母親としての務めを果たすことだけで精いっぱいよ。そう言ってくれるのは嬉しいけど、佑真とひまりが素直に育ったのはあなたのおかげよ」

由梨が謙遜し、森田を立てた。

あたりまえだ。

美魔女と運動馬鹿の心を摑むために、由梨を持ち上げただけだ。

エステ、オリーブスパ、ヒアルロン酸、ホットヨガ、化粧水が一本三万円の化粧品シリーズ、四万円の美容室に月四回、十万円のビタミンサプリメント……懸命に若さを保つために湯水のように金を使い、悪足掻《わるあが》きのために時間を浪費する由梨は母親とは言えない。

子供たちが反抗期もなく優秀に育っているのは、青少年教育コンサルタントの第一人者として世の中から尊敬され、妻を大切にしている父親の背中を見ているからだ。

子育てに成功したのは、一から百まで森田のおかげだ。

由梨の貢献度など、一パーセントもない。

「とんでもない。君がいなければ、いまの森田家の団欒も僕の成功もない。改めてだが、君には感謝している。僕の妻になってくれて、ありがとう」

森田は由梨の手を握り、無理やり滲み出させた涙で潤む瞳でみつめた。

「あなた……」

由梨の瞳に、森田と違う本物の涙が光っていた。

由梨の涙が、三十八年前の暗鬱《あんうつ》な記憶の扉を開けた。

——マコちゃん、ごめんね。母ちゃんがなんにもできんけん、頭が悪かけん、父ちゃんば怒らせるとよ。こぎゃん情けなか母ちゃんでごめんね……。

父が銭湯に行くために家を出ると、四畳半の茶の間で倒れていた母が部屋の片隅で震えていた森田のもとに這いずり寄ってきて詫びた。

母の赤紫に腫れ上がった右の瞼《は》は塞がり、鼻は曲がり、前歯が折れていた。

——なして……父ちゃんは……母ちゃんば叩いたり蹴ったりすると？　父ちゃんは母ちゃんばイジメる、悪か人たい……。

森田はしゃくり上げながら母に言った。

——違う！　違うとよ！　父ちゃんはなんも悪くなかとよ。母ちゃんがなんにもできんけん、頭が悪かけん、父ちゃんば怒らせるとばい。だけん、父ちゃんはなんも悪くなかとよ！

母が森田の小さな両肩を摑み、前後に揺さぶりながら涙声で叫んだ。


「私のほうこそ、奥さんにしてくれてありがとう」

記憶の中の母の涙声に、由梨の涙声が重なった。

「ほら！　あなたも森田さんを少しは見習ってよっ」

杏が松島の背中を叩いた。

「それは、日本がブラジルに勝つくらい難しいな〜」

すっかり酔いが回った松島が、サッカーを引き合いに出しクオリティの低い比喩を口にした。

「もう、つまらないギャグを言ってる場合……」

杏の言葉を携帯電話のコール音が遮った。

鳴っていたのは、テーブルに置いていた森田のスマートフォンだった。

ディスプレイに表示されているのは、「あさ生！」の中山プロデューサーの名前だった。

「仕事の電話なので、ちょっと失礼します」

森田は松島夫妻に断り、ソファから立ち上がるとリビングルームを出た。

「森田ですが」

書斎に入り、森田は電話に出た。

『「桜富士テレビ」の中山です。こんな時間に申し訳ありません』

中山が詫びた。

夜八時過ぎのプロデューサーからの電話がなにを意味しているか、森田にはわかっていた。

「いえ、ちょうど一杯やっていたところです。どうしました？」

森田はモスグリーンの本革のプレジデントチェアに腰を下ろし、上がりそうになるテンションを抑え、見当はついていたが知らない振りをして訊ねた。

『森田先生に「あさ生！」の水曜レギュラーコメンテーターをお願いしたいのですが、いかがでしょうか？』

緊張した声で、中山が切り出した。

「ありがとうございます。ただ、ほかの番組からもいくつかオファーがきているので、一日だけ時間を頂いてもいいですか？」

森田は小躍りしたい衝動を堪え、冷静な口調で言った。

『もちろんです！　ウチはどの局よりも好条件で森田先生をお迎えいたしますので、どうぞ、よろしくお願いします！　それでは明日、またいまくらいのお時間に……』

「いえ、返答がどちらでも、私のほうからおかけいたします。それでは、失礼します。おやすみなさい」

森田はスマートフォンの通話ボタンを切ると拳を握り締めた。

「イエース！　イエース！　イエース！」

森田は何度も拳を突き上げた。

どこまでも、どこまでも上り詰めてやる。

誰も手が届かない遥か彼方《かなた》の頂上へと……。

そして、見せつけてやる。

ろくでなしの父親と頭の悪い母親から生まれた息子が、天下を取る瞬間を。

森田は憎悪に燃え滾《たぎ》る眼で宙を睨《にら》みつけ、心に誓った。

7

「桜富士テレビ」の控室――壁掛け時計の針は、午前六時を指していた。

畳に座った森田は、番組の進行台本に眼を通していた。

「あさ生！」の放送は八時からで、ゲストのときは六時半入りして七時からメイクルームに向かい、七時半に控室に戻りスタッフとの打ち合わせというのが一連の流れになっていた。

今日はレギュラーになってから初めての出演なので、ゲスト時代より三十分早くスタジオ入りしていた。

番組で扱うメインテーマは、高校教師の淫行事件だ。

進学校の三十五歳の英語教師が、志望校の相談をしてきた十五歳の少女を自宅マンションに連れ込み、性的関係を持ってしまったという事件だ。

馬鹿な男だ。

教え子を自宅に連れ込むなど自殺行為だ。

気持ちはわかる。

十五歳の女子高生は、森田にとっても大好物だ。

だが、人間には理性がある。

考えなしに欲求を満たすなら獣と同じだ。

だからこそ、欲求に抗い森田は成人を迎えた女性で我慢しているのだ。

しかも呆れたことに、この教師は妻が出産後実家に帰省している隙に女子生徒を部屋に連れ込んだのだ。ホテル代が惜しかったのかもしれないが、考えなしにもほどがある。

森田は、赤ペンで出産という文字を囲んだ。

「あさ生！」の視聴者は主婦層がメインなので、妻が出産療養中に教え子を連れ込んだという行為を集中的に叩くと好感度が上がるだろう。

森田はページを捲《めく》り、パネラーをチェックした。

森田以外の水曜レギュラー陣は二人だ。

一人は心理カウンセラーの水上さや、一人は『週刊真実』の元編集長の大山良介となっていた。

昨夜までに、録《と》り溜《だ》めしていた二人の出演シーンのチェックを済ませていた。

水上はどこかで聞いたことがあるような浅い心理学を得意げに喋るだけで、大山はスキャンダル目線でコメントするタイプなので森田とは被らない。

はっきり言って、二人ともイージーな相手だ。

森田にとって避けたい共演は、同業者と心理学者だ。

目の上のこぶだった同業の佐久間は、十代淫行の罪を被せてテレビ業界から葬ったので、青少年教育コンサルタントの枠は森田の独占状態だ。

胡散臭《うさんくさ》い心理カウンセラーと違い心理学者は圧倒的な知識と臨床体験に基づく経験値が高く、心理学をかなり勉強した森田でも太刀打《たちう》ちできない。

なにより厄介なのは、肩書の破壊力だ。

医師や学者の言葉は警察官と同じで、無条件に信用してしまう人が多い。

なので、喋りが下手でも人相が悪くても、彼らのコメントには説得力があるのだった。

ノックの音に続き、紙コップに入ったコーヒーを手に日村が入ってきた。

「買ってきました」

日村が、紙コップをテーブルに置いた。

「敵の分析ですか？　森田先生は、相変わらず抜かりがないですね」

日村が感心したように言いながら、ドアの脇に置いてある丸椅子に座った。

森田が座る畳のスペースに上がってこないのは、マネージャーの分を弁《わきま》えているからだ。

タレントと同等の場所に座っている無能なマネージャーをたまに見かけるが、現場スタッフに悪い印象を与えてしまう。

「ライオンは獲物を捕らえるときは、ウサギであっても全力で狩るものだ。イージーな相手だが、油断していると足をすくわれるからな」
森田は紙コップを口元に運んだ。安物のコーヒーだが、仕事が順調なときの味は格別に感じる。同業で人気者の佐久間がいなくなったいま、森田の前途はシカゴからサンタモニカを結ぶ「ルート66」のように見通しがよかった。

——おい、森田の弁当見てみろよ！　もやしと梅干だけだぞ！
小学一年生の遠足。昼食のときに、いじめっ子の大将が大声で叫んだ。
——あ！　本当だ！　ご飯がない！
——森田んちは、ご飯を買えないからもやししかないんだ！
——ヤーイ！　ヤーイ！　もやし男ーっ！　もやし男ーっ！
大将に続いて、子分たちも森田を馬鹿にした。
いじめっ子たちの言っていることは本当だった。
——ぬしゃ、嘘ば吐いてからに！　ここに二千円もあるやなかか！
いつものように酒に酔った父が、母の財布から二千円を奪った。
——こ、これは誠の遠足に持っていく弁当の材料を買うお金だけん……。
——せからしか！　誠には、白飯と梅干だけ食わせとけばよかったい！
父が母の頬を拳で殴りつけた。
——あんたがギャンブルにお金ば使うけん、米を買うお金もなかとよ！
尻餅《しりもち》をついた母が、涙声で絶叫した。

――米がなかなら、もやしでん食わせとけばよかったい！　俺とガキのどっちがえらかと思うとるとや！　こんアマが！　根性ば、叩きなおしてやるけん！　おら！　おら！　おら！

父が馬乗りになり、母の顔面を殴打した。

――父ちゃんっ、もうやめて！　弁当はもやしでよかけん！　だけん、母ちゃんば殴らんで！

森田は父の振り上げた右腕にしがみつきながら訴えた。

――マコちゃんは……あっちにおって……父ちゃんはなんも悪くなかとよ……全部、母ちゃんが悪かけん……お仕置きばされとるだけだけん……。

鼻血で真っ赤に染まり変形した顔で、無理やり笑みを作った母が森田を諭した。

森田の小さな胸には、息子に危害が加わらないようにと犠牲になる母の愛にたいしての感動よりも、金も力もない家庭に生まれた絶望感が広がっていた。


あんな地獄しか見せてくれない神様よりも、金と権力で煌《きらび》やかな世界を見せてくれる悪魔のほうが遥かにましだ。

権勢、名誉、金を得るためなら妻と子供さえ利用するような人間になったことを、森田は微塵も恥じていない。

恥じるとすれば、そんな息子に育ててしまった無能で無力な両親のもとに生まれたことだ。

「もしもし？　『週刊荒波』さん？　はい……私は森田のマネージャーで日村と申します」

日村の声に、森田は回想から現実に引き戻された。

「はい、はい……え!?　ちょっ、ちょっと待ってください！　そんな、一方的です！　こちらで事実確認致しますので……え!? 親御さんが!? とにかく、森田に話を聞いてから……あ、もしもし!? もしもし!?」

日村が青褪《あおざ》めた顔で、リダイヤルキーをタップした。

「おい、どうした? 『週刊荒波』がなんの用だ?」

胸騒ぎに導かれるように、森田は訊ねた。

「いえ、その……それが……」

日村が言い淀《よど》んだ。

「どうした!? はっきり言え!」

「若月ラムが、月曜日発売の『週刊荒波』で、森田先生との関係を暴露するそうです……」

「なっ……」

森田は絶句した。

ラムが自分との関係……セックスを週刊誌に暴露!?

なにがいったい、どうなっている!?

動揺と狼狽《ろうばい》が、競うように森田の背筋を這い上がった。

売名……そう、売名に決まっている。

売れるために、森田の知名度を利用しようとしているに違いない。

落ち着け……落ち着くんだ。証拠があるわけではない。

週刊誌の発売前に釈明会見を開けば、スポンサーや世論は森田を信じるだろう。

「生放送終了後に釈明会見をネット配信する。この現場は俺一人で大丈夫だから、お前はどこかホテルの客室を取って配信の準備をしろ」

森田は平静を装い、日村に命じた。感情的に動いて、いいことなど一つもない。

「記事が出る前に、釈明会見を開くのは危険です！　内容によっては藪蛇《やぶへび》に……」

「記事になってからじゃ遅いんだよ！」

森田は日村を一喝した。

証拠がない以上、やった、やらないの水掛け論でしかない。

だが、記事が出てから会見を開いても読者が先入観念を植え付けられている状態なので、森田の釈明の説得力が薄れる。

週刊誌の発売前に森田の話術で潔白をアピールすれば、視聴者の潜在意識にはラムの売名行為という情報が刷り込まれるので、記事には説得力がなくなるのだ。

「今日明日には『週刊荒波』から掲載記事のゲラが送られてくるので、それを確認後に……」

「世間の人々が、枕営業しか能がないB級グラドルと森田誠の発言のどっちを信用するかは火を見るより明らかだ！　証拠がない以上、あんな女の発言を恐れる必要はない！」

森田は己に言い聞かせるように、強気な姿勢で日村に断言した。

だが、森田もノーダメージというわけにはいかない。

スキャンダル記事が世の中に出た時点で、人々の脳裏には森田＝グラビアアイドルと不倫というワードが刻まれてしまう。

もし本当に森田が潔白だとしても、それは同じだ。

頭ではラムの売名行為と理解しても、印象として残ってしまうのでどうすることもできない。

しかし、森田の「潔白」をきっちり証明できればスポンサー的に問題はなく、仕事に支障は出ない。

問題は家族だ。

由梨、佑真、ひまりの三人は森田を尊敬しているので、すぐに「潔白」を信じてくれるだろう。だが、由梨のママ友や子供たちのクラスメイトは違う。ある一定数、好奇の眼で見たり嫌なことを言ってきたりする者もいるはずだ。

森田が気にしているのは、陰口や好奇の視線で妻や子供たちが傷つくかどうかではなく、完璧だった夫、父親にたいして僅かでも不満を抱かないかどうかということだ。

森田は危惧《きぐ》と懸念を打ち消すように頭を振った。

なにはともあれ、まずは迅速に釈明会見を開きスキャンダルの芽を摘むことだった。

「さあ、早くホテルの客室を確保してネット配信の準備を……」

「証拠があるんです！」

日村が大声で森田を遮った。

「……いま、なんて言った？」

森田は掠《かす》れた声で訊ねた。

「若月ラムは、スマートフォンで動画を盗撮していたようです」

強張《こわば》った顔で、日村が言った。

「ど、動画だと!?　そんなわけあるかっ。スマートフォンは、盗撮や盗聴防止のために部屋に入る前に預かったと言ってただろう！」

森田は立ち上がり、日村に詰め寄った。

「はい、たしかに預かりました。もう一台、隠し持っていたようです……気づけずに、申し訳ありません！」

日村が土下座した。

「もう一台……隠し持っていたで、済まされる話だと思ってるのか！」

森田は日村の背中に怒声を浴びせた。

卑猥な言葉を連発しながら飢えた獣のようにラムの若い肉体を貪る自分の姿が、白日の下に晒されるというのか……。スポンサーの企業名、レギュラー番組の共演者とスタッフの顔、家族の顔が、森田の脳内で渦巻いた。

「な……なんてことを……。土下座なんかしてないで……すぐにあの女に電話をして、取りやめさせろ！」

気息奄々《えんえん》の平常心を掻き集めた森田は、日村の胸倉を摑み立ち上がらせた。

「情報番組のアシスタントでも、連ドラでもキャスティングしてやるからと説得しろ！　動画を買い取る代金にも糸目はつけないと言え！　あの女の目的は売名と金だ！　絶対に話に乗ってくるはずだ！」

森田は買収作戦を日村に命じた。

芸能界の底辺にいるタレントが、メジャーな番組と大金の餌に靡《なび》かないはずがない。

視聴率男の森田に逆らえないプロデューサーは各局に十人前後いるので、ラムを番組に捻《ね》じ込むくらいの人脈と力はあった。

Ｂ級グラビアアイドル如《ごと》きのために、プロデューサーに借りを作ってしまうのは癪《しゃく》だが背に腹は代えられない。

「実は……彼女の両親にも、バレてしまったんです……」

半泣き顔で、日村が言った。

「両親がなんだ！　成人した娘が納得すれば親なんて……」

「若月ラムは……十七歳だったんです！」

「な……!?　でも、彼女は十八歳のときに結婚して離婚したんじゃなかったのか!?」

「すみません、私がガセネタを摑まされていたようです！」

森田の言葉を、日村の涙声が遮った。

「じゅう……なな……さい……」

森田の思考がフリーズし、青黒くぼやける視界がぐるりと回った。

眼の前に広がる天井に、顔を歪ませた日村の顔が現れた。

「森田先生！　大丈夫ですか！　森田先生！」

日村が呼びかける声が鼓膜から遠のき、代わりに別の音が聞こえた。

森田が築き上げてきた城の崩壊する音が……。

8

「都内屈指の進学校の三十五歳の英語教師が、志望校の相談にきた十五歳の少女を自宅マンションに連れ込み性的暴行を加えるという衝撃的な事件を起こしました。最近、教師が生徒を毒牙《どくが》にかける事件が相次いでいますが、大山さんはどう思われますか？」

人気芸人のＭＣが、コメンテーターの一人……『週刊真実』の元編集長の大山良介に話を振った。

「教師も生身の人間であり、聖職者であるというのは幻想だと証明されましたね。そもそも、日本は性犯罪者の管理が甘過ぎます。元同僚の記者から入手した情報では、容疑者の英語教師は以前も別の女子生徒にたいしてセクハラ発言をして保護者からクレームが入ったそうです。そのときは英語教師がすぐに謝罪し、学校サイドも事を大きくしないように保護者に頼んだことで警察沙汰《ざた》にはなりませんでした。つまり、進学校の名に傷をつけないために学校サイドが隠蔽《いんぺい》したわけです。そのとき学校サイドが英語教師を庇わず処分していたら、少なくとも今回の事件は回避されていたかもしれません。たとえるなら、人に咬傷《こうしょう》事件を起こした犬を女子生徒と一緒にしたようなものですからね」

得意げな顔でコメントする大山の話は、森田の頭にまったく入ってこなかった。

いつもなら、視聴者の好感度を独り占めにするために、ほかのコメンテーターのコメントを聞き逃さないように意識を集中していた。

だが、いまはそれどころではなかった。

――若月ラムが、月曜日発売の『週刊荒波』で、森田先生との関係を暴露するそうです……。

――若月ラムは……十七歳だったんです！

本番前の控室で日村の口から聞かされた衝撃の事実に、森田は意識を失った。

幸いにもすぐに意識が戻ったので、記念すべきレギュラーコメンテーターの一発目の番組に穴を開けることはなかった。

だが、問題は山積している。

十七歳のグラビアアイドルとの淫行を『週刊荒波』に報じられてしまったら、一巻の終わりだ。

証拠がなければなんとか切り抜けられるかもしれないが、盗撮された動画が提出されたという話が本当ならば、言い逃れができない。

「あさ生！」の本日のテーマである、英語教師が教え子の女子高生を自宅マンションに連れ込み淫行した事件など、青少年教育コンサルタントの第一人者であり茶の間の主婦層から絶大な支持を得る森田誠が、十七歳のギャルグラドルと起こした淫行スキャンダルに比べれば屁《へ》のようなものだ。

森田と英語教師では、知名度と世間に与えるインパクトが違い過ぎる。

森田は、自らが有名人であることを悔やんだ。

いや、悔やんでいる場合ではない。

前門の虎《とら》、後門の狼《おおかみ》の挟み撃ちにあっているのなら、横門から逃げるしかない。

『週刊荒波』の編集長を金で釣るか？　いや、「記者魂」なんて厄介なものが邪魔をして、よほど金に困ってでもいない限り買収は難しいだろう。

弱味を握るか？　興信所を使っても間に合うかどうか……。

「森田先生？　森田先生？」

芸人ＭＣが、訝《いぶか》しげな顔で森田に呼びかけていた。

アシスタントの女子アナウンサーもコメンテーターの二人も、怪訝そうに森田を見ていた。

なんという大失態だ。

未成年淫行スキャンダルの掲載をどう逃れるかばかりに気を取られ、芸人MCの質問を聞き逃してしまった。

落ち着け、落ち着くんだ。進行台本通りの質問のはずだ。

芸人MCの最初の質問は、今回の事件について森田先生のご意見をお聞かせください、だった。

「申し訳ございません。あまりにも許し難い事件だったので、つい考え込んでしまいました」

平静を装い、森田は微笑んだ。

まずは、「あさ生！」に全神経を集中だ。

念願のレギュラーコメンテーターの座を、三流グラドル如きの売名行為で手放すわけにはいかない。

「今回の事件について私がまず最初に思ったことは、被害者の心の傷です。被害者の顔や名前は伏せられていても、同じ学校に通っている生徒や父兄は誰なのか知っています。マスコミが容疑者の英語教師の罪を報道することに気を取られ多感な年頃の少女を……」

「あの、森田先生」

遠慮がちに、芸人MCが森田の話を遮った。

「なんでしょう？」

「私がお訊ねしたのは、過去に女子生徒にセクハラした疑いのある英語教師を処分せずに、クラスを任せた学校サイドの責任は重大だという大山さんの見解について森田先生のご意見を聞かせていただきたかったのですが……」

「え……」

芸人ＭＣの言葉に、森田はすぐに言葉を返せなかった。

しくじった。

芸人ＭＣは、台本にない質問を森田にしたのだ。

前のコメンテーターの発言内容によって台本にない質問をされるのは、珍しいことではない。

「あ、私が言いたかったことはですね……」

森田は咄嗟《とっさ》に言葉を発した。

沈黙や動揺が、森田にたいしての疑心に拍車をかけることがわかっているからだ。

いつもなら、言葉がすらすらと出てきて難なく切り抜けることができた。

しかし、『週刊荒波』の件が頭にこびりついて離れない森田の思考は、いつものように回ってくれなかった。

十五秒、二十秒、三十秒……。

刻々と流れる時が、森田の焦燥感を募らせた。

「はい。森田先生が言いたかったのは……」

不安になった芸人ＭＣが、身を乗り出し森田を促した。

まずい……なんとか取り繕わなければ……なんとかごまかさなければ……。

「水上先生の学校側に問題ありとのコメントですが……」

「あの……森田先生、水上先生ではなく大山さんのコメントです」

芸人ＭＣが、控えめに森田の間違いを指摘した。

「あ、ああ……そうでした。失礼しました」

森田の顔は、猛暑日の陽差しを浴びたように熱くなった。

カメラの横に立つ日村が、深呼吸をするジェスチャーをしていた。

言われなくてもわかっている。わかっているが、焦れば焦るほどにど壺《つぼ》に嵌ってゆく……。

早く、なにか言え！　このまま黙っていたら、好感度が下がってしまう。

だが、なにを言う？

大山のコメントなど、まったく聞いていなかった。

学校サイドに非があると言っているのは、芸人ＭＣの言葉でわかった。

だが、ここでへたに大山のコメントに噛みつけば、藪蛇になってしまう恐れがあった。

だとすれば、奇抜なコメントでスタジオの空気を変えるほうが得策だ。

共演者やスタッフに与えてしまった不信感を払拭《ふっしょく》するには、誰もが思いつかない斬新《ざんしん》なコメントを発しなければならない。

奇抜なコメント……斬新なコメント……不信感を払拭するコメント……奇抜なコメント……斬新なコメント……一発逆転のコメント……。

焦燥と動転が競うように森田の脳内を駆け巡った。

「ようするに私が言いたいのは、どっちもどっち、安易に英語教師の自宅に足を運んだ女生徒のほうにも問題があるということです！」

焦りに押し出されるように口から出たコメントに、スタジオ内の空気が凍《い》てついた。

森田の表情も凍てついた。

自分は、いま、なにを……。

脳みそが粟立《あわだ》った。

とんでもないことを……言ってしまった……。

よりによって、性被害者の女子生徒にも落ち度があったなどとコメントするとは……。

これまで一貫して青少年を庇護してきたからこそ、森田にはいまの地位があるのだ。

くそ生意気なガキや尻軽のアバズレを擁護してきたのも、すべては好感度を上げるためだ。

それなのに、被害に遭った女子生徒の自業自得だと言い放つとは……。

できるものなら、時を巻き戻したかった。

できるものなら、発した言葉を呑み込みたかった。

できるものなら、日本中のテレビが壊れていてほしかった。

後悔先に立たず——過ぎたことを悔やんでも、窮地は乗り切れない。

とにかく、失言をなんとかしなければならない。

「みなさんに誤解を与えましたが、いまの発言の真意は……」

「水上先生は、今回の事件をどのようにお考えですか?」

芸人MCが、森田のコメントを遮り心理カウンセラーの水上さやに話を振った。

森田のコメントをなかったことにする気だ。

冗談ではなかった。

このまま番組が終わってしまえば、森田の好感度が坂道を転げ落ちるように下がってしまう。

そんなところに『週刊荒波』のスキャンダル記事が出てしまえば……。

「あの、さっきの私の発言は……」

「今回の事件は決して偶発的なものではなく、起こるべくして起こったものです」

今度は、水上が森田の言葉を遮った。

確信した。

完全に森田の発言を封印しようとしているのだ。

「ちょっと、私の話を……」

正面——ADが厳しい表情でカンペを出していた。


森田先生のコメントはなしの方向でお願いします！


「なっ……」

森田は絶句した。

これは、目の錯覚か？

いままで森田に出されるカンペは、失礼がないように丁寧な言葉遣いで書かれていた。

たとえばコメントが長いときなどに、申し訳ありません！　もう少し巻いていただいてもよろしいでしょうか？　という具合だ。

そもそも森田にたいしてのカンペ自体が、スタッフが本当に困ったときだけしか出されない。

それなのにAD風情が、申し訳ありません、の言葉もなしに雑に指示してくるなどありえなかった。

「起こるべくして起こったとは、どういうことでしょうか？」

芸人ＭＣが、何事もなかったように水上を促した。

「共学校でクラスに十数人、学校全体には二百人前後の女生徒がいます。英語教師のような少女性愛者からすれば、願ってもない環境です。みなさん、ウサギの群れに狼を入れたらどうなりますか？　狼は見境なくウサギを餌食《えじき》にすることでしょう。英語教師を野放しにした学校サイドは、ウサギの群れに狼を解き放ったのです。起こるべくして起こった事件というのは、そういうことです。厳しいことを言うようですが、性犯罪者は病人と同じです。この英語教師になにを言ったところで、彼の欲求は制御できません。性犯罪者の再犯率が高いのは、本能が求めるからです。狼にちゃんと餌をあげるから、ウサギを食べたらだめだよと言っても無駄でしょう？　だからこそ、ウサギ小屋に入れようとしているのが狼か羊かを見究める力が、学校サイドにも必要になってきます」

水上がしたり顔でカメラをみつめた。

心理学的な話をしているように聞こえるが、水上のコメントは「赤ずきんちゃん」などの童話と同じで稚拙なレベルだ。

そもそも、性犯罪者を狼、被害に遭った女子生徒をウサギにたとえるあたりが陳腐過ぎて話にならない。

ここは、汚名返上のチャンスだ。

水上のコメントがいかに低レベルであるかを証明できれば、森田の失言によっての悪印象も薄れることだろう。

森田は冷静な顔で挙手した。

さっきまでは興奮気味に発言しようとしたので、却下されたに違いない。

「なるほど。ウサギの群れに狼というたとえは、凄くわかりやすいですね」

芸人ＭＣの視界に森田は入っているはずなのに、まるで透明人間であるとでもいうように無視して水上のコメントを称《たた》えた。

森田は諦《あきら》めずに、挙手を続けた。

ふたたび、ＡＤがカンペを出してきた。


手を下ろしてください。

抗議の電話が殺到し、スポンサーさんも激怒しています。


森田の表情筋が強張った。

抗議の電話が殺到？　スポンサーが激怒？

つまり、怒ったスポンサーが森田に発言させるな……そう言ったのか？

俄《にわ》かには信じられなかった。

たしかに、さっきの発言は森田らしくないものだった。

しかし、これまでの森田の功績を考えると、たった一度の失言で発言権を奪われる扱いは納得できない。

「大山さん、我々十代の子を持つ年齢の親からすれば、なぜ娘と同年代の少女にこんなことができるのか理解に苦しみます。この英語教師にも中学生の娘がいるそうですが、もし自分の娘が学校で同じような目に遭ったら、と考えないんでしょうか？　そして、父親がこんなことで逮捕されたら娘がどれだけ傷つくか、どれだけ学校にいづらくなるのか、そういったことを考えるために人には理性という本能が備わっているのではないのでしょうか？」

スタッフと共演者にたいしてフラストレーションを溜めていた森田は、芸人MCの言葉に青褪めた。

父親がこんなことで逮捕されたら娘がどれだけ傷つくか、どれだけ学校にいづらくなるのか……。森田のことを言われているようだった。

動揺する脳内に、佑真とひまりの顔が浮かんだ。子供たちから軽蔑されるなど、冗談ではない。

「あさ生！」での失言を挽回《ばんかい》することよりも、『週刊荒波』のネタを揉み消さなければ森田はテレビ業界から追放……いや、人生から追放されてしまう。

森田は手を下げ、眼を閉じた。

どうせカメラに抜かれることもない。

森田は心を鎮め、『週刊荒波』のスキャンダル対策に知略を巡らせた。

☆

生放送が終わりピンマイクを外した森田は、日村に預けていたスマートフォンを奪いスタジオを飛び出した。

「あ、先生……」

「先に車にいるから、控室に戻って荷物を取ってくるんだ」

森田は日村に言い残し、地下駐車場に続くエレベーターに乗り込んだ。

プロデューサーに捕まって、表面上の慰めを聞きたくなかった。

小言は、もっと聞きたくなかった。

森田はエレベーターを降り、ヴェルファイアのミドルシートに乗り込んだ。

パッセンジャーシートの窓には遮光フィルムが貼ってないので、共演者に見られてしまうからだ。

スマートフォンの電源を入れた森田は、眩暈《めまい》に襲われそうになった。

不在着信が二十件——内訳は由梨が十七件、「あさ生！」のプロデューサーが三件だった。

ＬＩＮＥも十二件の通知が入っており、すべてが由梨からだった。

由梨はリアルタイムに「あさ生！」を見ているので心配になったのだろう。

森田の手の中で、スマートフォンが震えた。

ディスプレイに表示される由梨の名前に、森田は舌打ちした。

「お前はストーカーか！　いまはお前の相手してる暇はないんだよ！」

森田はスマートフォンに向かって毒づいた。

深呼吸で気を鎮め、通話ボタンを押した。

「もしもし？　悪いね。バタバタしていたから、電話に出られなくて」

森田は怒声を呑み込み、穏やかで優しいいつもの完璧な夫を演じた。

『ごめんなさい、お忙しいときに。ねえ、生放送を観たけれど、あんなこと言って大丈夫?』

予想通りの言葉が、受話口から流れてきた。

「ああ、性的被害に遭った女子生徒にも責任があるといった発言だね」

森田は、いま気づいた振りをした。

『そうよ。いままでは、どんな事件でも青少年の側に立った発言をしてきたのに、どうしたの?』

「さすがに、私も参ったよ。じつは、生放送の前にチーフプロデューサーから、そう発言してくれと頼まれたんだよ」

森田はでたらめを口にした。

『え? どうしてそんなことを頼まれるの?』

由梨が怪訝な声で訊ねてきた。

「なんでも、実情は加害者と言われている教師のほうが女子生徒に嵌められたみたいでさ。それで、一方的な報道にならないように僕に頼んできたんだと思うよ」

森田はでたらめを続けた。

『そんな……あなたのイメージダウンになるじゃない!』

由梨が憤然とした口調で言った。

「まあ、仕方がないさ。彼が私を推薦して水曜レギュラーコメンテーターにしてくれたわけなんだから、恩返しと思ってそれくらいの頼みは聞いてあげないとね」

森田は穏やかな口調とは裏腹に、拳を握り締めた。

こんなくだらない話をしている場合ではない。一刻も早く、『週刊荒波』のスキャンダル記事を差し止める策を練らなくてはならないのだ。

日頃無理して義理で抱いてやってるんだから、こういうときくらい煩わせるな！

森田は心で由梨に毒づいた。

『あなたって、本当にお人好しなんだから。そういうあなただから、好きになったんだけどね』

「自分が損することより人助けを優先してしまう……私の悪い癖だね。これからは、気をつけるよ」

森田は苦笑いして見せた。自らの演技に虫唾《むしず》が走った。

森田がこの世で一番軽蔑するのは、お人好しだ。

負け犬のカムフラージュ……それがお人好しの実体だ。

森田は断言できる。

百人のお人好しに大金を摑ませたら、一年後には一人の「お人好し」も残らないことを。

いや、人間には最初からお人好しなどという人種は存在しない。

己の利益、己の保身、己の快楽を最優先するのが人間という生き物だ。

その意味では、欲望のまま忠実に生きる自分は正直者だ。

「今日は打ち合わせが続くから、帰りは深夜になる。先に寝てていいよ」

『わかった。身体を壊さないようにね』

「ありがとう。愛してるよ」

森田は心にもない言葉に心を込めたふうを装い、電話を切った。

「二分三十秒も無駄にしたじゃないか！」

森田が吐き捨てたところへ、日村がタイミングよく戻ってきた。

「お待たせしました。森田先生、大丈夫ですか？」

ドライバーズシートに座るなり、日村が心配そうに訊ねてきた。

「本番直前にあんな報告を受けたんだから、大丈夫なわけないだろう！　それより、策を考えろ！　策を！　他人事《ひとごと》みたいにボケッとするな！　お前、対岸の火事だと思ってたら大間違いだぞ！　俺のスキャンダルが世に晒されたら、お前も職を失うんだ！　どこに再就職しても、ウチほど条件のいいところはない！　俺ほどお前を高く買ってやってるとこなんてないんだよ！」

森田はスマートフォンを床に投げつけ、ヒステリックな言葉を日村に浴びせた。

「わかってますよ。僕にとって森田先生は絶対ですから」

「口ではなんとでも……」

「『週刊荒波』のスキャンダル封じ、正攻法でいきませんか？」

なおも責め立てようとする森田の言葉を、日村が遮った。

「正攻法!?　どういう意味だ？」

「金ですよ。金でスキャンダルを買い取るんです」

「馬鹿かお前は！　奴らが金じゃ転ばないのは、お前も知ってる……」

「一千万や二千万なら、転ばないと思います」

ふたたび、日村が森田を遮った。

「なに？」

「先生。五千万用意できますか？」

「五千万!?」

森田は素頓狂《すっとんきょう》な声を上げた。

「はい。調べたんですが、『週刊荒波』の編集長は今年と来年、年子の息子が立て続けに大学に進学するらしいんです。五年前に三軒茶屋に戸建てを購入してますし、まとまった金が必要なはずです」

日村が自信満々に自説を述べた。

日村の調査が本当なら、編集長を金で買収できる可能性はあるかもしれない。

「それにしても、五千万は払い過ぎだろ？」

森田は言った。

いまの森田にとって、五千万円は払える金額だ。

だが、一千万円でも五百万円でも、安く済むならそれに越したことはない。

「先生の未成年淫行スキャンダルを掲載すれば、『週刊荒波』の部数は倍近く伸びるでしょう。もちろんそれで数千万のボーナスが出るわけではないですが、編集長としての実績になり上層部からの評価も得られます。なにより、記者魂なんて厄介なプライドもあります。それらを全部捨ててでもこちらの要求に応じさせるには、それなりの金額が必要です。僕は五千万と言いましたが、それは最低限の金額です。安い金額を提示して蹴られたら、二度目に五千万を提示しても取引に応じることはないでしょう。だから、最初の交渉時にケチらないで、編集長が悪魔に魂を売ってしまうほどの金額を提示することが大切なんです。決断するのは先生で、僕はどんな結果でも従います。ただ、時間がないので早めに指示をお願いします」

森田は眼を閉じた。

日村の言葉に、心で頷く自分がいた。

なにからなにまで、日村の言う通りだ……というより、これが最善の方法だ。

「わかった。四千五百万までだ。払えても、それ以上は一円も出すつもりはない」

森田は眼を開け、きっぱりと言った。

「その五百万のマイナスって……いえ、なんでもないです。わかりました。交渉は僕がします。先生は行かないほうがいいでしょう。いつまでに、お金を用意できますか？」

日村が訊ねてきた。

「明日の午前中に渡せるから、なるだけ早く交渉を成立させてこい。絶対に、失敗は許されないぞ！」

「了解しました。任せてください！　絶対に、スキャンダルの掲載を止めてきますから！」

日村が胸を叩いた。

いまの森田には、日村が正義のヒーローに見えた。

『週刊荒波』の問題が解決したら、浮かせた五百万円を使い南青山の会員制の高級デートクラブで会員登録をしよう。

知名度のあるモデルやタレントが数多く在籍している。未成年の素人に比べれば燃えないが、素性の知れない少女やB級グラビアアイドルと遊ぶのは危険過ぎる。

その点、会員制デートクラブは入会金は五百万円と高額だが、ラムのときのようなことはない。森田は緩みそうになる口元を引き締め、日村にバレないように膨らんだ股間に鞄を載せた。

9

「とりあえず、乾杯」

森田家のリビングルーム――ソファに座る由梨、ママ友の杏、杏の夫でJリーガーの松島が、森田の掲げるシャンパングラスにワイングラスを触れ合わせた。

午後八時。佑真は進学塾、ひまりはヴァイオリンのレッスンでまだ帰宅していなかった。

「あら、シャンパンなんて珍しいわね。なにかおめでたいことがあったの？」

由梨が訊ねてきた。

「いや、なにも。まあ、僕にとっては素敵な妻と出来過ぎた子供たち、そして尊敬できる友人夫婦とこうして過ごせる時間が、乾杯に値する特別なひと時だけどね」

森田は微笑み、黄金色の液体を喉に流し込んだ。

嘘。めでたいことはあった……いや、めでたいどころか、奇跡が起きた。

森田は眼を閉じ、喉を通るシャンパンの甘美な気泡を愉《たの》しみながら記憶を巻き戻した。

――森田先生！　うまくいきました！　『週刊荒波』の編集長が、記事の差し止めを了承してくれました！

二日前の日村の弾んだ声が、森田の脳裏に蘇った。

日村の進言通り、金に困窮していた編集長は四千五百万円であっさり転んだ。セックス動画の元データも日村が回収し、編集長には森田誠のスキャンダルを四千五百万円で売り渡したという念書も入れさせていた。

万が一由梨に見られたり紛失したりしないために、データと念書は日村に命じ銀行の貸金庫に保管させた。

これで、セレブ人生の危機を乗り越えることができた。これからも、森田の地位と名誉は安泰だ。

だが、四千五百万円は高い買い物だった。

いや、その金を支払わなければ森田は、変態ロリコン男として日本中から後ろ指を差されることになったのだ。

金なら、また稼げばいい。森田のいまの仕事量なら、四千五百万円は数ヵ月で稼げるだろう。

「私たちこそ、森田さんみたいな偉大な先生と家族ぐるみでお付き合いさせていただけて光栄です」

杏の言葉に、森田は眼を開け顔前で手を振った。

「偉大だなんて、とんでもないです。僕はただ、青少年という国の若葉に水と養分を与えて、立派な花を咲かせるお手伝いをしているだけですよ」

森田は謙遜した。

尊敬している森田が、雌の若葉を貪り喰っていると知ったら杏はどういう顔をするだろうか？

「教職員が森田さんみたいな方ばかりだと、安心ですのに。あ、そう言えば、この前の生放送は本当にびっくりしました。森田さん、性被害に遭った女子高生にも非があるなんていうんですもの。でも、教師のほうが女の子に嵌められたという裏話があったんですね。由梨から聞いて納得でした。最近の十代って、怖いですね」

杏が、「オーパス・ワン」のワイングラスを片手に肩を竦めた。

「そうなの。公平な報道をしたいとかなんとか、チーフプロデューサーさんに言われてウチの人がババを引いたってわけなのよ」

由梨が眉を八の字、唇をへの字にしながらため息を吐いた。

「おいおい、ババを引いたって言いかたはないだろう」

由梨の隣に座る森田は、穏やかに笑いながらシャンパングラスを傾けた。

「だって、そうじゃない。裏事情を知らされた私たちは大丈夫だけど、テレビを観ている人たちからすれば、ロリコン教師の肩を持つなんてとんでもない男だって思われちゃうわよ。チーフプロデューサーさんは表に出ないから、あなたの好感度だけ下がるのよ」

三日前の生放送を思い出しているのか、由梨の顔が曇った。

「僕はね、自分に対して恥じない正直な人間でありたいんだ。チーフプロデューサーに頼まれたからって、納得できないことならば断っていたさ」

森田は言葉を切り、シャンパンを飲み干した。

「たとえ嵌められたとしても、未成年の教え子と性的関係を持つことは許されない。だけども、一方的に加害者に祭り上げて袋叩きにするというのも違うと思うんだ。なにより、間違った報道で庇うのは女子高生のためにならないからさ。このままじゃ、きっとまた、同じことを繰り返すからね」

「教師を嵌めた女子高生の責任を問う発言をしたのは、彼女のためでもあるんですね！　好感度に左右されないで自分に正直に生きるなんて、由梨のご主人はどこまで完璧なの！」

杏が憧憬《どうけい》の眼差しで森田を見つめながら言った。

本当は、未成年のギャルとの淫行スキャンダルを週刊誌に掲載されるという事実を本番前に聞かされ、動転して変なことを口走ったと知ったなら絶句するだろう。

「まあ、それは否定しないけど」

由梨が、乙女のようにはにかみながら言った。

妻が本当の乙女なら、どんなに毎日が楽しいことか。

「あなたもガブガブ飲んでバクバク食べてばかりいないで、少しは森田さんを見習いなさいよ。それに、そんなに暴飲暴食したら復帰が遅れるでしょ！」

杏が「オーパス・ワン」と生ハムメロンを交互に口に放り込む松島の太腿《ふともも》を叩いた。

「痛っ……。怪我が長引いたらどうするの！」

松島が包帯の巻かれた右足首を指差しながら、大袈裟《おおげさ》に顔を顰めた。松島は、練習中に足首を捻挫《ねんざ》して戦線離脱を余儀なくされていた。

「杏さんの旦那さんのほうこそ、凄いじゃないですか。弱肉強食のJリーグでレギュラーを守り続けるのは、そうそうできることではないですよ」

森田は笑顔で言った。

彼ももう三十か。花を咲かせていられるのは、長くてもあと二、三年だな。日々肉体と運動能力が衰えてゆき、若い選手にレギュラーを奪われベンチを温める時間が長くなる。

そのうち戦力外通告され、口下手で頭も悪いから解説者の職もなく、いまの年俸の二十分の一のコーチでもやりながら細々と暮らすことになる。

貯金があるうちはセレブ生活を維持できるが、タワーマンションの百万円超えの家賃を払えるのは引退後一、二年が限界だろう。

一度目の引っ越しを境に坂道を転げ落ちるように生活水準が下がり続け、二十万円台のマンションに引っ越す頃には離婚問題も持ち上がるはずだ。元モデルで十代の頃から華やかな生活を送っている杏が、ブランド品ではなく無印になった夫を愛し続けられるとは思えない。

その点、森田の地位と名誉は年齢や体力の衰えに関係なく安泰だ。

スポーツ選手と違って、テレビ、講演、出版……セレブ生活を維持できる収入源には事欠かない。ラムとの『週刊荒波』のスキャンダル掲載という大ピンチを乗り越えたいま、森田の金脈が尽きることはない。

「まあ、たしかにモテはするみたいね。地方遠征のときに追っかけの子が宿舎にまで押しかけてくるみたいで、時々心配になるのよね〜。前に、ポケットの中にキャバクラの名刺が入っていたこともあるしね」

顔は笑っていたが、杏が松島を見る眼は笑っていなかった。

「嫌だな〜、あれは遠征先で先輩に誘われて仕方なくつき合ったのさ」

松島が引き攣《っ》り笑顔で言った。

「由梨はどう思う？　ご主人が先輩に誘われたからと言って、こういう店に行ったとしたら？」

杏が由梨に渋い顔を向けた。

「ウチの人はそういった店はもともと苦手だから、誘われても行かないと思うわ。ねえ？」

由梨が森田に視線を移した。

「ああ。僕は、ああいった騒がしい店は苦手でね」

森田は苦笑して見せた。

嘘――好みの未成年がいれば、どんな店でも構わない。

「森田さん、最近の店はギャル系の子よりも清楚系のお姉さんタイプが増えているんですよ」

松島が口を挟んだ。

「あら、ずいぶんキャバクラ事情にお詳しいことね～」

杏が皮肉交じりの合いの手を入れた。

「ち、違うよ。そのキャバクラに連れて行った先輩からの情報だよ。森田さんのタイプの女の子もいると思いますよ」

松島が杏から逃げるように森田に話を戻した。

「いやいや、そういう意味ではないんだ。僕が心を動かされる女性は、妻だけだからね」

森田は由梨に微笑みを向けた。

「もう、人前で恥ずかしいじゃない」

由梨が頬を赤らめはにかんだ。

「ちょっと！　森田さんの言葉を聞いた⁉　あ〜羨ましい！」

杏が松島の肩を何度も叩きながら言った。

「いつもそうですよ、ウチのパパは」

「私も将来、パパみたいな男の人と結婚しようと思ってます」

佑真とひまりが、リビングに現れ話に入ってきた。

「お帰りなさい。どうして一緒なの？」

由梨が訊ねた。

「偶然、駅で一緒になってさ。おじさん、おばさん、いらっしゃい」

佑真が松島と杏に挨拶した。

「おじさん、おばさん、こんばんは」

続いてひまりが、美しい姿勢でお辞儀をした。

「森田さんが完璧な父親であり旦那さんだから、森田家は絵に描いたような理想の家族なのね」

杏がため息を漏らしながら言った。

「佑真君は、将来、どういった仕事をしたいの？」

松島が訊ねた。

「僕も、教育関係の道に進むつもりです。将来は、パパのように人々から尊敬される立派な教育者になりたいです」

佑真が迷いなく言った。

「ひまりちゃんは？」

今度は杏が訊ねた。

「私は教育関係ではないですけど、ヴァイオリニストを目指すのと並行して精神科医の勉強もしたいと思っています！」

「精神科医？」

杏が意外そうな顔で繰り返した。

「はい。進路や家庭で悩み事を抱えたり、心を病んだりしている青少年の相談に乗れるクリニックを開設したいと思っています。パパのように青少年を支え正しい方向へ導くお手伝いをしたいんです」

ひまりが、瞳を輝かせながら言った。

「ひまりちゃんは、まだ十五歳でしょう？　凄くしっかりしてるのね！　こんな子が、ウチの養子になってくれたら最高だわ」

由梨が冗談とも本気ともつかない口調で言った。

「そればっかりは、親友のあなたの頼みでもだめ～。さあ、二人とも手を洗ってきなさい。あなたたちの大好物の、ピエール・エルメのチョコレートがあるから」

由梨は杏に両腕でバッテン印を作って見せると、佑真とひまりに笑顔を向けた。

二人は弾む足取りで、パウダールームに向かった。

森田は二人の背中を見送りながら、二杯目のシャンパンを喉に流し込んだ。

「僕も、森田さんのような家庭を目指しますよ」

松島がワインで赤らんだ顔で言った。

「ああ、君ならもっと素敵な家庭を築けるよ」

森田は松島のワイングラスにシャンパングラスを触れ合わせながらウインクした。

スポーツ馬鹿に私の真似《まね》は無理だろうが、誰にでも夢を見る権利は平等にある。

不振になったり怪我をしたりして自由契約にならないように、せいぜい頑張ればいい。

森田は心で毒づきながらシャンパンを飲み干し、ワインに切り替えた。

酒がうま過ぎて、今夜は酔ってしまいそうだった。

今回の件を教訓に、大好物の未成年は我慢するしかない。

森田家のよき父、よき夫を演じ続け、みなが羨むセレブ生活を送るためだ。

森田はスマートフォンを取り出した。仕事のＬＩＮＥをチェックするふりをして、高級会員制デートクラブのサイトを開いた。

10

アラームの音で眼が覚めた。

森田は手探りでヘッドボードのスマートフォンを摑んだ。

アラームではなく、コール音だった。

ディスプレイのデジタル時計……ＡＭ9：35。

今日の最初の収録は13時にスタジオ入りのワイドショーだった。

「もっとゆっくり寝かせてくれよ」

文句を言いながら、森田はディスプレイに表示されている名前を見た。

中山……「あさ生！」のチーフプロデューサーからの着信だった。

「まったく、こんなに朝早くからなんだよ」

森田は通話ボタンをタップした。

「おはようござ……」

『森田先生、大変です！』

受話口から、中山の逼迫《ひっぱく》した声が流れてきた。

「そんなに慌てて、どうしたんですか？」

『いま、ＬＩＮＥに画像を送りましたから、確認してお電話を頂けますか⁉　では、連絡待ってます』

早口で言い残し、中山が電話を切った。

嫌な予感に導かれるように、森田は中山のＬＩＮＥのアイコンをタップした。

「なっ……」

森田は、『週刊荒波』の記事の画像に絶句した。

震える指先で、画像を拡大した。

カリスマ教育学者　森田誠　十七歳のグラビアアイドルと淫行！

「こ、これは……」

森田の脳内が真っ白に染まった。

我を取り戻し、活字に視線を走らせた。


「国都大学」の客員教授の森田氏と言えば、いまやテレビで観ない日はない国民的人気者だ。

その森田氏に、とんでもないスキャンダルが発覚した。

スキャンダルとは、バラエティ番組などで活躍する十七歳のグラビアアイドルXとの淫行というから驚きだ。

先月十五日の午後八時頃、「日本橋マドレーヌホテル」で森田氏とXは密会し情事に耽《ふけ》った。


「な、なんで……」

森田の前腕を鳥肌が埋め尽くした。

森田は、凍てつく視線で活字を追った。


Xの話では、森田氏と肉体関係を結ばなければ、各局のプロデューサーに圧力をかけて番組に出演できないようにすると脅されたという。

森田氏は権力をちらつかせ立場の弱いXに肉体関係を強要したのだ。

それだけでも信じ難い話だが、さらに驚くのはXの十七歳という年齢だ。

ここで、森田氏をよく知る業界関係者の話を紹介する。

森田氏は昔から若い子が好きでした。若い子と言っても未成年にしか興味はありません。いわゆる、ロリコンですね。

番組の収録前には必ず女性の共演者をチェックし、好みの未成年のタレントがいればスタッフに命じて誘いをかけるというのが常套《じょうとう》手段でした。

「ど……どういうことなんだ！」

森田は思わず大声を発し、スマートフォンをベッドに叩きつけた。

「あなた、どうしたの？」

ドアが開き、怪訝な顔で由梨が訊ねてきた。

「あ、ああ……ごめん。夢にうなされてしまってさ」

森田は動揺を苦笑いで隠し、さりげなくスマートフォンを太腿の下に滑り込ませた。

「まあ、夢にうなされるなんて珍しいわね。大丈夫？」

「ああ。夢だからね。もうちょっとしたら下に行くから、軽い食事を用意してくれないか」

パン一切れ、米一粒喉に通る精神状態ではなかったが、いまは一刻も早く由梨を寝室から追い出したかった。

「わかったわ。クロワッサンとスクランブルエッグと生ハムでもいい？」

「うん、頼むよ」

森田は顔面の筋肉を従わせて、無理やり作った微笑みを由梨に向けた。

由梨がドアを閉めた直後に、森田はスマートフォンを取り出しもう一度記事を読んだ。

これが夢なら、どんなに救われることか……。

だが、残酷にもこの記事は現実だった。

しかし、なぜだ⁉『週刊荒波』の編集長は、四千五百万円でスキャンダル記事の掲載を中止することを約束したのではないのか⁉

まさか、金だけ受け取り編集長が裏切ったのか⁉

ハイエナのような狡猾《こうかつ》な奴なので、十分にあり得ることだ。

とにもかくにも、日村に事情を聴くのが先決だ。森田は日村の携帯番号をタップした。

『オカケニナッタデンワハ　デンゲンガハイッテイナイカ　デンパノトドカナイバショニアルタメカカリマセン　オカケニナッタデンワハ……』

「こんな大事なときに、なにをやってるんだ……」

森田は歯ぎしりをしながら、リダイヤルキーをタップした。

『オカケニナッタデンワハ……』

「くそっ、どうして電源を……」

森田は怒声を嚙み殺した。また、由梨が入ってくるとまずいからだ。

森田はベッドから下り、トランクスとTシャツ姿で寝室を壁から壁に往復した。

なぜ『週刊荒波』にスキャンダル記事が掲載されたかはわからないが、早急に対応策を練らなければ大変なことになる。

コンビニエンスストアでは、『週刊荒波』はもう売られているはずだ。

現に、「あさ生！」のチーフプロデューサーは既に『週刊荒波』を入手していた。

あと一、二時間もすればネットに流れ、午後にはワイドショーでも取り上げられるだろう。どうすればいい⁉　どうすればいい⁉　どうすればいい⁉

焦燥、不安、混乱、恐怖が森田の脳内を飛び交った。

いまこうしている間にも、一人、また一人と森田のスキャンダル記事を眼にしているのだ。由梨、佑真、ひまりの耳に入るのも時間の問題だ。

森田は両手で髪の毛を掻《か》き毟《むし》りながら、寝室の往復を続けた。

どうしよう⁉　このままでは破滅だ……いや、その前に日本中からの非難地獄が待っている。連日、森田と十七歳のグラビアアイドルの淫行スキャンダルがテレビやネットで報じられ、森田を理想の夫、理想の父として尊敬している妻と子供たちが眼にしてしまうのだ。

森田は立ち止まり、髪の毛を掻き毟りながら地団駄を踏んだ。

落ち着け……落ち着くんだ！　取り乱している暇があったら、対応策を考えなければならない。スキャンダルを揉み消すことは不可能でも、次号の『週刊荒波』と出版社のホームページに謝罪文を掲載させることは可能だ。

断れば、四千五百万円の返金訴訟を起こすと脅せばいい。

編集長にしても、一度受け取った大金を手放したくはないはずだ。

森田は『週刊荒波』の編集部の電話番号をスマートフォンで検索した。

番号ボタンをタップし、眼を閉じた。

冷静に、強気に交渉しろ。動揺、動転しているところを見せたら足元を見られてしまう。

『「週刊荒波」編集部です』

「私、森田と申しますが、編集長はいらっしゃいますか？」

電話に出た若い女性に、森田はゆっくりとした口調で言った。

『失礼ですが、どちらの森田様でしょうか？』

「本日発売の貴誌に掲載されている森田誠です」

森田は臆《おく》することなく、堂々と名乗った。

もう、戦いは始まっているのだ。掛け合いは、肚《はら》が据わっているほうが勝つ。

『あ……少々お待ちください』

女性の慌てた声が、保留のメロディに切り替わった。

森田は深呼吸を繰り返した。

一世一代の大勝負――交渉に勝つか負けるかで、天国行きか地獄行きかが決まる。

必ず、この窮地を乗り切ってみせる。

自分はそのへんのくだらないスキャンダルで消える並みのタレントとは違い、強運の星の下に生まれた選ばれし人間だ。

森田は己を鼓舞した。

『お電話代わりました。編集長の井波《いなみ》です』

受話口から流れてきたのは、いかにも修羅場を潜《くぐ》っていそうな落ち着いたバリトンボイスだった。

「森田です。時間がないので単刀直入に言いますが、お金を受け取っていながら記事を掲載するのは、一種の詐欺行為にあたるのではないですか？」

先手必勝――森田はいきなり核心に切り込んだ。修羅場を潜った数なら、森田も負けてはいない。情報番組で数々の博識パネラーを論破してきたのだ。

『お金とは、なんのことでしょう？』

微塵の動揺も窺《うかが》えない声のトーンで編集長……井波がシラを切った。

この男は、相当に狡賢《ずるがしこ》い狸《たぬき》だ。

「無駄なやり取りは時間を浪費するだけなのでやめましょう。ウチの秘書が、あなたに四千五百万円を渡し、あなたは私のスキャンダル記事を掲載しない旨の念書を入れたでしょう？　私はこの眼で確認していますので、稚拙な言い逃れはできませんよ。貴社のホームページと次号に森田誠のスキャンダルは事実無根のデマであったと謝罪文を掲載していただければ、今回の編集長の行為は水に流します」

森田は淡々とした口調で畳みかけた。

どうだ？　ぐうの音も出ないだろう？

ゴシップ週刊誌の編集長風情が、ディベート術に長けた自分に勝てるはずがない。

『さっきから、森田さんはなにをおっしゃっているのですか？　私は四千五百万など受け取っていませんし、念書も入れていません。そもそも、お宅の秘書さんとやらとも会っていませんしね』

井波の口調には、少しの動揺も見られなかった。

狡猾だと思ってはいたが、井波は想像以上にしたたかな男だった。

だが、どれだけ井波が惚《とぼ》けても無駄なことだ。

決定的な切り札……念書は森田の手にあるのだから。

「私の話を聞いていなかったのですか？　あなたは人から大金を受け取っていながら、密約を反故《ほご》にしてスキャンダル記事を掲載した。スキャンダルで利益を得ている週刊誌の編集長という立場でありながら、恥ずかしくないのですか？」

森田は淡々とした口調で井波を非難した。

『森田さんは私を卑劣な人間みたいに言われますが、一度はあなたを見逃しているんですよ。花柳梨乃《やぎりの》さんという名前に、聞き覚えがあるでしょう？』

井波が唐突に出してきた名前に、森田は息を呑んだ。

聞き覚えがあるどころか、いまでも彼女のことは鮮明に覚えている。

花柳梨乃とは、体の相性が抜群によかった。

だが、彼女のことを忘れられないのはそれが理由ではなかった。

花柳梨乃は五年前に、森田が三、四度肉体関係を結んだレースクイーンだった。

当時十九歳で小麦色の肌に茶髪のロングヘアがよく似合う梨乃は、森田好みのギャルだった。

見た目だけでなくセックスもよかったので、あと数十回は関係を続けたかったが森田に離婚を迫ってきたのだ。

梨乃が魅力的であっても、所詮《しょせん》はセックスフレンドとしての話だ。

由梨ではセックスする気になれないのはたしかだが、だからといって梨乃を妻にするわけがない。

梨乃の代わりはいくらでもいるが、由梨は違う。

由梨の代わりがいないというわけではなく、離婚は青少年教育のカリスマである森田誠にとって大きなダメージになるからだ。

梨乃のことを思い出しているうちに、森田のペニスが硬直した。

こんな状況のときまで……本能とは恐ろしいものだ。

「彼女がどうかしましたか？」

『花柳さんがいま、どうしているかご存じですか？』

「さあ。レースクイーンの事務所を辞めたところまでは知っていますが」

『自殺しました』

「えっ……なぜですか？」

森田は驚きを隠せずに、すかさず理由を訊ねた。

『あなたが理由ですよ、森田さん』

「私が!?」

森田は思わず、素頓狂な声を上げた。

『花柳さんは、あなたが奥さんと離婚して結婚してくれると信じていました。ですが、あなたが求めていたのは肉体だけ。そのことに気づいた彼女は絶望して、大量に睡眠薬を摂取して命を絶ちました』

「なっ……」

井波の言葉に、森田は絶句した。

梨乃が自殺したとは……。

「彼女が亡くなったことは残念に思います。ですが、自殺の理由があたかも私であるように言われるのは心外です。私は彼女に、ただの一度も結婚の約束をした覚えはありません」

——梨乃ちゃんといると、妻と結婚したことをつくづく後悔するよ。もっと早く、君と出会っていたら……。

——嬉しい！　じゃあ、奥さんと離婚してくれるんですか!?

——もちろんさ。妻には君の十分の一の魅力も色気もないからね。君が白鳥なら妻はラーメンの出汁《だし》に使った鶏ガラだよ。ただ、小学生の子供もいるし、すぐというわけにはいかないけどね。

脳裏に蘇る梨乃との会話に、森田は心で舌打ちした。

いまなら、結婚を口にすることは絶対にない。

当時の森田は、ブレイク直前でいまほど全国区の人気者ではなかった。

故に、結婚を餌にしなければ若いタレントを口説けなかったのだ。

『遺書にそう書いてあったそうです』

井波の言葉に、森田は回想の扉を閉めた。

「遺書!?　どうしてあなたが彼女の遺書の内容を知ってるんですか!?　そもそも、誰からの情報……」

『花柳梨乃の兄は、以前、うちの出版社で働いてました。私が花柳さんの自殺の件と遺書の内容を知っているのも、彼女の兄からの情報です』

井波が森田を遮り言った。

「彼女の兄が『週刊荒波』に!?」

『はい。でも、彼女の兄は雑誌部ではなく営業部でした。もともと私が販売部にいたときの後輩です。私たちは十歳以上離れていましたがウマが合い、プライベートでよく飲みに行きました』

「そこまで証拠を摑んでるなら、なぜ記事にしなかったんですか!? あなたが私に情けをかけるような人とは思えません！」

それまで、声を荒げないように気をつけていた森田の語気が強まった。

『ええ。森田さんに情けをかけたわけではなく、彼にかけたのです。雑誌掲載を勧める私に、妹が女たらしの愛人であったこと、弄《もてあそ》ばれて自殺したことを週刊誌に掲載するのはやめてほしいと彼が頼んだのです。ほかの人間の頼みならまだしも、弟同然にかわいがっていた彼の願いなので私もすぐに引き下がりました。それに、彼がこう言ったんです。森田みたいな男は懲りずに女性を食い物にし続けるだろうから、妹の名誉が傷つかない形でいずれ破滅させると』

森田の背筋に、冷たいものが走った。

「と、とにかく、謝罪文を掲載しないと、あなたが四千五百万を受け取った念書を公開……」

『私が書いた名前の画像を森田さんのショートメールに送りますから、確認してみてください』

森田を遮り、井波が言った。

「どういう意味でしょう？」

『まだわからないんですか？　私の筆跡とその念書とやらの筆跡を照合してくださいと言っているんですよ』

「えっ……」

森田の胸内で、嫌な予感が膨らんだ。

まさか、日村が嘘の報告をしたと……嘘の念書を提出したというのか？

いや、そんなことがあるはずはない。そもそも、日村が自分を裏切る理由などないのだ。

『では、これで失礼します』

「ちょっ、ちょっと待ってください！」

受話口からは、不通音が流れてきた。

間を置かず、ショートメールの着信が入った。

森田はアイコンをタップした。

井波聡

ディスプレイには、井波がノートに書いた直筆の画像が表示された。

森田は井波の直筆画像をコピーし、アルバムアプリを開くと保存されている念書の署名の上に貼りつけた。

「これは……」

森田の視線が凍てつき、心臓の鼓動が早鐘を打ち始めた。

念書に署名された井波聡と、送られてきた井波聡の筆跡は明らかに違った。

わざと変えた筆跡を送ってきたに違いない。

約束を反故にしてスキャンダルを掲載した上に四千五百万円を騙し取る……どこまで、卑劣な男なのだ。

井波に電話をかけようとしたときに、非通知で着信が入った。

井波！

「もしもし！　これだけでは念書が偽物だという証拠には……」

『僕です』

受話口から流れてきたのは、井波ではなく日村の声だった。

「おいっ、どうして電源を切っていた!?　スキャンダルが掲載されてるじゃないか！　井波編集長は四千五百万を受け取ってないと言ってるぞ!?　いったい、どういうことなんだ！」

森田は矢継ぎ早に日村を問い詰めた。

『念書は偽物です。でも、安心してください。四千五百万を預けているコインロッカーの場所と解錠番号を、ＰＣのほうにメールしておきましたから』

日村は淡々とした口調で言った。

「念書が偽物!?　四千五百万をコインロッカーに預けた!?　お前、なにを言ってるんだ!?　こんな非常時に俺をからかって……」

『からかってなんかいませんよ。すべて、僕が仕組んだシナリオだということです。最初から、井波さんとは交渉などしていません』

「え!?　お前が仕組んだシナリオ!?　え!?　井波と交渉はしていない!?　え!?　ちょ……ちょっと待て！　お前が、なんでそんな嘘を吐く必要がある!?」

森田の思考は混乱し、日村の言葉の意味を理解できなかった。

『日村というのは母の旧姓で、昔は離婚した父の姓……花柳を名乗っていました』

相変わらずの抑揚のない口調で、日村が言った。

「花柳!? 花柳って……お前、まさか……」

森田は胸を過《よぎ》った恐ろしい可能性に、言葉の続きを呑み込んだ。

『はい。あなたに弄ばれ捨てられ自殺した花柳梨乃は、僕の妹です』

「んな……」

日村の言葉に、森田の視界が闇《やみ》に覆われた。

11

キャップにサングラスにマスクで完全武装した森田は、足音を殺して階段を下りた。

――すべて、僕が仕組んだシナリオだということです。最初から、井波さんとは交渉などしていません。

脳裏に蘇る日村の声が、森田の焦燥感と恐怖心を煽《あお》った。

『週刊荒波』に掲載された若月ラムとの淫行スキャンダルが、日村の仕組んだことだとは夢にも思わなかった。

――あなたに弄ばれ捨てられ自殺した花柳梨乃は、僕の妹です。

まさか日村が、森田の捨てた愛人の兄だったとは……妹の復讐《ふくしゅう》の機会を窺いながら森田に仕えていたとは信じられなかった。

こうなった以上、森田の淫行スキャンダルの拡散を止めることはできない。

早急にやるべきことは、情報番組とワイドショー、ネットニュースのチェックだ。

朝に発売された『週刊荒波』の記事が一、二時間後にはネットニュースになり、その後昼の情報番組に取り上げられるだろう。

スポンサー、由梨、佑真、ひまり、仕事の関係者、視聴者……みなを言いくるめるにしても、どういうふうに報じられているかをチェックしなければならない。

家族の眼もあり、そのうちマスコミが押しかけてくる家でチェックはできない。

リビングルームにいるだろう由梨に気づかれぬように、息を止めて玄関に向かった。

「おはよう、パパ」

背後から声をかけられ、森田の心臓は止まりそうになった。

森田は振り返った。

トイレのドアの前に、佑真が立っていた。

「おはよう。学校はどうしたんだ?」

森田は平静を装い訊ねた。

「今日は創立記念日で学校は休みなんだ。それより、そんな格好してどうしたの?」

佑真が怪訝な顔で森田を見ていた。

「ん？　ああ、これか。最近、テレビで有名になって外で声をかけられることが多くなってね」

森田は、気息奄々の平常心を掻き集めて微笑んだ。

「パパは有名人だからね。別に悪いことをしているわけじゃないから、変装なんてしなくていいのに」

佑真のなにげない言葉が、森田の心を鋭く抉《えぐ》った。

「たしかに、佑真の言う通りだな。父さんは、悪いことなんてなにもしてないからな」

森田は動揺を押し隠して、余裕十分に笑い飛ばした。

そうだ。

悪いことはしていない。

森田が自信満々に断言すれば、少なくとも家族は信じてくれるはずだ。

これから、マスコミに追われる生活が始まる。

マスコミから逃げ、また、戦いながらスポンサーと世間に森田誠は潔白だということを納得させるためには……想像を絶する地獄の日々を乗り切るには、家族の支えが必要だ。

家族だけには、どんな嘘を吐いてでも洗脳してでも、森田を哀れな被害者だと信じ込ませなければならない。

あと数時間後には、森田のスキャンダルは家族も知るところとなる。

本格的な戦いが始まる前に、先に一人でも味方に引き込んでおいたほうが得策だ。

「佑真は、父さんを信用してるか？」

森田はサングラスとマスクを外し、佑真をみつめた。

「どうしたの、急に？　あたりまえだよ。僕は世界で一番パパを信用しているよ」

迷いなく、佑真が即答した。

「じゃあ、いまから佑真を信用して大事なことを話す。落ち着いて、聞いてくれ」

森田は、潜めた声で切り出した。

「大事な話なら、ママも呼んでこようか？」

「いや、いい。ママだと動転して冷静に話を聞けないかもしれないから、まずはお前に話すよ」

「うん」

微《かす》かに佑真の顔に緊張が走った。

「実は、パパは悪い人の罠《わな》に嵌められてしまってね」

森田は、神妙な顔で急遽《きゅうきょ》作り出したシナリオを語り始めた。

「パパを罠に嵌めた悪い人って誰!?」

佑真が厳しい表情で訊ねてきた。

「日村って秘書を知ってるだろう？」

「え！　日村さんが、パパを罠に嵌めた悪い人……」

大声を出す佑真の唇を掌で押さえながら、森田は悲しげな表情で頷いた。

「ママに聞こえると心配するからね。日村に、義父に性的虐待を受けている親戚《しんせき》の少女の相談に乗ってほしいと頼まれたんだ。本当は個人の相談には乗らないんだけど、日村の親戚だから特別に引き受けたのさ。日村は僕の泊まっているホテルの部屋に親戚の少女を連れてきたんだが、仕事の電話をかけてくると言い残して外に出たんだ。日村が買ってきたスタバのコーヒーを飲みながら少女の相談に乗っていたら、急に睡魔に襲われてね。眼が覚めたら父さんはベッドで寝てて、隣には全裸の少女がいた。父さんは、すべてを悟った。少女が義父に性的虐待を受けていたという話はでたらめで、コーヒーには睡眠薬が混ぜられていた。ここまで言えば、わかるだろう？」

森田は唇を噛み、佑真をみつめた。

「つまり、パパを嵌めるために少女と二人きりにして、睡眠薬で眠らせたんだね？」

佑真が怒りに震える声で確認してきた。

「ああ。父さんは、未成年の少女と淫らな行為をした男に仕立て上げられたんだ。その記事が、今日発売の週刊誌に掲載されたのさ」

森田も、声を震わせて見せた。

「ど……どうしてそんなひどいことを!?　日村さんは、パパからたくさんお給料を貰っていたんでしょ!?　パパは恩人なんでしょ!?」

佑真の眼には涙が浮かんでいた。やはり、佑真は父親に微塵の疑いも抱いていなかった。

「日村は、自分が父さんの恩人だと思ってるんじゃないかな？　自分の支えがあったからここまで売れたのに、評価されるのは森田誠ばかり……ってね。日村の中で、感謝どころか父さんへの嫉妬心《しっとしん》が膨らんで憎しみの対象になったんだと思う。父さんはお人好しっていうか騙されやすいっていうか、すぐに人を信じてしまうのが悪い癖なんだよ」

森田は、苦笑しながら肩を竦めた。

「これを恩を仇《あだ》で返すって言うんだ！　許せない！　僕が日村さんに会って文句を言うよ！」

「待ちなさい」

憤りスニーカーを履く佑真を、森田は引き止めた。

「日村とマスコミの件は、父さんがなんとかするから。お前には、別のことを頼みたい」

「別のこと？　なに？　なんでも言ってよ！　僕、パパの役に立ちたいんだっ」

佑真が森田の腕を摑み訴えた。

「森田家を守ってほしい」

「え……？」

「捏造《ねつぞう》されたスキャンダルがテレビで流されたら、母さんとひまりは激しく動揺すると思う。テレビでの報じられかたによっては、もしかしたら父さんを疑うかもしれない。日村の悪巧みのせいで、森田家が崩壊するなんていうことになったら困るからな。だから、父さんがマスコミ対策している間に、お前には母さんとひまりの不安を取り除いてほしいんだ。テレビや週刊誌で報じられることは、すべてでたらめだってな」

森田は佑真の肩を叩きながら言った。

「僕に任せて！　ママとひまりには、僕のほうからちゃんと話しておくから！」

佑真が力強く頷き、胸を叩いた。

「どうしたの？　朝からそんなに大声を……あら出かけるの？　収録は午後からでしょう？」

由梨が佑真から森田に視線を移し、怪訝な顔で訊ねてきた。

「ああ。大変なアクシデントが起こってしまってね。急遽事務所に行くことになった」

「大変なアクシデントって？」

由梨が不安げな表情になった。

「日村に嵌められてしまってね。急ぐから、続きは戻ってきてから話すよ」

森田は早口で言うと、由梨に背を向けた。

とにもかくにも、SNSとテレビでスキャンダルがどう報じられるかを確認するのが先決だ。

「あなた、日村さんに嵌められたってどういうこと!?」

「佑真、母さんに話しておいてくれ。頼んだぞ」

森田は振り返り佑真に頷き、外に出た。

☆

タクシーの運転手に行き先を告げた森田は、シートベルトも締めずにスマートフォンを取り出しネットニュースの見出しをチェックした。

「もうか……」

森田は声を漏らした。


カリスマ教育コンサルタント　森田誠　十七歳のグラビアアイドルと不倫淫行疑惑!?


トップニュースに、森田のスキャンダルが報じられていた。

森田は舌打ちした。

ネットニュースの内容は『週刊荒波』の記事を引用したもので新しい情報はなにも出ていなかったが、代金を支払い購入する週刊誌と違いネットニュースは不特定多数のユーザーの眼に触れるので、情報の広がる速度は比較にならない。

「あの、お客様、シートベルトをお締めいただけますか？」

運転手の声を無視して、森田はエゴサーチを続けた。

森田先生、十七歳のグラドルと淫行！
森田って、青少年なんちゃらの偉い先生じゃなかったっけ？
これじゃ、性少年教育コンサルタントだよ笑
森田って、そんな有名人!?
朝も昼も夜もテレビで見かける。
情報番組、ワイドショーのレギュラー合わせて四本！
いつも少年少女の味方とか言いながら、十代の少女を食っちゃったわけ？
しょせん、コメンテーターなんてそんなもん。
そうそう、森田なんてただの女好きのエロおやじ笑
違う違う。ただの女好きじゃなくて、ロリコンのエロおやじ笑
前にドキュメンタリー見たけど、森田って高校生くらいの娘がいたよな？
インコーしたグラドルが娘と同年代って、キツくない？
森田終わったな。

こいつら、低所得の貧民どもが匿名なのをいいことに好き勝手に書き込みやがって！　お前らが百回生まれ変わってもつき合えないようないい女、住めない豪邸、得ることのできない名声……そのすべてを持っている上級国民の俺が、お前らのところまで落ちてくればいいと思ってるんだろうが、そうはいかない。

俺はお前らとは違う、選ばれし人間だ。

この程度のスキャンダルで、同レベルの人間になれると思うなよ！

「あの、お客様、安全のためにシートベルトを……」

「うるさい黙ってろ！　運転手風情が俺の安全を気にする前に、自分の人生の心配をしろ！」

森田は運転手を一喝した。

いら立っていた……神経が過敏になっていた。負け組どものヤッカミとは言え、こんな投稿が広まってしまったらイメージダウンもいいところだ。

森田は、「森田誠・淫行」で画像と動画を検索した。

日村は、若月ラムが動画を盗撮したと言っていた。それが本当なら日村の仕業だ。森田は、恐る恐るスマートフォンのディスプレイを見た。森田とラムの画像も動画もなかった。

ほっと胸を撫で下ろした。

もしかしたら、日村のハッタリなのかもしれない。いや、ハッタリでなければ困る。

「お客様……目的地に到着しました」

遠慮がちに告げる運転手の声に、森田は我に返った。

「釣りはいらない。余ったぶんで安酒でも飲むがいい」

森田は五千円札をトレイに置き、皮肉を残すとタクシーを降りた。

☆

事務所に入った森田はデスクに座るなりテレビをつけ、各民放局の情報番組を梯子《はしご》した。

グルメ情報、通販、天気予報、ニュース……。

森田は、チャンネルを替えようとした指を止めた。

『まったく、呆れて物も言えませんね。仮にも青少年の育成に携わっている教育者が未成年の少女といかがわしい行為をするなんて』

森田がレギュラーを務める「あさ生！」と熾烈《しれつ》な視聴率争いを繰り広げている情報バラエティ番組……「情報キャッチ」のコメンテーターの小説家が、苦虫を噛み潰したような顔で言った。

『里中先生はどう思われますか？』

MCが心理カウンセラーの里中にコメントを求めた。

『この週刊誌の記事が事実なら、とんでもないことです。テレビで青少年を庇護するような発言に終始しながら、裏で十七歳の少女と淫行していたわけですからね。でも、森田氏のように二面性のある人は珍しくありません。いわゆる、ジキルとハイド症候群ですね』

里中が得意げに語り始めた。

『ジキルとハイドって、あの有名な映画、「ジキル博士とハイド氏」のことですか?』

MCが訊ねた。

『ええ。「ジキル博士とハイド氏」は、容姿端麗、品行方正なジキル博士が、人間には善人と悪人が共存しているという持論を証明するために発明した薬剤を飲むことによって、外貌醜悪、品性下劣なハイド氏に姿を変えて卑しい欲望を満たしてゆく怪奇小説を映画化したものです。じつは、私たちの周りにもハイド氏に変身する人が数多くいます』

『え! ハイド氏みたいな凶悪な人間が私たちの周りにも数多くいるんですか!?』

MCが大袈裟に驚いて見せた。

『たとえば、凶悪な殺人事件を起こした殺人犯の知人にインタビューしたときに、挨拶をきちんとして笑顔を絶やさない人だった、虫も殺せないような心優しい人だった……こういうコメントをよく聞くでしょう? これは、ジキル博士の一面しか見てこなかった知人の発言ですね。換言すれば、その殺人者が知人にはそういう面しか見せなかったとも言えます。殺人犯とまでいかなくても、ハンドルを握ったりお酒を飲むと人格が豹変《ひょうへん》する人もまた、ジキル博士とハイド氏が共存していると言えるでしょう』

相変わらずのしたり顔で、里中が蘊蓄《うんちく》を並べた。

『なるほど! ようするに里中先生は、テレビや講演会での森田氏がジキル博士、未成年の少女と淫行していた森田氏がハイド氏だと……そうおっしゃりたいんですね!』

MCが大声で言うと、里中が満足げに頷いた。

「ふざけるな! 誰がジキルとハイドだ! てめえら聖人面してるが、いい女を見たら抱きたいと思うはずだ！　だいたいお前みたいなインチキカウンセラーの周りには、デブとブスとババアしかいないから勃起しないだけだろうが！　俺みたいに若くてスタイル抜群でかわいい子ばかりに囲まれてみろ！　てめえみたいな偽善男がハイドになって強姦罪で逮捕されるんだよ！」

森田は、テレビモニター越しの里中に罵詈雑言《ばりぞうごん》を浴びせた。

『そして、森田氏の知人からこういった発言がありました』

ＭＣがフリップボードのシールを剝《は》がした。

『森田氏は昔から若い子が好きでした。若い子と言っても未成年にしか興味はありません。いわゆる、ロリコンですね。番組の収録前には必ず女性の共演者をチェックし、好みの未成年のタレントがいればスタッフに命じて誘いをかけるというのが常套手段でした……と、こういった内容の発言ですが、マリリンちゃん、どうですか？』

フリップボードのコメントを読み終えたＭＣが、コメンテーターのマリリンに話を振った。

森田はため息を吐き、目を閉じた。予想はしていたが、『週刊荒波』の記事を公共の電波で流されるのはダメージが大き過ぎる。

そもそも、インタビューを受けた森田の知人というのは日村に違いない。すべては、日村が森田への復讐のために『週刊荒波』の編集長と仕組んだことなのだ。

恐らくいま頃、由梨やひまりもこの番組を観ているに違いない。「情報キャッチ」を観ていなかったとしても、今日中にはなにかの番組で森田のスキャンダルを知るだろう。ひまりの場合は、ネットニュースで知るかもしれない。

救いは、先に佑真を取り込めたことだ。

今日、森田が帰るまでの間、由梨とひまりの心に芽生えた不信感を取り除くくらいの役目は果たせるだろう。

とにかく、最初が肝心だ。初めて森田の醜聞を眼にした妻と娘に、でたらめを信じ込ませることができるかどうかが勝負の分かれ目だ。

不幸中の幸いは、現時点でネットにもテレビにも画像と動画が晒されていないことだ。

『え～っ、未成年にしか興味ないとか、無理無理無理無理！　共演者の女の子をチェックしてスタッフに誘わせるとかキモすぎ！』

マリリンの声に、森田は目を開けた。

『だって、マリリンも同じ番組に出演したとき狙われていたかもしれないってことですよね？　怖い怖い怖い』

マリリンが両腕を交差させ肩を抱くと震えて見せた。

「図に乗るな！　ギャルだからって、見境なく俺が好きになるとでも思ってんのか!?　俺にも好みのギャルとそうでないギャルがいるんだよ！　てめえみたいな不潔そうなギャルは……」

デスクの上でスマートフォンが震えた。罵声を呑み込みディスプレイに視線を移した森田は、表示される由梨の名前に舌打ちした。

「なんだよっ……もう観たのか……」

森田は由梨からの電話を無視し、テレビのチャンネルを替えた。

ほかの民放の番組では、まだ森田のスキャンダルは扱っていなかった。だが、午後になれば全局のワイドショーで一斉に報じるに違いない。

スマートフォンの振動が止まった。

ため息を吐きかけたとき、ふたたびスマートフォンが震え始めた。

「くそ！　しつこい……」

ディスプレイに表示された「あさ生！」プロデューサーの中山の名前に、森田の背筋に冷たいものが走った。

スキャンダルのチェックと家族への言い訳に気を取られて、中山に電話することをすっかり忘れていた。

「お疲れ様です。『情報キャッチ』をご覧になりましたか？」

森田は動揺を悟られないように、落ち着いた声で電話に出ると先手を打った。森田がパニックになっていると、自らスキャンダルを認めたようなものだ。

日村の罠に、自分は嵌められたのだ。自分は被害者であり、若月ラムとの間にはなにもなかった。森田は己に言い聞かせた。

『なにを他人事みたいに言ってるんですか！　もちろん観てますよ！　未成年のグラビアアイドルと淫行だなんて、いったい、どういうことですか！』

中山の大声にスマートフォンが震えた。

「どういうこともこういうことも、訊きたいのは私のほうですよ。私は未成年の少女と淫行なんかしていませんから」

森田は喚《わめ》きたい気持ちを堪え、冷静な声で言った。ここで取り乱してしまえば、中山の不安に拍車をかけてしまう。

『なにもしていないなら、どうしてこんな記事が出るんですか⁉』

「逆恨みと売名行為ですよ」

すかさず、森田は言った。

『逆恨みと売名行為⁉』

中山が裏返った声で繰り返した。

「ええ。名前を売ろうとした若月ラムというグラビアアイドルを、日村が利用したのです」

『日村君って、森田先生の秘書の日村君のことですか？』

「はい。日村に、義父に性的虐待を受けている親戚の少女の相談に乗ってほしいと頼まれたんです。日村の親戚ということで、私は疑いもなく引き受けました。日村は私の宿泊しているホテルの部屋に、少女を連れてきました。しばらくすると日村は、仕事の電話をかけてくると言い残して外に出ました。日村が買ってきたコーヒーを飲みながら少女の相談に乗っていたら、急に睡魔に襲われました。眼が覚めたら私はベッドで寝ていて、隣には全裸の少女がいました。少女が義父に性的虐待を受けていたという話はでたらめで、コーヒーには睡眠薬が混ぜられていたのです。私は、日村に嵌められたことを悟りました」

森田は佑真のときと同じ作り話を中山にした。

『グラドルの売名行為はともかく、どうして日村君が森田先生を嵌めたりするんですか？』

中山が怪訝な声で訊ねてきた。

「日村が私の秘書になる前の話ですが、ある女性から交際を申し込まれたことがあります。彼女は私の友人の恋人で、悩み事の相談にも乗っていました。悩み事というのは、友人が浮気をしたらしく別れるかどうかということでした。友人の彼女でもあるので、私も親身になってアドバイスをしました。それを、彼女は勘違いしたのでしょう。いつしか私に恋愛感情を抱くようになりました。もちろん、私が彼女の期待に応えるはずがありません。友人の恋人ということもありますが、なにより私には妻がいます。きっぱりと断りました。その後、彼女は自殺したそうです。自殺した彼女は、日村の妹だったんです。スキャンダルの件で日村を問い詰めたら、こう言われました。妹の復讐のために私に近づいたと」

『日村君が復讐のために森田さんに近づいたなんて……。あの……疑うわけじゃありませんが、いまの話は本当ですか？』

中山が遠慮がちに訊ねてきた。

「私が、すぐバレるような作り話をすると思いますか？」

森田は自信満々の口調で即答した。

少しでも動揺を見せてしまったら、せっかく手に入れた「あさ生！」の水曜レギュラーの座から降ろされてしまう。一つの番組が見切りをつければ、様子見しているほかの番組も一斉に動き出す。

嘘もバレずに吐き通せば真実になる……是が非でも、森田は売名行為のグラビアアイドルと秘書に嵌められた被害者でなければならない。

『もちろん、先生を信じます。では、善は急げです。明日、スタジオ入りしてください』

中山の言っている意味が、森田にはわからなかった。

「明日は水曜ではないですよ？」

森田は疑問を口にした。

『わかっています。明日、森田先生の潔白を証明するんですよ！』

中山が気合十分の口調で言った。

「潔白を証明する？　あの、記者会見でも開くんですか？」

森田は訊ねた。

『いや、一方通行の会見は説得力に欠けます。公開生討論で白黒はっきりさせましょう！』

中山の言葉に、瞬間、森田の思考が止まった。

公開生討論で白黒はっきりさせる？

嫌な予感がした。とてつもなく、嫌な予感が……。

「公開生討論とは……どういうことですか？」

森田は恐る恐る訊ねた。

『決まってるじゃないですか！　『週刊荒波』の井波編集長との公開生討論ですよ！　森田先生のスキャンダルを捏造した張本人との直接対決で打ち負かし、潔白を証明するんですよ！　逆に言えば、この方法でしか森田先生の潔白を証明する方法はありません！』

中山の力んだ大声が、森田の焦燥感を煽った。

井波と公開討論など、冗談ではなかった。そんなことをしたら、火に油を注ぐようなものだ。

もし、日村の言うように若月ラムとの情事を盗撮されていたら……。

「しかし、いきなり公開生討論というのは性急すぎませんか？」

『なにを悠長なことを言ってるんですか！　いきなりでも性急でもないですよ！　一分でも一秒

でも早くスキャンダルの火を消さなければ、取り返しのつかないことになりますっ。それとも、森田先生は公開生討論に勝つ自信がないんですか？』

中山が訝しげな声で訊ねてきた。

「とんでもない。私は潔白ですから、負けるはずがありません。ただ、私が危惧《きぐ》しているのは悪戯に井波編集長を刺激して面倒なことになったら……」

『正直に言います。『週刊荒波』が発売されてからウチの局に森田先生を降ろしてほしいという電話やメールが相次いでいて、これからはもっと増えるでしょう。視聴者だけならまだしも、本格的にテレビで取り上げられ始めたらスポンサーが黙っていません』

「いや、しかし、私は無実なわけですし……」

『だからこそ、無実を証明してください！　公開生討論は視聴者のためだけに向けたものでなく、スポンサーを説得するためのものでもあるんです！　森田先生もご存じの通り、テレビ局にとってスポンサーは神様……いや、それ以上の絶対的存在ですっ。神様はいちいち口出ししてきませんが、スポンサーは違います。スポンサーが善人を悪人と言えば悪人、悪人を善人と言えば善人なんです！　だから、森田先生が潔白であってもスポンサーが納得する形で証明しないと、レギュラーを降りていただくことになります！　そういう事態を避けるために、公開生討論を急ぐべきだと進言したのです！』

森田を遮り、中山が力説した。

返す言葉がなかった。

たしかに、スポンサーの言葉は絶対だ。そして未成年者との淫行は、スポンサーが最も嫌うスキャンダルだ。スポンサーはかぎりなく白に近いグレーでも、百パーセント白でなければ降ろせと言ってくるはずだ。

だが、森田は自らが黒であることを知っていた。

公開生討論で潔白を証明するどころか、全国ネットで淫行ロリコン男の烙印《らくいん》を押される可能性もある。

だからといって、中山の提案を断れば「あさ生！」のレギュラーを降板させられてしまう。

どうすればいい？　どうすればいい!?　いったい、どうすれば……。

森田の心を、相反する声が綱引きした。

進むも地獄、退くも地獄なら前進あるのみだ。それに、動画さえなければ井波との討論に負けるはずがない。動物でたとえれば百獣の王ライオン、昆虫でたとえればカブトムシ——口なら、森田は誰にも負けない自信があった。

「わかりました。お引き受けします。ですが、井波編集長のほうが受けるかどうか……」

『井波編集長には、もう了承は取ってあります！』

中山が森田を遮り言った。

「え!?　もう、承諾を取っていたんですか!?」

森田は驚きを隠せず、大声を張り上げた。

『もちろんです！　この公開生討論は世間の注目を集めます！　スキャンダルを報じた側と報じられた側の直接対決……しかも、一方は青少年教育のカリスマである森田先生ですからね！　カリスマがカリスマのままでいられるか、地に堕《お》ちた元カリスマになってしまうか！　これは、驚異の視聴率三十パーセント超えも夢ではありませんよ！』

中山の嬉々とした声に、森田は胸騒ぎに襲われた。

『では、明日、七時半入りでお願いします！』

「あ、ちょっと待ってくだ……」

中山は弾んだ声で一方的に言い残し、電話を切った。


——カリスマがカリスマのままでいられるか、地に堕ちた元カリスマになってしまうか！　これは、驚異の視聴率三十パーセント超えも夢ではありませんよ！


脳裏に蘇る中山の声に、森田の胸に危惧の念が広がった。

中山が公開生討論を持ちかけてきたのは、森田のためではなく視聴率のためだったのか？

森田の潔白が証明されてもされなくても、視聴率が稼げればいいということなのか？

背中に悪寒のような冷気が広がり、額に脂汗が浮いた。

掌で震えるスマートフォン……中山！

森田は通話ボタンを反射的にタップし、耳に当てた。

「もしもし!?　公開生討論の件ですが……」

『あなた！　どういうことなの!?　ワイドショーでやっていた未成年の女の子との淫らな関係って、本当なの!?』

予想していた中山の声ではなく、由梨の取り乱した声が森田の鼓膜を震わせた。

「ちょ……ちょっと落ち着きなさい。佑真から話を聞いてないのか？」

『聞いたわ！　日村さんに嵌められたとかなんとか！　でも、彼があなたを嵌めるなんておかしいじゃない！　だって、日村さんはあなたのためにこれまで……』

「わかった、わかった。とにかく、冷静になってくれ。三十分で戻るから」

森田は珍しく取り乱す由梨を宥《なだ》め、電話を電源ごと切ると席を立った。

「くそが！　四十路女が旦那の浮気くらいでごちゃごちゃ言うんじゃねえ！　元モデルだかなんだか知らないが、あと何十年もお前ひとりで満足しろっていうのか！　どいつもこいつも、足を引っ張りやがって！　俺は絶対に堕ちない！　絶対に乗り切って見せる！　堕ちてたまるか！」

森田は鬼の形相で吐き捨て、事務所を飛び出した。

12

松濤の住宅街――帰路を急いでいた森田は足を止めた。

「なんだ、あれは……」

約十メートル先の森田家の前には、二十人を超える報道陣が待機していた。

週刊誌やスポーツ紙の記者ばかりでなく、テレビカメラクルーもいた。

「じょ……冗談じゃない」

「あ！　森田さんですよね!?」

不意に、背後から声をかけられた。

振り返ると、男性記者がボイスレコーダーを突きつけてきた。

ほかにも、五人の記者がいた。

森田は、反射的に家のほうに駆け出した。

「帰ってきたぞ!」

玄関を取り囲んでいた一人の男性記者が叫ぶと、二十数人の報道陣にあっという間に取り囲まれた。

「森田さん、十七歳の少女と不倫淫行したというのは本当ですか!?」

「記事には、芸能界での影響力を盾に少女を脅して関係を迫ったとありましたが!?」

「肉体関係を結んだ少女と森田さんの娘さんは同年代ですよね!?」

「奥様は元人気モデルの相良《さがら》由梨さんですよね!?」

「今回の件、奥様はなんと言ってるんですか!?」

「お子様は二人とも多感な年頃ですが、今回の件で学校でイジメられたりしてませんか!?」

「森田さんは、未成年が好きなんですか!?」

「青少年育成の第一人者である森田さんが未成年の少女と肉体関係を結ぶなんて、これまで支持してきてくれた人たちへの裏切り行為だと思いませんか!?」

記者たちが競うようにボイスレコーダーを突きつけながら、質問を浴びせかけてきた。

「すべてノーコメントです」

森田は無表情に言いながら、報道陣を掻き分け門内に駆け込むと柵扉を施錠した。

「森田さん! なにか一言!」

「都合の悪いことにはダンマリですか！」

「青少年を守る立場のあなたが、青少年を食い物にしてどうするんですか！」

森田は背中に浴びせられてくる記者たちの声を振り切るように、玄関に飛び込み内鍵を締めた。

ドアに背を預け、森田は長いため息を吐いた。

順風満帆だった人生が……なぜ、こんなことになってしまったのか？

すべては、日村のせいだ。

妹の自殺の復讐？

冗談ではない。

森田は、花柳梨乃に数えきれないほどのいい思いをさせてきた。

三万五千円の鉄板焼きのコースを食べさせ、脂っぽいのは嫌だという彼女のために二千五百円を追加してサーロインをフィレに変更し、三十八万二千円のルイ・ヴィトンのバッグをプレゼントし、セックスのたびに潮を吹かせてやった。

日村に感謝されることはあっても、恨まれる覚えはなかった。

過去を振り返っても無意味だ。

大事なのは、現在をどう乗り切るかだ。

森田は廊下に上がり、リビングルームに向かった。

「ただいま」

森田はいつもと変わらぬ感じで、リビングルームのドアを開けた。

ソファに座っていた由梨が、厳しい顔を森田に向けた。

どうやら、座ったまま出迎えるつもりのようだ。

由梨の隣には、ひまりが座っていた。

いつもなら真っ先に出迎えてくれるひまりが、森田と眼を合わせようとしなかった。

ソファの端に座る佑真も、俯き森田を見ようとしなかった。

三人ともお帰りなさいも言わない異常事態に、森田は焦燥感に襲われた。

ひまりはともかく、洗脳した佑真までよそよそしい態度になっていた。

由梨のせいだ。

森田の言葉を信じて父親の潔白を訴える佑真を、由梨がヒステリックに否定したに違いない。

「どうした？　お通夜みたいだぞ」

努めて明るく言いながら、森田は由梨の隣に座った。

瞬間、由梨が森田から離れた。

そんな態度を取るな！　子供たちに悪影響になるだろうが！

森田は心で毒づいた。

「テレビで大々的に報じられたから仕方がないけど、誤解しないでほしい。私は、やましいことはなに一つしていない」

森田は、きっぱりと言った。

少しでも動揺したところを見せたら、由梨とひまりの疑心に拍車がかかってしまう。

由梨が無言で、スマートフォンを森田の顔前に突きつけた。

カリスマ教育コンサルタント　森田誠　十七歳のグラビアアイドルと不倫淫行疑惑!?

「これ、どういうことなの？」

由梨が険しい表情で訊ねてきた。

おいおい、そんな顔をしたら皺が増えるぞ。いまでも勃起しないのに、これ以上萎えさせないでくれよ。

森田は、ふたたび心で毒づいた。

「ああ、それね。そんなガセネタ、気にしなくていい」

森田は一笑に付した。

「事実無根なら、どうしてこんなスキャンダル記事が出るの!?　十七歳のＸって誰なのよ!?」

由梨がヒステリックな口調で問い詰めてきた。

予想外だった。

不倫淫行スキャンダルが報じられても、ここまで感情的になるとは思っていなかった。

相手の十七歳という年齢が、由梨から平常心を奪ったに違いない。

これは厄介だ。

端から由梨がこの調子なら、ひまりと佑真まで影響されてしまう。

「落ち着け……落ち着くんだ。

ここで怯んだら、浮気を認めるようなものだ。

「佑真から聞いただろう？　逆恨みした日村から嵌められたんだよ。日村に、義父に性的虐待を受けている親戚の少女の相談に乗ってほしいと頼まれたんだ。日村は僕の泊まっているホテルの部屋に親戚の少女を連れてきて……」

「そんな話を、私に信じろというの!?」

由梨が嫌悪に満ちた眼を森田に向けた。

まるで、路上の吐瀉物を見たときのような……。

相変わらずひまりは森田と眼を合わせようとせず、佑真は俯いたままだ。

森田城の殿様であり、家族の尊敬を独り占めにしていた自分が妻に非難され、子供たちに疎外されている。

まずい……なんとかしなければ……。

「もちろんだよ。私は潔白だからね。こんな根拠のない報道で家族が不和になるのは、それこそ日村の思う壺さ。由梨、冷静になって考えてごらん。君が十九年間生活を共にしてきた……十九年間見てきた森田誠が、未成年の少女といかがわしい行為をする人間だと思うのかい?」

森田は自信満々な顔を由梨に向けた。

「なにもないのなら、どうしてすぐに言わなかったの? 日村さんに睡眠薬を飲まされて、気づいたらベッドで裸の女の子が横に寝てたって……そう言えばいいじゃない! それが言えなかったのは、あなたの中にやましいことがあるからでしょう!?」

「おいおい、君が不安な気持ちになるのは仕方がないけれど、子供の前で誤解を与えるような言いかたは感心しないな」

森田は、やんわりと由梨を窘めた。

若い女と夫の情事を想像してヒステリーを起こす由梨は仕方がないにしても、ひまりと佑真を巻き込むような言動は許せない。

「あなた、そんな悠長なことを言ってる場合だと思ってるの？　今日、ひまりが学校でどんなことを言われたかなんて知らないでしょう!?」

由梨が目尻を吊り上げ、詰め寄ってきた。

「ん？　ひまり、なにを言われたんだ？」

森田の問いかけにも、ひまりは俯き黙ったままだった。

「黙ってちゃわからないだろう？　学校でなにを言われたのか、父さんに言ってみなさい」

森田は、優しくひまりを促した。

嫉妬に取り乱している由梨はともかく、ひまりと佑真は取り込んでおかなければならない。

「ひまりのパパは、私たちと変わらない年の女の子とセックスしてる……私たちの学校の女子ともやってるんじゃないのか……って」

由梨が震える声で言うと、ひまりが掌で顔を覆い泣き始めた。

「え……」

森田は絶句した。

まさかクラスメイトにそんな暴言を吐かれていたとは……想像以上だった。

「そんなことを言われて、ひまりがどれだけ傷ついたかわかる!?　ひまりだけじゃないわっ。携帯を貸して」

由梨が佑真に手を差し出した。

「いいから、出しなさいっ。お父さんのスキャンダルのせいで、あなたたちがどれだけの被害を受けているのかを、きちんと知って貰うべきよ！　さあ、早く！」

由梨に強要され、佑真が渋々とスマートフォンを渡した。

「お友達のＬＩＮＥは……これね。ほら、見て！」

由梨が佑真のスマートフォンのディスプレイを森田の顔に向けた。

ディスプレイには、ＬＩＮＥアプリが表示されていた。

（ネットニュースで見たけど、お前の父さん未成年とエンコーしたって本当？）

「この子だけじゃないわ」

由梨が別のトークのページにした。

（佑真パパ、十七歳とホテルなんてヤバくない？　犯罪じゃん笑）

「まだまだあるわ」

由梨が次々と佑真に送られてきたＬＩＮＥメッセージを森田に見せた。

（お前の親父《おやじ》って、ロリコン？　笑）

（十七歳とエッチって、俺らと変わらない年じゃん！）

（おい、ロリパパに、俺らにもヤラせてくれるギャルを紹介してって頼んでくれよ！）

（佑真君のお父さんって、四十五とかでしょ？　キモ過ぎ！）

「もういい」

森田は由梨に言うと、眼を閉じた。

「僕はいいよ」

ひまりと佑真が、クラスメイトからこんなにひどい仕打ちを受けているとは思わなかった。

今回のスキャンダルで、二人ともどれほど傷ついたことだろう。

佑真の様子が朝とは違う理由がわかった。

胸が痛んだ。

ひまりと佑真が傷つくのは構わないが、二人の心に森田への恨みが芽生えるのは困る。

いや、もう芽生えているかもしれない。

なんとか信用を……父親としての威厳を取り戻さなければならない。

森田は眼を開けた。

「佑真、ひまり、父さんのスキャンダル報道のせいでつらい目に遭っていることはかわいそうだと思う。だが、父さんはお前たちに謝ることはしない。理由は明白だ。父さんは未成年の女性と、報道されているような行為はやっていないからだ。日村に睡眠薬を盛られて、目が覚めたら隣に全裸の少女がいた。それがすべてだ。父さんが母さんにそのことを言わなかったのは、余計な心配をかけたくなかったからだ。じっさいに報道されているような事実は一切なかったわけだし、父さんに隠し事をしている認識はなかった」

森田は、二人の瞳を交互にみつめながら言った。

「でも、現実にこんな騒ぎになっているじゃない!? 佑真とひまりがひどい目に遭ってるのも事実でしょう!? あなたは、全然わかっていない! その女の子と、なにもなかったなんていうのは当たり前のこと! 私が怒っているのはそんなことじゃない! 問題は、あなたが私や子供たちにこれだけの迷惑をかけてしまったという事実よっ。日村さんに嵌められたから自分は悪くない、謝らないなんていうのは、一家の大黒柱としてあまりにも無責任で自己中心的な考えよ！」

般若《はんにゃ》の如き由梨の形相を見て、森田はぞっとした。

この醜い女が、セレブ妻の素顔なのか？

一つだけ、わかったことがある。

由梨は若い女性に嫉妬して取り乱したわけではなかった。

セレブ妻としての地位と名誉が脅かされそうになっていることに、動転しているのだ。

なんという欲深い女だ。

まだ、自分より若い女と浮気した夫に嫉妬する妻のほうがかわいげがある。

「悪いが、君は黙っていてくれ。私は、子供たちに話しているんだ。佑真、ひまり、聞いてくれ。ある少年が教室に忘れ物をして取りに戻った。その教室には、直前に女子生徒の体操着を盗みに入った男がいた。少年が教室に入ったのを、ある教師が見ていた。後日、複数の女子生徒の体操着が盗難された事件でクラス中が大騒ぎになり、少年が誰もいない教室に入るところを見たという教師の発言で犯人にされてしまった。ここで、お前に質問だ。少年は犯人だと思うか？」

森田は佑真に顔を向けた。

佑真が首を横に振った。

「正解だ」

森田は満足げに頷いた。

「今度はひまりに質問だ。少年が犯人ではないとして、しかし、放課後の誰もいない教室に忘れ物を取りに戻った少年にも、疑われる行為をしてしまったという非はあると思うか？」

ひまりが、首を横に振った。

「正解だ。二人とも、さすがはパパの子供だな」

森田は、ふたたび満足げに頷いた。

「今度は、二人に質問だ。今回の父さんのスキャンダルといまの少年の話は同じだと思うか？ 父さんは十代の少女と浮気をしていない。だが、目をかけ信用していた日村に頼まれたこととは言え、関係を疑われるような行動をしてしまった。どうだ？ 父さんも少年と同じで非はないのか？ それとも、少年とは違い非があるのか？ 今度は、言葉で答えてくれ」

森田は、自信満々に二人の顔を見た。

「あなた、そんな答えを強要するような……」

「君は黙っていてくれと言っただろう！」

口を挟む由梨に、森田はピシャリと言った。

自分に落ち度はない。自分は不倫淫行などしていない。

だから、妻や子供に毅然《きぜん》とした態度で接する。

心の片隅に少しでも罪悪感や不安が残っていれば、勘のいい女性には見抜かれてしまう。

そもそも、森田には微塵の罪悪感もない。

由梨、佑真、ひまりは、優秀な夫、完璧な父親のおかげで世間の取るに足らない庶民から羨まれるセレブになれたのだ。

夫が優秀な森田でなければ……父親が完璧な森田でなければ、三人は取るに足らない庶民になっていただろう。

森田には妻や子供たちに対しての罪悪感どころか、優越感しかなかった。

「さあ、佑真から答えてくれ。私と少年は同じなのか？　違うのか？」

「……同じだと……思う」

佑真が、蚊の鳴くような声で言った。

「え？　聞こえなかったから、もう一度言ってくれ」

森田が手を当てた耳を、佑真に近づけた。

「同じだと思う」

佑真が、今度ははっきりと同じ言葉を繰り返した。

「そうか。わかってくれて、嬉しいよ。ひまりは？」

森田は、視線をひまりに移した。

「わからない」

ひまりが初めて森田と視線を合わせ、きっぱりと言った。

「わからない？　おいおい、つまり、ひまりは父さんの言っていることを信用できないということか？」

森田は懸命に作り笑いを浮かべ、ひまりに訊ねた。

ここで感情的になれば、苦労して作り上げた完璧な父親像が崩れてしまう。

「パパを信用したい……だから、みんなが言っていることが嘘ならそれを証明してよ！」

ひまりの叫び声が、リビングルームの空気を切り裂いた。

「あっはっはっはっはっは！　ひまりは、おかしなことを言うな。十五年の人生、ひまりの見てきたパパがなによりの証明になるんじゃないのか？　いつも言っていたじゃないか？　パパは世界一だって……パパみたいな人と結婚したいって。そうだろう？」

森田はおおらかに笑い飛ばし、笑顔でひまりに問いかけた。

「私は信用できても、みんなは違う！　クラスメイトだけじゃない。自分の娘と同年代の女の子とやってるロリコンパパ、娘もパパにやられたなら警察に通報したほうがいいぞ……こんなことをネットに書き込む人たちを信用させるには、きちんとした証拠を見せるしかないの！」

ひまりが、涙声で絶叫した。

「そんなひどいことを……。ひまり！　ネットの書き込みなんて気にしないで！　名前を出す勇気もなく、人を中傷するだけの卑怯者《ひきょうもの》だから！」

由梨が、ひまりを抱き締めた。

「そうだ、ひまり。気にするな。ネットなんてものは火のないところに煙を立てる……」

「あなたは黙ってて！」

ひまりを励まそうとする森田を、由梨が一喝した。

一家の大黒柱に向かって、その物言いはなんだ！

ハイブランドの服を着ることができて、高いアクセサリーを身につけることができて、高級レストランで食事をすることができて、ママ友と優雅にハーブティーを飲みながらカヌレやマカロンを食べることができているのは、誰のおかげだと思ってるんだ！

森田は、怒声を寸前のところで飲み込んだ。

由梨を十時間くらい味噌糞《みそくそ》にけなしてやりたいところだが、子供たちの手前我慢した。

未成年淫行疑惑で父としての威厳が崩れそうないま、これ以上のマイナスポイントを追加するわけにはいかない。

「みんな、安心してくれ」

森田は、場違いな明るい声で切り出した。

由梨、佑真、ひまりが怪訝そうな顔を森田に向けた。

「明日、父さんは『あさ生！』の生放送に出演し、『週刊荒波』の編集長と討論することになった」

「『週刊荒波』って、あなたのスキャンダルを報じた週刊誌でしょう⁉」

由梨が訊ねてきた。

「ああ、そうだ。ひまり、言ったよな？　父さんの潔白を証明するには、証拠が必要だって。だから、父さんは明日、日本全国の視聴者に潔白を証明するのさ。スキャンダルを報じた編集長との討論に父さんが勝てば、お前たちも信じてくれるだろう？」

森田は三人の顔を見渡した。

「そうね。本当にそういう結果になるなら、あなたへの疑いは晴れるでしょうね」

由梨が言った。

「お前たちも、それでいいか？」

森田は、佑真とひまりに訊ねた。

二人が同時に頷いた。

「よし。じゃあ、父さんは明日早いからこれで失礼するよ」

森田はにこやかな笑顔を残しリビングルームを出ると、書斎に向かった。

書斎に入った森田はハイバックチェアに座り、ため息を吐いた。

ああは言ったものの、明日の生討論が心配だった。

話術には自信があった。

討論で井波を打ち負かすことは容易であり、視聴者に『週刊荒波』のスキャンダル記事はでたらめではないかと印象づける自信もあった。

しかし、万が一、生放送中に若月ラムとの性行為を盗撮した動画を流されたりしたら一巻の終わりだ。

井波とプロデューサーの中山が、販売部数と視聴率を伸ばすために裏で手を組んでいるという可能性もあった。

だが、社会的信用と家族の信頼を取り戻すためには、一か八かの賭《か》けに出る必要があった。

このまま逃げ続けていたら、森田がスキャンダル記事を肯定しているようなものだ。

堂々と全国放送に出演して身の潔白を主張することで……。

スマートフォンが震えた。

ヒップポケットから抜いたスマートフォンのディスプレイに表示された島崎の名前に、森田の胸は高鳴った。

「なにかわかったか?」

電話に出るなり、森田は訊ねた。

『面白いネタを摑みましたよ』

島崎の女性のような甲高い声に、森田は椅子から腰を浮かした。

いつもは不快なガムをクチャクチャと噛む音も、いまは気にならなかった。

「本当か!?　どんなネタだ？」

森田は受話口を耳に押しつけた。

『その前に、成功報酬の二百は大丈夫なんでしょうね？』

島崎が念を押してきた。

「着手金の百もすぐに払っただろう？　三百くらいで俺がケチると思うか？　さあ、早くネタを報告してくれ」

『三百くらいでケチらないなら、キリのいいところで二本追加して貰えますか？』

「全部で五百!?」

森田は思わず素頓狂な声を上げた。

『その金額を払う価値のあるネタですから』

「ふざけるな！　三百以上は……」

『なら切りま〜す。明日の生討論、丸腰で頑張ってくださ〜い』

島崎が人を小馬鹿にしたように言った。

「ちょ……ちょっと待て！　わかった！　四百払うから！」

森田は握り締めた拳で宙を殴った。

島崎は二年前に、森田が週刊誌の対談コーナーを持っていたときのゲストの一人だった。

そのコーナーは、子供の教育に悩む芸能人、スポーツ選手、芸術家、企業の社長などの相談に森田が乗るというものだった。

島崎はSNSやドローンを駆使した新手の調査法で業績を急速に伸ばし、テレビにも引っ張りだこだった「ハイブリッドエージェンシー」という興信所のオーナーだ。

若月ラムとの不倫淫行スキャンダルが『週刊荒波』に掲載されるとわかった日に、森田は念のため島崎に連絡を取り井波の弱味を摑むために身辺調査を依頼していたのだった。

『了解で～す。じゃあ、ネタを教えます。井波氏自身にはめぼしいスキャンダルはなかったので、十八歳と十七歳の息子をターゲットにしました。二人に張り付いてすぐに、弟の井波隼人《はやと》君がプレゼントをくれました。隼人君はとんでもないワルで、交際相手の女子高生を使ってマッチングアプリで釣ったおやじたちから金を脅し取っていました』

「本当か!?　裏付けはあるのか!?」

森田は食い気味に訊ねた。

『もちろんですよ。おやじから金を脅し取ったあと、ホテルから出てきた彼女を尾行して拘束しました。あとは楽勝ですよ。警察にチクられたくなかったら、彼氏のやってきた悪さをすべて教えろと恫喝《どうかつ》したら、証拠写真やライントークのスクショをくれました』

島崎が得意げに言った。

「よくやった！　早速、証拠写真とスクショをＬＩＮＥしてくれ！」

森田はガッツポーズしながら言った。

『その前に、ネットバンクで四百万振り込んでください。金が確認できたら送りますよ』

島崎がガムをクチャクチャさせながら言った。

「わかった。いったん切るぞ」

森田は通話ボタンをタップした。

「クソ野郎が！　たかが三流探偵風情で人の足元みやがって！　人の弱味で飯食ってるドブネズミが調子に乗るんじゃねえ！」

森田は激しく毒づきながら、ネットバンクの送金操作をした。

（送ったぞ。写真とスクショをすぐに送れ）

森田は島崎にLINEで命じた。

一分も経たないうちに、LINEの通知音が鳴った。

森田は島崎の新着アイコンをタップした。

送られてきたのは、サラリーマン風の中年男性と十代と思《おぼ》しき少女が裸でベッドに寝ている画像だった。

次に森田は、スクショの文面を読んだ。

（アプリで釣ったおっさんを、道玄坂のラブホに連れ込め。裸でベッドに入ったら、俺に連絡しろ）

「井波の弱味ゲット！」

森田は、拳を作った右腕を突き上げた。

森田は井波のメールに画像とスクショの文面を送信すると、ハイバックチェアに腰を戻した。
四、五分経った頃、スマートフォンが震えた。
「おやおや、こんな時間にどうしました？」

森田は電話に出ると、白々しく訊ねた。

『貴様っ、どういうつもりだ!?』

いきなり、受話口から井波の怒声が流れてきた。

「そんなに怒って、なにかありましたか?」

森田は足を組み、片側の口角を吊り上げた。

『あの画像と文面はなんだ!?』

「ああ、そのことですか。見たままですよ。隼人君でしたっけ? 高校二年生なのに、恋人を使ってマッチングアプリで美人局《つつもたせ》ですか? まるでヤクザみたいですね。私なんかより、息子さんのスキャンダルを記事にしたらどうですか?」

人を食ったように森田は言った。

『貴様って奴は、どこまで卑劣な男なんだ!』

井波の怒声が、スマートフォンのボディを震わせた。

「その言葉、あなたにそっくりお返ししますよ。人の弱味を摑んで世間に晒して金を稼ぐ。編集長さんは、毎日のように卑劣なことをやってるんでしょう? 自分が逆にやられたからって、そんなに怒るのは自己中心的過ぎませんか?」

森田は腰を上げ、ワインクーラーから取り出した飲みかけの赤ワインのボトルとグラスを手に、ハイバックチェアに戻った。

ゴムのキャップを抜き、グラスに深紅の液体をなみなみと注いだ。

『……なにが目的だ?』

井波が押し殺した声で訊ねてきた。

井波の荒い息遣いを酒の肴に、森田は赤ワインを喉に流し込んだ。

「もし、こんな記事が『週刊渦潮』あたりに掲載されれば、隼人君の人生は終わりでしょうね。まあ、未成年ですから少年院で真面目にやってれば半年くらいで出てこられるでしょう。ですが、少年院に入ったという事実は一生つき纏《まと》います。まともな人生を送れなくなるのはたしかですね。編集長にスキャンダルを暴露された私も、隼人君のことは言えませんが」

森田は昆虫をいたぶる猫のように、サディスティックな言葉を並べた。

『週刊渦潮』は『週刊荒波』のライバル関係にあるゴシップ誌だ。

『だから、なにが目的だと言ってるんだ！』

井波の逼迫《ひっぱく》した怒声が、森田の鼓膜を心地よく愛撫した。

「別に目的なんてありませんよ。ただ、『週刊荒波』の編集長の息子さんのスキャンダルが『週刊渦潮』に載ってしまったら、面目丸潰れでしょう？　井波さんとは明日生討論する間柄ですが、敵に塩を送るってやつですよ」

森田は白々しい言葉を口にしながら、オーディオのリモコンを手に取りスイッチを入れた。

リストの「ラ・カンパネラ」……鈴が鳴るような美しく煌やかな旋律に、森田は恍惚の表情でワイングラスを傾けた。

五臓六腑《ごぞうろっぷ》に、渋いはずのタンニンが甘美に染み渡ってゆく……。

『交換条件はなんだ？』

井波の押し殺した声が、森田をさらに恍惚とさせた。

「交換条件？　え……編集長のおっしゃっている意味がよくわかりません」

森田は惚《とぼ》け、赤ワインを口の中でクチュクチュと泡立てながらテイスティングした。

『ふざけるな！　お前の魂胆は見え見えなんだよ！　明日の生討論の駆け引き材料にするつもりで送りつけてきたんだろうが！』

井波が激怒すればするほど……動転すればするほど、森田の脳内は大量分泌されたオキシトシンでびしょびしょになった。

「ああ……そういうことですか。いま、気づきました。それも、いいかもしれませんね。井波さんがどうしてもそうしたいというなら、交換条件の申し出、考えてもいいですよ」

森田は上から目線で言うと、「ラ・カンパネラ」のクライマックスの旋律に合わせてワイングラスを持つ右腕で指揮を執った。

13

「あさ生！」のスタジオの空気は、いつもと違い異様な緊張感に包まれていた。

空気だけではなくセットも特別仕様の円卓が設置してあり、カメラから向かって右が森田で左が井波……生討論の主役の二人が向かい合う格好で座っていた。

曜日レギュラーのパネラー三人は円卓の背後の特等席で、格闘技観戦でもしているかのようにワクワクした顔でゴングが鳴るのを待っていた。

「では、本日は特別に予定を変更しまして、『週刊荒波』の編集長、井波聡氏と青少年教育コンサルタントの森田誠氏の緊急生討論会を行います。ご存知の方も多いですが、先日発売された『週刊荒波』の記事で、森田氏の未成年のXさんとの不倫淫行スキャンダルが報じられました。森田氏に取材したところ事実無根とのことだったので、当番組のプロデューサーから井波編集長と生討論で白黒つけませんか？　というオファーをかけさせていただきました。『あさ生！』は情報番組として公平な立場で、視聴者の皆様に真実をお届けするのが使命だと思っています」

誠実な笑顔で1カメに向かい、視聴者に語りかけるMCの言葉に森田は心で舌打ちした。

きれいごとばかり言いやがって。俺を担ぎ出したのは視聴率を稼ぐためだろうが！

お前の魂胆なんて見え見えなんだよ！

視聴率を数パーセント伸ばすためなら、俺が世間から袋叩きにされようが家庭崩壊しようが無一文になってホームレスになろうが……絶望して自殺しようが、こいつらにはどうでもいいことだ。いや、どうでもいいどころか俺の死さえ小躍りして特集を組むだろう。

が、番組の思い通りにはさせない。

スタジオの隅で満足げな表情で腕組みしているプロデューサーの中山は、あと数分後には驚《きょう》愕《がく》に凍てつくことだろう。

「では、早速ですが生討論を開始します！　まずは、スキャンダルを報じられた側の森田氏のほうからスピーチタイムをお願いします！」

MCが森田を促した。

「このたびは、私に関する記事でお騒がせしてしまい申し訳ございません。ただ、これだけははっきり言っておきます。『週刊荒波』の記事に書かれている内容は事実無根です。普通、週刊誌のスキャンダル記事は十パーセントの真実に九十パーセントのでたらめというパターンが多いものですが、私に関しての記事は百パーセントでたらめです」

森田は開口一番、本題に切り込んだ。

「事実があるとすれば、Xさんと会ったことと、同じベッドで寝ていたということです」

森田の発言に、スタジオがざわついた。

MCもパネラーたちも、森田の失言だと心で失笑しているはずだ。

無脊椎《むせきつい》動物並みに低能な輩には、森田のシナリオの意図は永遠にわからないだろう。

「それは、不倫淫行を認めるということですか?」

MCが森田に確認してきた。

「いいえ。私は、Xさんに会ったこと、同じベッドで寝ていたという事実を言っただけです」

森田は、少しも動じずに涼しい顔で言った。

「ですから、それが認めていることに……」

「私は、嵌められたんです」

森田がMCを遮り言うと、ふたたびスタジオがざわついた。

「と申しますと、誰に嵌められたのでしょうか?」

MCは平静を装っているが、内心、驚いていることは不規則に揺れる黒目の動きでわかった。

「話せば長くなりますが、大丈夫ですか?」

森田はMCに確認した。

「もちろんです。そのための討論会ですから」

「では、今回の真実をお話ししましょう」

森田は、家族にしたのと同じ日村陰謀説を語り始めた。

森田のでたらめ話が進むほどに、スタジオのざわめきが大きくなった。

時には声を震わせ、時には唇を噛み、時には天を仰いだ。

信頼していた日村に睡眠薬を盛られ罠に嵌められたことを語る件《くだり》では、眼に涙を溜めた。

「正直、週刊誌の記事を見たときはショックでなにも考えられませんでした。日村が私を嵌めたなどありえない、なにかの間違いだと思いました。ですが、Xさんを親戚だと偽り、義父から性的虐待を受けている相談に乗ってほしいからとホテルに連れてきたのは日村ですし、信じたくはありませんでしたが彼は私を……」

森田は声を詰まらせ、きつく眼を閉じると悲痛な顔で首を横に振って見せた。

「森田さん。疑うわけではないですが、今回の件は秘書の罠だったと証明できますか？」

疑うわけではないと言いながら、MCの森田に向けられた眼は疑心に満ちていた。

想定内――MCがそうくることは計算済みだった。

「その前に、とりあえず井波編集長の反論を聞いてみたいですね。なぜ、無実の私を貶めるようなでたらめの記事を掲載したのかを」

森田は余裕の表情をMCに向けたあとに、視線をアシスタントに移した。

二十四歳のアナウンサーで、十代の頃はグラビアアイドルとして活動していた。バストは87センチのEカップ、ウエストは57センチの括れ腰、ヒップは88センチのプリケツ桃尻の持ち主だ。

二十四歳という年齢は十代好きの森田からすれば峠を越えていたが、若月ラムとのスキャンダルのせいでしばらくは二十歳未満の少女を抱くわけにはいかない。

次に十代の少女との淫行を報じられたら、二度同じ言い逃れは通用せずに森田の人生は本当に終わる。

だからといって、古女房の由梨だけで性欲を満足させられるはずもない。

背に腹は代えられない森田は、スキャンダルのほとぼりが冷めるまでの数年間は、二十代の女で我慢しなければならないのだ。

お前の旬を過ぎかけた安っぽい肉体で我慢してやるよ。

森田は心で毒づいた。

「それでは、『週刊荒波』の井波編集長のスピーチタイムに入ります！　森田氏は『週刊荒波』の記事が事実無根のでたらめである、秘書を務めていた日村氏の罠に嵌められたと主張しましたが、反論をお願いします！」

MCが、芝居がかった口調で井波を促した。

井波が腰を上げ、赤いランプの点《とも》っているカメラの前に立った。

「あの、井波さん、どうかなさいましたか？」

MCが怪訝な顔で井波に呼びかけた。

「このたびは、申し訳ありませんでした」

突然、井波がカメラに向かって頭を下げた。

森田はぽっかりと口を開け、驚いた顔を作って見せた。

テーブルの下で、太腿の裏を血が出るほど抓《つね》った。

それくらいの痛みを与えなければ、噴き出してしまいそうだった。

おいおい、下種雑誌の編集長。誰もそこまでやれとは言ってないって。これだから、三流大学の低偏差値男は困るんだよ。

まあ、でも、この馬鹿のおかげで番組が盛り上がるってもんだ。

番組が盛り上がれば、森田誠の潔白を視聴者により強く印象づけることができる。

森田は太腿を抓り続けながら、心で高笑いした。

「井波さん、なにを……」

「私は大変なミスを犯してしまいました」

井波はＭＣを遮り、謝罪を続けた。

「そのミスというのは、ほかでもない。今日の討論会のテーマの、森田誠氏の不倫淫行スキャンダルの件です。さっきの森田氏の発言は、すべて真実でした。私は森田氏の秘書である日村氏の持ち込んだ話を信じ、裏取りをしないまま記事にしてしまいました。高給を貰っていい待遇を受けている日村氏が、恩人である森田氏を嵌めるなどありえないと思ったのです。ですが、記事が掲載されてから日村氏が告白してきたのです。森田氏に個人的な恨みがあって、破滅させてやりたかったと」

井波の言葉に、パネラーたちがざわつき始めた。

「つまり、あの不倫淫行スキャンダルは日村氏の描いたシナリオでした。Ｘさんは雇われた女性であり、森田氏は睡眠薬を盛られて眠らされている隙に日村氏に撮影されたのです。真実を知ったときには週刊誌は発売されており、あとの祭りでした。いま、私がこうやって生放送で真実を告白しているのは、世間に間違った情報を流してしまったことと、なにより多大なるご迷惑をかけてしまった森田氏への謝罪のためです。改めて、森田さん……」

井波がカメラから、森田のほうに身体の向きを変えた。

「この度は、本当に申し訳ありませんでした」

井波が森田に深々と頭を下げると、ＭＣとパネラーたちの顔が強張った。

無理もない。

ここにいる誰もが、井波の口から記事の内容は間違いだったという言葉が出るとは、ましてやカメラの前で森田に頭を下げるとは思わなかっただろう。

過去に部数を伸ばすために数多の著名人の秘密や恥部を暴き、奈落《ならく》の底に叩き落としてきた鬼編集長が、息子のスキャンダルを摑まれた途端にこの様だ。

つまりは、井波も人の親だったということだ。

下級国民の分際で上級国民の俺を潰そうとするなんて、思い上がりも甚だしい。

時代が時代なら、打ち首ものだ。

打ち首とまでは言わないが、土下座でもさせて頭を踏みつけ痰《たん》でも吐きかけなければ気が済まない。

「井波さん、そんなことやめてください！」

森田は慌てて立ち上がり、本当は踏みつけて痰を吐きかけてやりたい井波の頭を上げさせた。

「井波さんは、なにも悪くありません。こうやって生放送のカメラの前で、雑誌の不利益になるにもかかわらずに、私の潔白を証明してくれただけで十分に感謝しています。それに、ある意味井波さんも被害者ですから。一番の罪人は、私と井波さんを嵌めた日村です。逆に、申し訳ありませんでした」

森田は井波に深々と頭を下げた。

「あの、森田さん、どうして井波さんに謝罪するんですか？　井波さんは騙されたとはいえ、森田さんの名誉を失墜させる記事を掲載した張本人ですよ？」

ＭＣが怪訝な顔で訊ねてきた。

「いえ、私には井波さんに謝る理由があります」

森田は顔を上げ、ＭＣを直視した。

「被害者の森田さんが謝る理由とは、なんでしょうか？」

ＭＣが質問を重ねてきた。相変わらず訝しげな顔をしているが、爛々《らんらん》と輝く瞳が訴えていた。

なんでもいいから、面白い展開にしてくれ！

衝撃発言を期待するＭＣの心の声が、聞こえてくるようだった。

二人がバチバチにやり合う展開を期待していたのに、冒頭から井波が過ちを認め森田に謝罪する展開は、番組サイドからすれば肩透《かたす》かしもいいところに違いない。

残念だが、森田にはこの生討論会を盛り上げるつもりはなかった。

今日の「あさ生！」は、森田の無実を証明して好感度を上げるためのものだ。

「私を嵌めたとはいえ、日村が部下だったことに変わりはありません。部下が井波さんに実害を与えたのは事実です。部下の不始末は私の不始末……それが、井波さんに謝罪する理由です」

予想外の言葉に、ＭＣ、アシスタント、パネラーたちの森田を見る眼が明らかに変わった。

さっきまで彼らの瞳には軽蔑の色が浮かんでいたが、いまは尊敬の眼差しを森田に向けていた。

観てるか？　テレビの前で掌返しに俺の言葉に感動しているアホども！

観てるか？　由梨、佑真、ひまり！　俺の潔白を！

真実など、糞くらえだ。

しょせん世の中のアホどもは、マスコミに踊らされて考えをころころ変える、意思を持たない軽薄者の集まりだ。

森田は心で毒を吐いた。

生放送が始まる前は森田の破滅を願っていた者たちが、いまは聖者か賢者でも見たような顔になり、感動に胸を打ち震わせていることだろう。

たとえ森田が本当に潔白でも、マスコミが捏造記事を大々的に報道すればそれがアホどもにとっての真実となるのだ。

「森田さんを見ていると、一瞬でも記事が本当なのかな？　と思ってしまった自分が恥ずかしくなりました。自分を裏切り窮地に追い込んだ部下に代わって、でたらめの記事を報道した相手に謝るなんて……私は、森田さんのように清廉潔白な方を見たことがありません」

MCが潤む瞳で森田をみつめ、声を上ずらせた。

白々しい男だ。

スタジオの空気の変化を敏感に察知し、好感度が下がらないように逸早《いちはや》く森田側についたのだ。

吊るし上げる獲物を常に探し続けている視聴者という名のハイエナたちの牙《きば》は、森田を非難していた者たちに向けられる。

「清廉潔白だなんて、とんでもない。私は人として、当然のことをしたまでです。私も人間です。でたらめの記事を書いた井波さんや、裏切った日村にたいしてのわだかまりがまったくないかと言えば嘘になります。彼らを許さない父の背中、彼らを許す父の背中……どちらを見せたほうが子供たちのためになるかを考え、私は二人を許すことにしたのです」

森田の言葉にアシスタントが手の甲で目尻を、パネラーの女性がハンカチで目頭を押さえていた。

彼女たちが流しているのは、偽物ではなく本物の涙だという確信があった。

森田には見える。

カメラの向こう側で涙する視聴者の……そして尊敬の眼差しをテレビに向ける家族の顔が。

☆

「あ、お客さん、もしかして森田先生？」

帰宅するタクシーの車内――運転手がルームミラー越しに後部座席の森田に訊ねてきた。

「はい、そうです」

庶民と会話してもなんの得もないので、いつもなら寝たふりをしてごまかすところだが、今日は気分がよかった。

「やっぱり！　今朝、テレビで観ましたよ！　先生は素晴らしい方ですねぇ～。あんなひどい記事を書いた週刊誌の編集長を許したり、裏切った部下のために謝罪したり、仏様みたいな人ですね！」

　運転手が興奮気味に声を弾ませた。

「あさ生！」を観た全国の視聴者は、この運転手と同じように森田の人間性の素晴らしさに胸を打たれたことだろう。

「私も運転手さんと同じ生身の人間ですよ」

　森田は柔和に微笑んだ。

　そんなわけないだろう。ランクでたとえれば俺が百グラム五万円のシャトーブリアンで、お前は百グラム五百円のバラ肉だ。

「いやいや、先生は現代のガンジーですよ！」

　運転手が振り返り言った
「運転手さん、危ないですから前を見てくださいね」

　森田は穏やかな口調で言った。

　このクソ野郎！　事故に遭って死んだらどうする気だ！　二人で死んでも、お前のカエル程度の価値しかない命と俺の尊い命じゃ釣り合いが取れないんだよ！

　森田は心で罵声を浴びせ、スマートフォンに視線を落とした。

　電話の不在着信が二十五件、ＬＩＮＥメッセージが五十八件入っていた。

（「あさ生！」観ました！　森田さんの寛大さに感動しました！　ぜひ、ウチの番組にもご出演お願いします）

（朝の番組を観ましたよ。あんな卑劣な男のために、捏造スキャンダル記事を掲載した編集長に謝罪するなんて、私たちとは人間力の次元が違います。今度、巻頭インタビューの特集を組ませていただけないでしょうか？）

（「聖華大学」の松本です。去年はお世話になりました。また、当大学で講演していただけないでしょうか？）

メッセージのほとんどが、過去に仕事をした関係者からのものだ。

『週刊荒波』にスキャンダル記事が報じられたときには、誰一人として連絡をしてこなかった。

「あさ生！」を観て潮目が変わった途端に、すり寄ってきた掌返しのダニどもだ。

災い転じて福となす——怪我の功名。

一時はどうなるかと思ったが、今朝の生放送で森田の商品価値はスキャンダル前よりも上がった。テレビ、出版、講演……これからは、以前の数倍のオファーが入るだろう。

いや、もう現に入っている。不在着信はほぼすべて、テレビ局の関係者、出版社の関係者、イベント会社の関係者からだった。

家に帰れば由梨、佑真、ひまりが涙を流しながら、己の愚かさ加減を詫びてくることだろう。

森田の商品価値だけでなく、父親としての価値もうなぎ上りだ。

日村だけは絶対に許せない。

だが、森田は日村に復讐する気はなかった。

森田を裏切り嵌めた日村のことは八つ裂きにしてやりたいくらいだが、下手に手出ししてしまえば、せっかく取り戻した地位と名誉と好感度をふたたび失ってしまう恐れがあった。

金持ち喧嘩せず……癪だが、セレブ人生を歩み続けるために日村を見逃してやるつもりだ。

「ここでいいです」

森田は運転手に告げ、タクシーを止めた。

自宅周辺には、相変わらず二十名を超える報道陣が待ち構えていた。

「お釣りは受け取ってください」

俺の太っ腹ぶりを、ほかの乗客に広めろよ。お前みたいな庶民が、時の人の森田誠にかかわることができることに感謝しろ。

森田は一万円札をトレイに置き、タクシーを降りた。

「森田さん、潔白を証明できたいまの気持ちをお聞かせください！」

「森田さんを陥れた日村氏について、一言お願いします！」

「『週刊荒波』と日村氏を訴えますか⁉」

森田を認めたハイエナどもが、ボイスレコーダーを突き出しながら駆け寄ってきた。

「すみません、道を開けてください……すみません……」

森田は低姿勢でハイエナどもを掻き分けながら、門扉の前で足を止めると振り返った。

報道陣に囲まれているのは昨日と同じだが、状況はまったく違う。

「このたびは、私事でお騒がせいたしまして申し訳ございませんでした」

森田は報道陣に向かって深々と頭を下げた。

「私の潔白が証明されただけで十分なので、『週刊荒波』を訴えることはしません。日村についても同じです」

森田は顔を上げ、報道陣を見渡した。

「森田さんに多大なる損害を与えた『週刊荒波』と日村氏を訴えないのは……」

「無実が証明できなかったなら訴訟を起こしますが、彼らへの復讐のために訴える気はありません。そんな時間があったら、今回の件で心配させた家族のケアや子育てに悩んでいる親御さんたちのサポートに使いたいと思います。ご近所に迷惑なので、これで失礼します」

森田は報道陣を遮り一方的に告げると、門扉の中へと駆け込んだ。

由梨や子供たちがどんな顔で出迎えるかを想像しただけで、逸《はや》る気持ちを抑えきれなかった。

森田は昂る気持ちを抑えながら、インターホンを押した。

ほどなくして、解錠の音に続きドアが開いた。

「ただいま」

森田は涼しい顔で言いながら、玄関に入った。

「『あさ生!』を観た……」

森田は、困惑した由梨の顔を見て言葉の続きを呑み込んだ。

「どうした？　なにかあったのか？」

森田は、由梨に訊ねた。

「あなたに、お客様がいらっしゃってるの」

由梨が硬い表情で告げた。

「お客？」

森田は、沓脱《くつぬ》ぎ場に揃えられた男性の革靴に気づいた。

「誰だい？」

森田の質問に答えず、由梨は背を向け歩き出した。

なんだ⁉　その態度は！　俺の潔白が証明されたというのに、詫びの一つもないのか⁉

それが、歳を取るたびに女性の魅力は減る一方で皺とシミは増え続ける出涸《でが》らしを、嫁でいさせてやっている寛容な心を持つ夫に取る態度か⁉

好感度急落を恐れて離婚できないと高を括っているなら大間違い……。

森田は心で毒づきながら、由梨のあとに続いた。

「お客さんって……」

リビングルームに足を踏み入れた森田は、絶句した。

「すみません、勝手にお邪魔して」

ひまり、佑真と並んでソファに座っていた男……日村が立ち上がり頭を下げた。

「日村っ……」

森田の脳内が白く染まった。

由梨が困惑した表情になった理由がわかった。

「お前っ……どうしてここに⁉　どういうつもりだ⁉」

我を取り戻した森田は、日村に詰め寄った。

日村が余計なことを口走ろうとしたら、すぐに殴りかかれるように拳を握り締めていた。

「森田先生、少しいいですか？」

日村が森田をリビングルームの外に促した。

「お前っ、なにしにきた⁉　まさか、家族に余計なことを……」

突然、日村が土下座した。

「なんの真似だ!?」

「『あさ生!』のあと井波編集長から電話があり、これ以上、森田さんを刺激するなと言われました。実は、僕は井波さんに一千万の借金をしているんです。今後、僕が森田さんを脅すようなまねをしたら、すぐに一千万を返して貰うと……」

日村が震える声で言った。

状況がわかった。井波は、ふたたび日村が森田を追い詰めたら、息子の犯した罪を他の週刊誌に売られるかもしれないと危惧したのだ。

それにしても、日村が井波に借金をしていたのは嬉しい誤算だ。

「で、のこのことなにしにきたんだ?」

森田は腰を屈め、日村に訊ねた。

「僕の口から、ご家族に謝罪します。森田先生を嵌めて申し訳ございませんでしたと……」

「どうして、お前がそこまでやる必要がある?」

森田は質問を重ねた。

「井波さんから、そうしろと言われました」

消え入りそうな声で、日村が言った。

「なるほど。そういうことか」

森田は片側の口角を吊り上げた。

息子の「マッチングアプリ美人局スキャンダル」の威力は、半端ではなかった。

「わかった。余計なことは言わなくていいから、このたびは僕の逆恨みで森田先生のスキャンダル記事を捏造してしまい申し訳ありませんでした、とだけ謝罪……」

リビングルームから聞こえる悲鳴に、森田の声が掻き消された。

「なによっ、これ！」

続けて、由梨のヒステリックな声が聞こえた。

土下座していた日村が顔を上げ、ニヤリと笑った。

「お前、まさか……」

森田は、とてつもなく嫌な予感に襲われた。

もし、予感が当たっていたら……。

いや、そんなことがあるはずがない……あってはならない！

森田はリビングルームに駆け込んだ。

由梨、佑真、ひまりの三人が強張った顔で、テーブルに置かれたタブレットPCをみつめていた。

『君のエッチな身体が、私のおちんちんをギンギンにしたんだよ』

『え！　マジに!?　ラム嬉しい！』

タブレットPCのディスプレイには、全裸で向き合い勃起した亀頭をラムの臍に押しつける森田の姿が映し出されていた。

「ぬわっ……」

森田は絶句した。

『もっと嬉しくしてやるよ』

頬肉を弛緩させた森田が、ラムの釣り鐘形の乳房を両手で揉み始めた。

やめろっ……やめるんだ！

森田の心の叫びは届くはずもなく、（森田）は音を立ててラムの乳首を吸い始め右手で陰部を愛撫し始めた。

妻や子供たちの前で……頼むから、やめてくれ！

神様っ、願いを聞いてくれ！

これが夢だったら、十年寿命が縮まってもいい！

これが夢だったら、もう一生、ほかの女を抱かないと誓ってもいい！

どんなに美味しそうなエロい肉体のギャルが誘惑してきても、断ると約束する！

生涯、皺だらけになってゆく古女房だけを我慢して抱くと誓う！

だから神様っ、早く悪夢から覚めさせてくれ！

『なんだこれは？　びしゃびしゃの水浸しじゃないか？』

『だって、大好きな森田先生に触られてるから……あぁぁん！』

森田の祈りは通じず、（森田）は嗜虐的《しぎゃくてき》に言いながら激しく指ピストンをしていた。

このままではまずい……まず過ぎる。

妻や子供たちに、十代のギャルとのセックス動画を見られているのだ……。

なんとかしなければ……だが、どうすればいい!?

これは映画かドラマのワンシーンだとでも言い訳する気か!?

『先生の奥さんって、元モデルさんだよね？』

パニック状態の森田を嘲笑《あざわら》うように、ディスプレイの中のラムが裏筋フェラをしながら（森田）に訊ねた。

この場面だけは、見せてはいけない！

「ちょちょちょちょ……ちょっと、待ってくれ！　これには、複雑な事情が……」

「うるさい！　黙ってて！」

タブレットPCに手を伸ばそうとした森田を、由梨が一喝した。

『こんなときに……妻の話なんて……するんじゃない。萎えるだろ』

『どこが？　先生のビンビンだよ』

ラムが小悪魔的に（森田）を見上げ、亀頭をしゃぶり始めた。ディスプレイを見つめる佑真とひまりの顔は蠟人形《ろうにんぎょう》のように蒼白《そうはく》になり、由梨の顔は般若《はんにゃ》のように恐ろしい形相になっていた。

「これは違う！　本心じゃない……」

「黙っててって、言ってるでしょう！」

由梨が森田に怒声を浴びせながら、テーブルに掌を叩きつけた。

『ねえ？　先生。ラムと奥さんの身体、どっちがいい？』

ラムが悪戯っぽく微笑み訊ねると、（森田）の亀頭にねっとり舌を絡ませた。

『そ……そんなの……君に決まってるだろ』

（森田）が喘ぐように言った。

絶体絶命……森田の青褪めた脳内に、絶望の四字熟語が浮かんだ。

「奥さん、タブレットＰＣを忘れて……ああ！　もしかして……見ちゃったんですか⁉」

リビングルームに駆け込んできた日村が、わざとらしく大声で叫んだ。

「申し訳ありません！」

ふたたび、日村が森田の足元に土下座した。

『週刊荒波』の井波編集長から、森田先生の眼の前で若月ラムとのセックス動画を削除してこいと言われていまして……すみません！　僕の不手際で、奥様や子供さんたちに十七歳ギャルとの不倫淫行の動画を見せてしまって……」

日村が顔を上げ、片頬に薄笑いを貼りつけた。

「貴様っ、これが狙いだったの……」

「あなたっ、潔白じゃなかったの⁉　日村さんの罠に嵌められたんじゃなかったの⁉」

森田の言葉を、由梨の怒声が遮った。

「あ……いや、こ、これには訳があるんだ」

森田は、恐る恐る振り返りながら言った。

「こんな下品な少女と、こんな汚らわしいことしておいて、どんな訳があるって言うのよ！　それに、十七って言ったらひまりと変わらないじゃない！　あーっ、汚らわしい汚らわしい汚らわしいーっ！」

由梨が赤く充血した眼をカっと見開き、髪を振り乱し、ディスプレイを指差しながらヒステリックに叫んだ。

佑真が能面のような顔で立ち上がり、無言でリビングルームを飛び出した。

「おいっ、佑真……待ちなさい！」

今度はひまりが立ち上がり、佑真のあとに続いた。

「ひまりっ、待ちなさい！」

森田は、ひまりの左腕を摑んだ。

「キモいから触らないで！」

ひまりが森田の腕を振り払い、リビングルームを飛び出した。

「キ、キモい……」

森田は、放心状態でひまりの言葉を繰り返した。

あれほどパパを尊敬していた娘に……パパのような男の人と結婚したいというのが口癖の娘に、キモいから触らないで、と言われた。

『憧れの人のおちんちんはどうだ？　言ってみろ』

四つん這いにさせたラムの背後で腰を振りながらサディスティックに命じる（森田）の声に、森田の脳内は闇に包まれた。

「万事休すですね」

立ち尽くす森田の耳元で囁いた日村が、タブレットPCを回収するとリビングルームをあとにした。

抜け殻状態になった森田には、日村を追いかける気力も残されていなかった。

14

「あれは、日村が編集したフェイク動画だったんだよ」

リビングルームのソファに座る由梨、佑真、ひまりを見渡し、森田は言った。

「フェイク動画？　なにそれ？」

由梨が怪訝な顔で訊ねてきた。

「アメリカとかでよくある、大統領の顔を他人の顔と合成して問題発言をさせたりする偽物の動画のことさ。身内が見てもわからないくらいに、精巧にできているらしいよ」

佑真が森田に代わって説明した。

「さすがはパパの息子だな。よく知ってるじゃないか。佑真の言う通りだ。フェイク動画は、CNNがガセネタを真に受けてニュースで流すほどの精巧な作りなんだよ。日村は学生時代に映像制作会社でアルバイトしていたこともあり、相当な技術を持っている。日村は自分がギャルと性行為している動画を撮影し、あとから私の顔に挿《す》げ替えたってわけさ。これが、森田誠不倫淫行スキャンダルの種明かしだ。私は潔白だが、みんなを心配させ、また、傷つけて悪かった」

森田は三人に詫びた。

「私のほうこそごめんなさい……。そんな事実も知らないで、たくさんひどいことを言ってしまって……本当にごめんなさい」

由梨が涙ぐみながら詫びた。

「僕もごめん。お父さんにちゃんと説明を受けておきながら疑ってしまって……」

佑真が唇と声を震わせながら詫びた。

「パパ……ごめんなさい……私……パパのことキモイとか言っちゃって……」

ひまりが嗚咽《おえつ》に咽《むせ》びながら詫びた。

「いいんだよ。人間、誰にだって過ちはある。みんなも、父さんを誤解したことに良心の呵責《かしゃく》を感じることはない。でも、忘れないでほしい。父さんが愛しているのは、君たちだけだということをね」

森田は柔和に微笑みながら、妻と子供たちを順番にみつめた。

突然、非常ベルのけたたましい音がリビングルームに鳴り響いた。

「火事だ!」

森田は首を巡らせた。

「あれ……」

リビングルームにいたはずの森田は、書斎のソファにいた。

非常ベルだと思っていたのは、スマートフォンのアラームだった。

「なんだ……夢かよ……」

森田は舌打ちしながらアラームを止めた。

昨夜は由梨に寝室に入れてもらえず、書斎のソファで寝たのだった。

「せっかく、フェイク動画で丸め込めたと思ったのに……」

森田は髪の毛を掻き毟り、重々しいため息を吐いた。

地獄が現実だった以上、こうしてはいられない。

森田はスマートフォンのデジタル時計に視線をやった。

ＡＭ６：30
今日は十一時に『ファーストクラス』の取材だ。

『ファーストクラス』はいわゆる勝ち組と呼ばれる実業家やエリートビジネスパーソンのバイブルであり、この月刊誌にインタビュー記事が掲載されるのはこの上ない名誉だ。

日村のせいで若月ラムとの不倫淫行が家族にはバレてしまったが、森田に弱みを握られた井波が「あさ生！」で謝罪してくれたために世間的には名誉回復していた。

いや、名誉回復どころかスキャンダル以前より好感度は上がっていた。

だからといって、家族を放置したままにはできない。

それは、家族あっての仕事という意味ではない。

妻や子供たちがマスコミに真実をバラしてしまったら、森田はふたたび地獄に落ちてしまう。

森田誠のブランドイメージを守るためにも……負け組にならないためにも、家族ごときに足を引っ張られるわけにはいかない。

面倒だが、夢の中のように妻と子供たちを言いくるめなければ……。

ふたたびため息を吐きかけた森田は閃《ひらめ》いた。

フェイク動画！

これは正夢……守護霊からのお告げだ。

多少強引なシナリオでも、押し切ってしまえばこっちのものだ。

あの動画さえフェイクだと言い張れば、森田がラムとセックスしたという証拠などないのだ。

若月ラムが妊娠したというのなら話は別だが、生で挿入するほど森田は愚かではない。

決定的証拠さえないのなら、由梨の証言など怖くはない。

全国ネットの生放送で井波が森田はシロだと断言してくれたので、由梨がなにを言おうとマスコミは取り合ってくれないだろう。

日村にしても同じだ。

井波が森田に息子の弱味を握られている以上、日村に協力することはない。

唯一の懸念材料は、井波に裏切られた日村が破れかぶれになってネットに動画を拡散しないかだ。

日村については、井波を使って抑え込む方法を考えているところだ。井波は日村の連絡先や自宅を知っているはずだ。森田の命令には逆らえないので、どんな荒っぽい指示にも従うしかない。

今日は『ファーストクラス』の取材以外に仕事は入っていないので、午後に井波と会う約束をしていた……というより、一方的に事務所に呼びつけた。

井波は不満げに電話を切ったが、必ず事務所に現れるだろう。

井波の息子が死ぬか逮捕されないかぎり、『週刊荒波』の編集長は森田の奴隷だ。

森田の忠実な猟犬でいさせるために、井波の息子には幸せに過ごしてもらわなければならない。

最低でも、日村という憎き獣を仕留めるまでは……。

まずは家族を手懐けるのが先決だ。

森田は書斎を出て、一階のダイニングキッチンに向かった。

ダイニングテーブルには佑真とひまりが座り、フレンチトーストとコブサラダの朝食を摂っていた。由梨はシンクで洗い物をしていた。

三人とも気づいているはずなのに、森田のほうを見ようとはしなかった。

「おはよう！」

森田はいつにもまして、元気に朝の挨拶をした。

三人とも無反応だった。森田が声をかける前に三人が笑顔で挨拶していたこれまでの朝を考えると、信じ難い光景だった。

誰のおかげで、優雅な朝食にありつけていると思っている？

誰のおかげで、贅沢な暮らしができていると思っている？

お前らが当然のように使っているスマホも、ブランドアクセサリーも、ビンテージのデニムも、「ルブタン」のヒールも、「エルメス」のバーキンも……誰が稼いだ金で買ったと思っている？

軽蔑している未成年淫行男が稼いだ金で贅沢な暮らしをしているお前らは、さしずめ未成年淫行寄生虫だ！

「お！　うまそうなフレンチトーストだな〜。最近、疲れ気味なのか、やけに甘いものが欲しくなってね。由梨、僕にもくれないか？」

森田は喉元まで込み上げた罵詈雑言を飲み下し、席に着きながら言った。

森田と入れ替わるように、佑真とひまりが席を立った。

「待ちなさい。大事な話がある」

森田は二人を呼び止めた。

「学校に遅れるから」

ひまりが素っ気なく、佑真が無言で立ち去ろうとした。

「お前たちの誤解を解くから、座りなさい！」

森田が強い口調で命じると、二人が渋々と椅子に腰を戻した。

「君も座ってくれ」

森田は由梨に視線を移した。

由梨が森田の前に生の食パンが載った皿を置き、席に着いた。

「これは？　僕はフレンチトーストを頼んだんだが……」

森田は怪訝な顔を由梨に向けた。

「娘と変わらない年のアバズレと浮気したあなたに、どうして私が朝食を作らなければならないんですか？　フレンチトーストを食べたいのなら、ご自分でどうぞ」

由梨が皮肉っぽい口調で言った。

「一番の理解者であるはずの家族が、私のことより恩知らずの裏切り者のことを信用するなんて哀《かな》しい話だな」

森田は、ため息を吐いて見せた。

「あんな動画を見たんだから、信じるのはあたりまえじゃない！　あなたのほうこそ、弁明の余地があるとでも思ってるの!?」

一転して、由梨が激しい口調で食ってかかってきた。

「こんなキモいパパを尊敬していたなんて……」

ひまりが下を向いたまま、森田と眼を合わさずに震える声で言った。

佑真は虚《うつ》ろな眼で、宙をみつめていた。

「あれは、日村が編集したフェイク動画だったんだよ」

森田は夢と同じセリフで切り出した。

「フェイク動画？」

由梨も夢と同じように、怪訝な顔を森田に向けてきた。

森田は夢と同じように、あの動画は日村が精巧に編集して作ったものだと説明した。

「これが、森田誠不倫淫行スキャンダルの種明かしだ。私は潔白だが、みんなを心配させ、また、傷つけて悪かった」

森田は最後も、夢と同じセリフで締め括った。

夢では、由梨も佑真もひまりも、涙ながらに詫びてきた。

涙は流さなくても素直に謝れば、一家の大黒柱にたいしての無礼な言動を水に流してやるつもりだった。

「あなた、そんな馬鹿げた話を信じると思ってるの⁉︎」

由梨が目尻を吊り上げた。

「そうよ！　パパは私たちのこと馬鹿にしてるわ！」

ひまりが、森田を睨みつけてきた。

佑真は能面のような無表情で宙をみつめていた。

もちろん、このパターンも想定済みだ。

三人を説得する気はなかった。

森田は自分の無実を主張し続けるだけだ。

動画をフェイクと言い張れば、森田がラムとセックスしたという証拠はないのだから。

彼らの心にわだかまりが残るのも、いままでのように尊敬される父であり夫であることができないのも覚悟の上だ。

あの動画を見られた以上は、無傷でいることはできない。

だが、致命傷にならなければそれでいい。

致命傷……マスコミや世間に動画の存在を知られることだけは、絶対に避けなければならない。

「お前たちのショックな気持ちもわかる。だがな、一番ショックを受けているのはこの私なんだ。かわいがり信頼していた日村に裏切られた上に、最愛の家族にも信じてもらえないんだからな……」

森田はうなだれ、肩を落として見せた。

家族を騙し通すためなら、鼻水を垂らし涙する名演技を見せてもよかった。

「母さん、ひまり、もうやめよう」

それまで沈黙を続けていた佑真が言った。

佑真だけは、信じてくれたようだ。

佑真が森田側につけば、そのうち二人も信じるだろう。

信じなければ、損をするのは由梨とひまりだ。

いつの日か訪れる財産分与の遺言書を弁護士から見せられたときに、森田に背を向けたことを後悔しても遅い。

「お兄ちゃんは、この人を信じるの!?」

ひまりが血相を変えて、佑真に詰め寄った。

「ひまりの言う通りよっ。こんな人の嘘に騙されたらだめ！」

この人、こんな人……妻と娘の呼びかたに、森田の胸は痛んだ。

あんなに森田を愛し乙女のように振る舞っていた由梨が……あれほど森田を尊敬していたひまりが……。

すべては、日村の責任だ。

日村さえこんな謀反を起こさなければ、森田家は絵に描いたようなセレブ生活を円満に送っていたのだ。

「おいおい、その言いかたはないだろう。佑真は父さんのことを信じて……」

「逆だよ」

佑真が無表情に、森田の言葉を遮った。

「ん？　どういう意味だ？」

「日村さんがフェイク動画を作ったって言ったよね？」

佑真の瞳はガラス玉のように無機質で、生気が感じられなかった。

「ああ、それがどうしたんだ？」

森田は訊ね返した。

「あの動画の右のお尻には、父さんと同じ位置に黒子《ほくろ》があった。父さんの言うことが本当なら、別の人の体だから黒子はないはずだよ」

佑真が淡々とした口調で言った。

「馬鹿馬鹿しい。お尻の右側に黒子がある人なんて、いくらでもいるだろう?」

森田は内心の動揺を隠し、平然を装い言った。

「だったら、証明してよ。それとも、あの動画を解析すれば、本物かフェイクかわかるから。そのほうが父さんも助かるでしょ?　できない理由があるの?」

佑真が、一切の感情が窺えない眼で森田をみつめた。

さっきから、佑真の様子がおかしい。

由梨とひまりのように感情的ではないので森田に好意的だと思っていたが、どうやら違ったようだ。

「そんな理由、あるわけないだろう。だが、動画の元データは日村が持っている。日村の携帯には繋がらないし、動画を解析したくても入手する方法がないんだ」

森田は残念そうにため息を吐き、小さく首を横に振った。

「わかった。もういい」

佑真は小さな声で言うと立ち上がり、階段に向かった。

「おい、待ちなさい。なにがわかったんだ?　まだ話は終わっていないんだぞ!」

森田を無視して、佑真が二階に上がった。

「なんだ、あの態度は……」

森田は苦虫を嚙み潰したような顔で呟《つぶや》いた。

「尊敬していた父親の汚らわしい姿を見たんだから、あたりまえじゃない！　汚らわしいだけじゃなくて、平気な顔で嘘まで吐ける人だったなんて……」

由梨が涙で眼を真っ赤にし、唇を嚙んだ。

「だから、あれはフェイク動画だと何度言えば……」

「やめて！」

ひまりが叫んだ。

「びっくりするじゃないか」

森田は心臓に手を当て、ひまりを見た。

「最低」

ひまりが立ち上がり、冷めた声で言った。

「おい、待ちなさい！　話は終わってないぞ！」

佑真のときのリプレイ映像を見ているように、ひまりも森田を無視してダイニングキッチンを出た。

「もう、あなたの言うことなんて誰も聞かないわよ！　もちろん、私もね！」

由梨がヒステリックに言うと、ダイニングキッチンを出た。

「なっ……どいつもこいつも、誰に物を言ってると思ってるんだ。くそっ！」

森田はテーブルに掌を叩きつけた。

話の続きは夜だ。

まずは井波に会って、日村から動画の元データを回収させなければならない。

森田は乱暴に食パンを千切り、佑真の皿に残ったフレンチトーストのシロップに浸し口に放り込んだ。

「腹が減っては戦《いくさ》ができないからな」

森田は独り言《ご》ち、残りの食パンを口に詰め込むと佑真の皿を手に取り、付着したシロップを舌で舐め取った。

どんなことがあっても、生き延びて見せる。

そのために、家族を犠牲にすることになろうとも……。

☆

「証拠写真とＬＩＮＥデータを削除できないとは、どういうことだ⁉　あんたとの約束は果たしただろうが⁉」

怒りに顔を赤く染めた井波が事務所に入ってくるなり、デスクに座る森田に詰め寄ってきた。

証拠写真とＬＩＮＥデータ――井波の息子が恋人の女子高生を餌に、マッチングアプリで釣った中年男性から金を脅し取る、いわゆる美人局をやっていたという証拠。

「たしかに、証拠写真とＬＩＮＥデータを削除するとは言いました。でも、そうするための約束が、『あさ生！』での謝罪だけなんて誰が言いました？」

森田はデスクチェアにふんぞり返り、人を食ったように言った。

「貴様っ、俺を騙したのか⁉」

血相を変えた井波が、デスク越しに森田のネクタイを摑んだ。

「騙したのは、お互い様でしょう。それより、こんなことして許される立場だと思っているんですか？」

森田がふてぶてしく言うと、井波が舌打ちしながら手を放した。

「今度の任務で、本当に終わりにしてあげます」

「ふざけやがって！　二度も同じ手に……」

「信じないのは自由ですが、私に従わなかった瞬間に息子さんの犯罪行為をマスコミとＳＮＳに晒します」

森田は井波を遮り、冷静な口調で脅迫した。

内心、焦っていた。

家庭での森田の威厳も人気も崩壊し、家族がバラバラになってしまった。

世間で森田の名誉が回復したことは救いだったが、日村の出方次第では一気に奈落の底に転落する。

井波が握り締めた拳を震わせ、天を仰いだ。

「どうします？　もう一度だけ私に協力して息子さんを助けますか？　それとも私の頼みを蹴って、息子さんの悪行を世に晒しますか？」

森田は井波に、二者択一を迫った。

「なにをすればいいか言え！」

顔を正面に戻した井波が、イラついた口調で訊ねてきた。

「日村から私と若月ラムの動画の元データを奪ってください。彼は私の留守中に自宅に上がり込み、アクシデントを装って家族に動画を晒しました。このまま放置していると、マスコミに持ち込むかSNSにUPするか、あるいはダブル攻撃を仕掛けてくるか時間の問題です」

うわずりそうになる声、震えそうになる膝――森田は懸命に堪えた。

井波に足元を見られるわけにはいかない。

「そりゃ無理だ。俺だって、日村の居所なんて知らないんだから」

井波が即答した。

「あなたは私よりも日村とのつき合いが長いし、関係性も深かった。私が知らないことも、編集長なら知ってるでしょう？」

井波なら日村の居所を突き止めることができるという確信が、森田にはあった。

井波と日村は、『週刊荒波』で師弟関係にあった仲だ。

森田の知らない情報も、井波は必ず知っているはずだ。

森田の秘書を務めていた数年間の日村は、妹の仇討《かたきう》ちのための仮の姿だったので、行方《ゆくえ》を探る糸口を残しているとは思えない。

「そんな勝手な……。たしかに日村のことはかわいがっていたが、俺は奴を『あさ生！』で裏切った。連絡がついたとしても出てくるとは思えないし、ましてや裏切った俺の言うことを聞くはずがない。それくらい、あんただってわかるだろうが!?」

井波が森田を睨みつけてきた。

「出てこないなら出てくるように仕向ければいいし、言うことを聞かなければ聞かせればいいんです」

森田は涼しい顔で言った。

「あんた、なにを言ってるんだ？」

井波の顔が訝しげになった。

「井波さんは仕事柄、裏の方とのつき合いもあるでしょう？」

『週刊荒波』のようなゴシップ誌は恨みを買うことが多く、ヤクザや右翼から抗議されたときにトラブルをおさめてくれる組織があると、テレビ局のプロデューサーに聞いたことがあった。

「まさか……ヤクザを使って日村を追い込めと言ってるのか？」

強張った顔で訊ねてくる井波に、森田は頷いた。

「そりゃあ、顔見知りの組関係者はいるが、そんなことを頼める間柄じゃない。仮に頼めたとしても、見返りにどんな要求をされるかわかったもんじゃないっ。冗談はやめてくれ！」

「この状況で冗談なんて言いませんよ。編集長の自力で日村から動画データを奪えないのなら、闇の力を借りるしかないでしょう。とにかく編集長が動画データを私に渡せなければ、息子さんが少年院送りになります。方法はお任せしますよ。期限を三日差し上げます。三日後の午前中に、動画データを持ってきてください」

森田は一方的に命じた。

「ちょ、ちょっと待ってくれ！　三日なんて無理……」

「無理でもやるしかありませんよ。ちなみに、動画が世に出回った瞬間に息子さんのＬＩＮＥデータも出回ることになるのを忘れないでください」

森田は井波に釘《くぎ》を刺した。

絶体絶命なのは、井波だけではない。

森田にとっても、日村から動画が回収できるかできないかで天国と地獄が決まるのだ。

「まったく、あんたこそヤクザだな」

井波が吐き捨て、恨めしげに森田を睨みつけてきた。

「先に仕掛けたのはあなたたちです。恨むなら、自分の軽率な行為を恨んでください」

森田はそう言いながら、足元の鞄から取り出した札束をデスクに積み重ねた。

「五百万あります」

「これは？」

井波が札束に視線を向けた。

「着手金です。日村から動画データを取り戻してくれたら、成功報酬に五百万追加します」

飴《あめ》と鞭《むち》――脅すばかりでは、能率が上がらない。

森田の目的は井波を追い込むことではなく、日村から動画データを回収することだ。

是が非でも日村を探し出すというモチベーションを与えるために、餌をぶら下げることも必要だ。

一千万ははした金ではないが、森田が破滅しないための救済資金と思えば安いものだ。

講演会、出版、テレビ出演……森田の社会的信用が失墜して一切の仕事を失えば、年間の損失は数億になる。

「か、金なんてもらっても、俺を手懐けることはできないぞ」

井波が札束に視線を向けたまま言った。痩《や》せ我慢だということは、様子を見ていてすぐにわかった。

「勘違いしないでください。編集長を手懐ける気なんてありません。そんなことしなくても、息子さんのＬＩＮＥデータだけであなたを動かせますから。このお金は、一刻も早く日村を見つけてもらうための促進剤です」

「なるほど……そういうことなら、あんたの気持ちを無下《むげ》にするわけにはいかないな。ありがたく、受け取っておくよ」

井波が札束に伸ばした手を、森田は押さえた。

「その前に、編集長のプランを教えてもらえますか？」

「プランってなんだよ？」

「どうやって日村に接触するつもりか訊いているんです。まったく可能性のない人に、五百万を支払うわけにはいきませんからね」

「男だ」

井波が札束を摑んだまま言った。

「男とは？」

森田は井波の手を押さえたまま訊ねた。

「交際している男だよ」

「交際？」

森田は首を傾《かし》げた。

「やっぱり、あんたには言ってなかったか。日村はゲイなんだよ」

「日村がゲイ!?」

森田は素頓狂な声を上げた。

「ああ。半同棲《はんどうせい》状態の彼氏がいるはずだ。その彼氏を使って揺さぶるつもりだ」

「彼氏を使って揺さぶるって、どういう意味ですか?」

「その彼氏っていうのが、美味しい存在でね。『プリンスエッグプロ』の『ピュアボーイズ』ってアイドルグループを知ってるか?」

井波が含み笑いしながら、唐突に訊ねてきた。

「もちろん、知ってますよ」

森田は即答した。

「プリンスエッグプロ」は芸能界屈指のアイドル事務所で、中でも「ピュアボーイズ」は看板的存在だ。

「じゃあ、一昨年、病気が理由で脱退したメンバーがいることは?」

井波が質問を重ねてきた。

「それも知ってますよ。たしか、パニック障害でしたよね? 芸能界の仕事を続けるのが困難になったというニュースで、どこの情報番組もこぞって取り上げていましたね。おたくではなかったですけど、病気は隠れ蓑《みの》で、実は女性関係のスキャンダルで事務所から解雇されたと報じている週刊誌もありました」

「脱退したのは森本翔《しょう》ってメンバーだが、病気が理由っていうのは嘘だ。週刊誌報道の通りに、事務所に解雇された。だが、女性スキャンダルじゃない。なら、解雇の原因はなんだと思う？」

井波が持って回った言い方で訊ねてきた。

森田の中で、二つの話が繋がった。

もしそうなら、井波は日村を容易に従わせることができる。

「まさか……日村の彼氏が森本翔ですか？」

森田は期待を込めて訊ねた。

「そういうことだ。どうだ？　凄いネタだろう？」

井波が得意げに小鼻を膨らませた。

たしかに、スクープだ。

日村が男性の恋人と同棲していたのも驚きだったが、その恋人が森本翔というのもさらに驚きだ。

「俺がかわいがっていた後輩じゃなけりゃ、ソッコーで記事にしていたところだ。最愛の恋人が華やかな表舞台から消えた理由が、パニック障害じゃなくてゲイ彼氏との同棲がバレて事務所に解雇されたと世の中に知られたら、本当のパニックになるだろうよ。森本にぞっこんの日村は、どんなことがあってもそれを阻止したいはずだ。あんたが、若月ラムとの不倫淫行をひた隠しにしようとしたのと同じだ。森本翔を材料に、日村から動画データを回収するっていうのが俺のプランだ」

井波がどや顔で言った。

やはり一千万円の餌をぶら下げて正解だった。

報酬を与えなかったら、切り札を出してくることはなかっただろう。

それにしても日村は、森田に負けない爆弾を抱えているくせに、よくも喧嘩を売ってきたものだ。

己の無謀さと無力ぶりを、日村に思い知らせてやる。

「いまも二人がつき合っているという保証はありますか？　もし別れているならば、編集長の爆弾は日村にかすり傷さえ与えられません」

森田は一番の懸念を口にした。

「保証はないが、別れていることはないと思う。あんたのスキャンダルの打ち合わせをしていて帰りが遅くなったときに、よく森本に電話を入れていたからな。まあ、その後一、二週間で別れるっていうこともゼロとは言い切れないが」

井波の言葉に嘘はなさそうだった。

嘘を吐く気なら、絶対にないと断言するはずだ。

それに多少の懸念はあったとしても、このプランを上回る秘策は井波にはないだろう。

「わかりました。森本翔のプランで任務遂行してください」

「期日だけはなんとかしてくれないか？　最終的に日村が俺の要求を拒否することはできないという自信はあるが、連絡がすぐにつくかわからないし三日じゃ不安だ」

井波が懇願してきた。

「どのくらいほしいんです？」

「十日あれば……」

「条件付きの五日です」

森田は井波を遮った。

「五日か……わかった。で、条件ってなんだよ？」

井波がため息を吐きながら訊ねてきた。

「まずは日村に電話して、私の動画を公開したら森本翔のことを記事にすると釘を刺してください」

重要なのは動画の元データを回収できる日にちではなく、日村におかしな行動をさせない警告を与えることだ。

「わかった。ここを出たら、早速そうするよ」

「少しでも妙な気を起こしたら、一人じゃ死にませんよ。必ず、編集長の息子さんを道連れにします」

森田はオクターブ落とした声で言うと、井波を見据えた。

「そんな気があるなら、最初からあんたとの取り引きに応じたりしないって。それより、そろそろこいつを離してくれよ」

井波が、札束を摑む己の手を押さえる森田の手に視線を移した。

「わかりました。お互いの平穏のために、編集長の言葉を信じますよ」

森田は、押さえていた井波の手を放した。

井波が五つの札束を、くたびれた革のバッグに詰め込んだ。

「じゃあ、日村から動画データを回収したらＬＩＮＥデータと残りの五百万を……」

「動画データと引き換えにLINEデータと五百万は渡します。こうしている間にも、日村が動画をSNSにUPしようとしているかもしれません。一秒も無駄にせず、プランを実行してください」

森田は事務的に言うと、玄関を指差した。

井波が舌打ちを残し、事務所をあとにした。

「イエス！　イエス！　イエース！」

一人になると森田は立ち上がり、握り拳を作った両手を引きながら腰を前後に動かした。

「ゲイのアイドル彼氏と同棲だぁ!?　俺以上のスキャンダル抱えやがって、いい気味だ！　ざまあみろ！　犬の分際でセレブな飼い主に嚙みつくからだ！　犬が人間に嚙みつくと殺処分になる世の中だ！　てめえも畜生並みに抹殺してやるから首を洗って待ってろ！　イエス！　イエス！　イエース！」

毒づきながら森田は、ふたたび両腕を引きながら腰を前後に動かした。

15

「じゃあ、ここからは森田先生の人生相談のコーナーです！　みなさん、勉強の悩みから恋の悩みまで、森田先生になんでも訊いてください。質問したい人は、手を上げてくださーい！」

スタジオに作られたセットの教室の席に座った出演者の中学生に、MCの芸人が呼びかけた。

中学生は、男子と女子が半々だった。

教壇に立った森田は、柔和な笑顔で生徒たちを見渡した。

いま収録しているのは、念願のＮＨＫの教育番組「青春サークル」だ。

毎回、タレント、スポーツ選手、文化人がゲストとして招かれ、中高生の人生相談を受ける人気番組だ。

土曜日の午前中という時間帯にもかかわらず、平均視聴率は五パーセントを超えていた。数字だけでなく、ＮＨＫの教育番組に出演すれば青少年教育コンサルタントの森田に箔《はく》がつく。

そしてＮＨＫの教育番組からのオファーは、森田の不倫淫行スキャンダルの悪《あ》しきイメージを完全に払拭できたことを証明してくれた。

「じゃあ、まずは中村芽衣《めい》さん」

森田は、前列の女子生徒を指名した。

芽衣は、芸能人並みのかわいい名前とは対照的に顔が残念な女子だ。

それに比べて、最後列の山下あずみは森田好みの派手な顔立ちの美形だった。美形なだけでなく、中学一年生とは思えない色香を放っていた。あと三、四年もすれば、森田の大好物に成長するだろう。本当はあずみを最初に指名したかったが、顔で選んだと思われるのを避けるためにブスを選んだのだ。

「私は将来、女優になりたいという夢があるのですけど両親に反対されています。芸能界は安定していない世界だから、もっと堅実な仕事を選びなさい、というのが反対の理由です。でも、私はどうしても女優になりたいという夢を捨てることができません。両親を説得するには、どうしたらいいのでしょうか？」

芽衣が、思い詰めた表情で相談内容を口にした。

いま、なんて言った？　まさか、女優になりたいと言ったのか？　踏み潰された肉まんみたいなひしゃげた顔で、フレンチブルドッグの生まれ変わりみたいなひしゃげた顔で、女優だと？

芸能界入りを反対している両親のほうは、娘と違って客観的に判断できる人間のようだ。彼女が女優になれるのならば、全国の女子中学生すべてがデビューできることになる。

森田は吹き出してしまわないように、教壇の下で太腿を抓った。

「芽衣さんは、どうして女優さんになりたいと思ったのかな？」

森田は優しい口調で訊ねた。

「小学生の頃に、早瀬すずさんのドラマを観たときに衝撃を受けたんです。すずさんは凄《すご》くキラキラしていて、当時、学校でイジメられていた私にとって、唯一の希望でした。すずさんみたいになればイジメられることもなく、みんなから愛される存在になる。すずさんに心を救われたように、私も悩んでいる人たちに希望を与える存在になりたい……そう思ったのがきっかけです」

芽衣が、腫《は》れぼったい一重瞼の奥の眼を輝かせながら言った。

早瀬すずみたいに、キラキラした女性になりたい？　早瀬すずみたいに、悩んでいる人たちに希望を与える存在になりたい？

お前は、誰が、なにを言ってるのかわかっているのか？

込み上げる笑い——森田は、太腿を抓る指先に力を入れた。

そもそも、キラキラしているのも視聴者に希望を与えられるのも、超絶美少女の早瀬すずだからだ。

早瀬すずだからこそ、CMでスポーツドリンクを飲んでいる姿が瑞々《みずみず》しい清涼感に溢れるが、お前なら、罰ゲームでせんぶり茶を飲んでいるような顔にしか見えないのがわからないのか？

早瀬すずだからこそ、ドラマで鼻梁《びりょう》に皺を刻み怒った顔をしてもかわいいが、お前がやったら、便器に座って便秘で力んでいるような顔にしか見えないのがわからないのか？

「早瀬すずさんのような女優になりたいというのは、凄くいいことだと思うよ。ただ、彼女の外面的な美しさだけでなく精神面を見習うようにしたら、ご両親も芸能界入りを認めてくれるかもしれないね」

森田は柔和に眼を細め、芽衣に頷いてみせた。

「精神面を見習うって、どうすればいいんですか？」

「顔がかわいい女の子なら、すずさん以外にも大勢いる。けれど、芸能界は顔がかわいいだけでやってゆけるほど甘い世界じゃない。

たとえば、女優さんは演技するのがお仕事なので、台本を覚えなければならない。台本を覚えるには、暗記力をつけなければならない。暗記力がついても、ただセリフを覚えただけだと棒読みになってしまうから、感情の抑揚をつけなければならない。感情の抑揚をつけるには、演じる役の性格を研究して自分のものにしなければならない……というふうに、女優さんたちはドラマや映画の撮影に入るまでに、数ヵ月間くらいかけて役作りをするのは当たり前らしい」

森田は、バラエティ番組の収録中にドラマの番宣で出演していた女優と男優の会話を、まるで自分の知識のように語った。

「役作りするのに、数ヵ月もかけるんですか!?」

芽衣が驚きの声を上げた。

顔もでかいが声もでかいな。そんなわけないだろう。ただでさえ豚鼻なのに、鼻の穴を広げるな。

撮影のない日に、クラブのＶＩＰルームでイケメンに囲まれて遊びまくっている若手女優も大勢いる。どれだけ酒と男に溺れても、結局は、ビジュアルと才能だ。

お前みたいなブスで才能のない女がインドのサドゥーみたいにストイックになったところで、来世で美人に転生しないかぎり女優になれるはずがない。

森田は心で毒づいた。

「そうだよ。撮影に入ってからは、もっと大変なんだ。真夜中の二時、三時起きはあたりまえで、冬は真っ暗なうちから撮影が始まり真っ暗になるまで続く。友達と食事やショッピングをする暇もなく、もちろん、彼氏をつくる暇もない。起きて撮影して寝て……そんな生活が三ヵ月も続く。君が女優になるため、ストイックに努力しているところを見たら、ご両親も芸能界を目指すことを許してくれると思うよ。こんな回答で大丈夫かな？」

森田は芽衣に微笑みながら訊ねた。

「はい！　女優になるためになにが必要かを勉強します！　ありがとうございました！」

芽衣が頭を下げ、席に座った。

はいはい、無駄な努力をどうぞ。

森田は鼻で笑った。

「次に相談のある人は手を上げて」

森田は誰を指名するか考えているふりをして、生徒たちを見渡した。

もう、とっくに決まっていた。

「山下あずみさん」

森田が指名すると、あずみが席を立った。芽衣で胸焼けしそうになったので、色香を放つ美少女で口直しだ。座っているときにはわからなかったが、あずみはスタイルもかなりいい。上から83のC、57、84……森田はあずみのスリーサイズに見当をつけた。

「私は人に気持ちを伝えるのが苦手で、学校でも友達ができるまでに時間がかかります。高校生になったら友達ができるか、いまから心配です。

森田先生はいつも大勢の人に囲まれて、大勢の人に好かれて、私も将来はそういう大人になりたいです。どうすれば森田先生みたいに、社交的になれますか？」

あずみが真剣な瞳で、森田をみつめた。

顔がかわいければ、質問内容もかわいい。不細工な女ほど己の顔面偏差値の低さを理解せずに、女優になるのが夢などと身の程知らずの相談をしてくるものだ。

「あずみさんが人に気持ちを伝えるのが苦手というのは、相手に嫌われてしまうかもしれない、笑われてしまうかもしれない、怒らせてしまうかもしれない、と、不安になるからじゃないのかな？　以前は、僕もあずみさんと同じだったんだよね。自分の気持ちや意見を口にするのが不安でさ」

「え？　森田先生もそうだったんですか!?」

あずみが驚きの声を上げた。顔がかわいければ、どんな顔をしてもかわいい。

森田は大きく頷いた。

嘘——昔から、自分をよく見せるため、自分を有利な状況に置くために誰彼構わず自己主張をしまくった。

結果的に自分の思い通りになれば、相手に嫌われても構わなかった。

「森田先生と一緒なんて、嬉しいです！」

あずみが頬を上気させて言った。

肉体も一緒になってみるか？

森田は心で卑猥《ひわい》なジョークを飛ばした。

いや、ジョークではない。大人びた色香があるとはいえ、あずみは処女に違いない。色気がある未成年の処女……森田にとって、これ以上のご馳走《ちそう》はない。

しかしラムとの未成年淫行スキャンダルを揉み消したばかりなので、どんなに空腹でも「ご馳走」を食べるわけにはいかない。

「どうでもいい……こう思えば、君の悩みは解決するよ」

卑猥な欲求を打ち消し、森田はあずみにアドバイスした。

「どうでもいい、ですか？」

「そう、どうでもいい。自分の正直な気持ちを話して相手に嫌われてもいい、笑われてもいい、怒られてもいい……そう開き直るんだよ。本音でつき合えない相手は、遅かれ早かれ離れていくものだからね。私も自分の気持ちに正直になってから楽になった。

不思議とそうするようになってから、人が離れて行くどころか逆に友達が増えたよ。そのときに気づいたんだ。いままで、壁を作って人を遠ざけていたのは自分自身だってね。だから、君も相手の反応を恐れずに自分に正直に生きる。最初は難しいかもしれないけど、すぐに慣れるから」

森田はあずみを優しく諭した。

すべてでたらめ――自分の気持ちを正直に相手に伝えたことなど一度もない。世間の馬鹿どもにも、マスコミにも、妻にも、子供たちにも仮の姿で接してきた。

悩める青少年の救世主、最高の夫、最高の父親……理想の森田誠であるために、相手の望む言葉を聞かせてあげたのだ。

森田が正直な気持ちを口にして生きてきたなら、世間もマスコミも家族もとうの昔に背を向け孤独になっていただろう。

あずみも、そうなるに違いない。構わなかった。

この番組のスタッフと視聴者の森田にたいする好感度を上げるセリフを、公共の電波に乗せるのが第一の目的だ。

森田のでたらめによって、一人の少女の未来が破滅することになっても……。

「ありがとうございました！　これから、恐れずに自分の気持ちを相手に正直に伝えたいと思います！」

あずみがすっきりした表情で頭を下げ、着席した。

皆にそっぽを向かれて孤独になったら、俺が慰めてやるよ。

心も体も。

あずみの瑞々しい裸体を想像した森田の股間が膨らんだ。

「次の悩みを相談したい人、手を上げて！」

森田は爽やかな口調で生徒たちを促しながら、勃起した性器を萎えさせるために芽衣の不細工顔をみつめた。

☆

森田は自宅の玄関前に立つと、小さくため息を吐いた。

ＮＨＫの教育番組の収録はうまくいった。

今日の収録に手応《てごた》えを感じたチーフプロデューサーから、視聴率次第では「森田先生に訊いてみよう！」というコーナーを、「青春サークル」の中でレギュラー化したいと伝えられた。

願ってもない話だった。

ＮＨＫの番組でレギュラーコーナーが実現すれば、森田の好感度はさらに上昇する。

民法の仕事に比べてギャラは安いが、金では買えない知名度も手に入る。

雨降って地固まる――森田の運気は上昇気流に乗っていた。

あとは、家族の問題だけだ。

セックス動画を観られてしまった以上、関係の修復は望んでいないが、せめて仮面夫婦を演じるくらいの協力はしてほしかった。

由梨は森田が稼ぐ金銭の恩恵を受けているのだから、それくらいやる義務はある。

「ただいま」

森田はなにごともなかったように言いながら、玄関のドアを開けた。

沓脱ぎ場のひまりの学生靴を見て、森田は首を傾げた。

いまはまだ午後一時で、ひまりは学校のはずだ。それに、見覚えのない女性もののスニーカーが学生靴の隣に並んでいた。

「由梨、ひまりは早退したのか？」

森田は由梨に声をかけながら、廊下に上がった。

リビングルームにもダイニングキッチンにも、由梨はいなかった。

「まったく、どこに行ったんだ」

森田は舌打ちしながら、二階に上がった。

ひまりの部屋から、笑い声が聞こえた。

嫌な予感に導かれ、森田はドアを開けた。

「えっ……」

森田は絶句した。

ピンクのジャージを着たプラチナシルバーのロングヘアの白ギャルが、ひまりのベッドに寝そべりスマートフォンを見ていた。

誰だ？　このかわいいギャル……いや、そんなことを思っている場合じゃない。

ひまりの学校に、自分好みのギャルがいるはずがない。

「ノックもしないで勝手に開けんなよ！」

ひまりが目尻《めじり》を吊り上げ、怒声を浴びせてきた。

森田は耳を疑った。お嬢様で優等生の、ひまりの口から出た言葉とは思えない。

「おいおい、どうした？　ひまりは、そんな汚い言葉遣いをする子じゃないだろう？」

森田は怒声を飲み下し、冷静な口調で窘めた。

第三者のいる前で、森田誠の取り乱した姿を見せるわけにはいかない。

「名前呼ぶなよっ、キモいんだよ！」

ふたたびの暴言――これは幻聴か？　それとも悪夢か？

いくら父親の不倫淫行動画を観たとはいえ、僅か数日でこんなに豹変するものか。

「あ！　これがギャルとエッチしたインコー親父!?」

白ギャルが笑いながら、森田を指差した。

これ!?　インコー親父!?

四十五年の人生で、こんなに屈辱的なセリフを浴びせられたのは初めてだ。

「彼女は誰かな？　学校の友達じゃないよな？」

燃え立つ五臓六腑――堪えた。

ここは我慢だ。

もし、娘と娘の友達を怒鳴りつけたことを記事にされたなら、カリスマ青少年教育コンサルタントとしての看板に傷がついてしまう。

しかも、ラムとの不倫淫行スキャンダルのときとは違い、今度は娘がネタ元になってしまうので視聴者の馬鹿どもを騙せない。

「あたりまえじゃん。ネカフェで知り合った子」

ひまりが、吐き捨てるように言った。

「お前、学校にも行かないでネットカフェなんかに出入りしてるのか⁉」

森田の語気が、思わず強くなった。

「へぇ～、おやじのくせにネカフェってわかるんだ？　あ、そっか！　ギャルとエッチしてるから詳しいんだ」

白ギャルが爆笑した。

図星……いままで抱いてきたギャルたちが使う略語を聞いているうちに、いろいろと覚えてしまった。生意気で腹の立つギャルだ。

それにしても、そそる体をしている。ジャージ越しにも、くそ生意気なギャルが肉づきのいいヒップとふくよかなバストの持ち主だということがわかる。

「悪いが、君はひまりに相応《ふさわ》しいタイプとは思えない。今後、会うのをやめてくれるかな」

森田は冷静な口調で告げた。

ひまりの言動が急に荒れ始めたのは、この白ギャルの影響に違いない。

「は⁉　なに言ってんの⁉　誰と遊んでも私の勝手でしょ！」

ひまりが、森田を睨みつけてきた。

やはり、ひまりの変貌《へんぼう》は白ギャルが原因だ。

「ウケるんだけど！　自分はギャルと会いまくってるくせに！」

ふたたび、白ギャルが爆笑した。

「君は黙っててくれ！　というか、帰ってくれないか？」

森田は白ギャルに言った。

浮気するには最高のタイプだが、娘の友人となると話は違ってくる。

「ふざけんなよ！　てめえは未成年の女と汚らわしいことしてるくせに、みゆのこと悪く言うんじゃねえよ！」

ひまりが立ち上がり、血相を変えて森田に詰め寄ってきた。

「ひまり、今日は帰るよ。なんか、みゆの体エロい眼で見てるし」

みゆが立ち上がり、尻を振りながら部屋を出た。

「まったく、なんて子だ。親の顔が見たいよ」

森田は吐き捨てながら、ひまりに背を向けた。

不覚にも勃起してしまい、ひまりと向き合うことができなかった。

「てめえが人の親のこと言えんのか！」

ひまりの怒声が、森田の背中に浴びせられた。

「どうして、学校をサボってあんな不良と遊んでるんだ!?　あの動画なら、日村が作ったフェイクだと言ってるじゃないか」

森田は背を向けたまま、ひまりに言った。

「だから、そんな嘘、信じるわけないじゃん！」

「とにかく、あの子とはもう二度と会うな」

森田は一方的に言い残し、ひまりの部屋をあとにした。本当はもっと説教したかったが、猛《たけ》った下半身がおさまらないのだった。

階段を降りようとした森田は足を止めた。佑真の部屋から物音がした。まさか、佑真も学校に行ってないのか？

森田は踵《きびす》を返し、佑真の部屋に向かった。

「おい、いるのか？」

森田はドアをノックしながら声をかけた。返事はなかった。

森田は舌打ちし、ドアを開けた。

佑真はデスクチェアに座り、ノートパソコンでゲームをしていた。

「なんだ、いるなら返事しなさい」

森田は佑真に歩み寄りながら言った。

「おい、父さんの話を聞いて……」

森田は佑真のイヤホンに気づいた。

「取りなさい」

森田は佑真のイヤホンを外した。

「話がある」

佑真は森田の呼びかけを無視して、ゲームを続けていた。

「やめなさい」

森田はノートパソコンを閉じながら言った。

「なに？　話があるなら早くして」

佑真は森田のほうを見ようともせずに、抑揚のない口調で言った。

「話をするときは相手の眼を見なさい」

森田は平常心を掻き集めた。

さっきの様子では、ひまりを説得するのは難しい。由梨もラムへの嫉妬で、森田を嫌悪している。無理もない。張りのある美巨乳、上を向いた小粒な乳首、水を弾《はじ》く肌……若い女の瑞々しく魅力的な肉体を目の当たりにしたら、枯れて皺が増える一方の由梨には耐えられないだろう。

せめて佑真を味方につけるしかない。由梨と子供たちが改心しないかぎり、森田は離婚して三人を家から追い出したかった。

だが、豪邸から妻と子供を追い出してしまえば、世間から森田が反感を買う恐れがあった。

由梨の浮気が原因で離婚となれば家を追い出されても同情されないだろうが、性格の不一致等が理由となれば話は違ってくる。加えて青少年教育コンサルタントという仕事柄、妻はまだしも子供を追い出すのはイメージが悪い。

森田をこれ呼ばわりして口汚く罵《ののし》る娘など縁を切っても構わなかったが、子供を見放したというレッテルを貼られるのはまずい。少しでもイメージダウンを防ぐために、佑真だけは家に残しておきたかった。

「僕には話すことはない」

素っ気なく佑真が言った。

あんなに従順な息子だったのに、かわいげのない性格になったものだ。

「わかった。じゃあ、そのままでいいから、父さんが話すことをちゃんと聞きなさい」

そう、心して聞け。

そして、正しい判断をしろ。

判断を誤ったら、お前の人生は終わるかもしれない。森田につけば佑真の人生は楽園になるだろう。

生涯のセレブ暮らしが保障され、一流大学に入ることができ、高級外車を乗り回すことができ、モデル級の彼女と夜景に囲まれたレストランでグラス一万円のシャンパンで乾杯し、そのまま一泊数十万円のスウィートルームで極上の体を抱くことができる。

反対に由梨につけば、佑真の人生はいばらの道になるだろう。離婚しても由梨には、最低限の養育費しか渡さないつもりだ。都内の高級マンションになど住めるはずがなく、頑張っても家賃十数万円の一ＬＤＫが精いっぱいに違いない。

いままで二百平米の八ＬＤＫの豪邸に住んでいた佑真に、社宅レベルのマンションでの生活は無理だ。高級外車を乗り回しモデルを抱く大学生活など夢のまた夢で、生活のためにバイトを掛け持ちしながらの苦学生になるだろう。モデル級どころか、そのへんの二流大学のちょいブス女にも相手にされないはずだ。

もちろん、由梨に非がなければ財産の半分は持って行かれることになる。

そうなると、佑真もひまりも十分に贅沢な生活を送れる。

残念なことに由梨に非はない。

ならば、非を作ればいいだけの話だ。

森田はどんな手段を使っても、由梨に高額な慰謝料を払うつもりはなかった。

「正直、父さんがお前たちの立場で、あの動画を観たあとにフェイク動画で嵌められたと言われても、信じられないと思う。だがな、それでも父さんはお前たちにフェイク動画で日村に嵌められたと言わなければならない。なぜか？　それが事実だからさ。お前は、こう言った。フェイク動画なら顔だけ挿げ替えているから、父さんと同じ位置……お尻に黒子があるのはおかしい。だから、動画の中で未成年のギャルと淫行しているのは日村じゃなくて父さんだと。日村とは過去に何度もサウナに行った。当然彼は、父さんの右の臀部に黒子があることを知っている。

日村は頭のいい男だ。特徴的な黒子がないとフェイクだとバレてしまうから、お尻につけたのさ。そこまですれば、家族もフェイク動画だとは思わないという計算の上でね。現に母さんもお前たちも、父さんがいくら否定しても信じてくれないだろう？　まんまと、日村の策に嵌ったのさ。なあ、佑真。父さんを信じてくれないか？」

こっちにこい！

俺の側につけば、金も女も思いのままだぞ！

森田は思いを込めて、佑真の横顔をみつめた。

「話が終わったら出て行って」

佑真は感情のこもらない口調で言うと、ノートパソコンを立ち上げてゲームを再開した。

「父さんを信じられないというなら、一緒に生活ができなくなってしまう。それでもいいのか？」

森田は優しい口調で、やんわりと恫喝《どうかつ》した。

できれば奥の手は使いたくなかったが、背に腹はかえられない。

「それって、家から出て行けってこと？」

佑真がゲームをしながら無表情に尋ねてきた。

「できれば、そうしたくはないが、お前が父さんを信じられないというのなら仕方がない。たとえ親子であっても、信頼関係を築けずに父さんを蔑《さげす》む相手と一つ屋根の下には住めないからな。父さんだって、愛する息子にこんなことを言いたくないさ」

森田は悲痛な表情を作った。

「いいよ。どうせ、母さんと離婚するんでしょ？　だったら、僕とひまりも出て行かなきゃならないから」

佑真の口調は、相変わらず淡々として他人事のようだった。

「そうとは決まってないさ。嘘だと決めつけないで、きちんと父さんの話を理解しようという姿勢を見せてくれたら、母さんの悪態は水に流してやってもいいと思っている。ひまりにたいしても同じだ。これまで通り家族団欒の森田家に戻れるかどうかは、お前たち次第だ」

森田は、佑真の肩に手を置いた。

「本当に最低だね」

佑真が森田の手を払い、軽蔑したように吐き捨てた。

「いまの言葉は聞かなかったことにする。父さんを信じてなに不自由のない生活を送るか、信じないで突っぱねて苦難の人生を……」

「もう、いい加減にしてくれよ！　父さんは恥ずかしくないのかよ！　自分の言い訳ばかりして、母さんに申し訳ないと思わないのかよ！」

突然佑真が立ち上がり、森田の胸倉を摑んだ。

「お、親に向かって、なにをしてるかわかってるのか！」

森田は動揺を隠し、父としての威厳を示した。

ショックだった。絵に描いたような優等生の佑真に、胸倉を摑まれたことが。

動転していた。子供だと思っていた佑真の腕力が、思いのほか強いことに。

「未成年の女とあんな汚いことをやっておいて、説教できるのかよ！」

佑真は森田の胸倉から手を放さず、充血した眼で睨みつけてきた。

内心、怖かった。

だが、恐怖心を悟られるわけにはいかない。

一度怯《おび》えた姿を見せてしまったら、親に暴力をふるうのが日常になってしまう。

ここは、自分は少しも恐怖心を感じていないという余裕を見せなければならない。

「その汚い行為で、お前もひまりも生まれてきたんじゃないのか!?」

森田は佑真の両手首を摑み、毅然とした口調で己の行為を正当化した。

胸倉から佑真の手を放そうとしたが、握力が強くビクともしなかった。

「あんなギャルと母さんを一緒にするな！」

佑真が叫びながら、森田を壁に押しつけた。

背骨に激痛が走った――堪えた。顔に出さなかった。

「一言だけ、忠告しておこう。父さんが無抵抗でいるうちに、この手を放して謝るんだ。父さんは、宝物のお前に怪我をさせたくはない。こう見えても学生時代に柔道を……」

「もう、嘘は吐かないでくれよ！　あんたは、嘘ばっかりじゃないか！」

佑真が叫びながら両腕を前後に動かすたびに、森田の背中と後頭部が壁にぶつかった。

「う……嘘……じゃない！　中学生の頃に柔道の都大会で……ベスト8に……入った……実力だ……」

森田は途切れ途切れの声で言った。

佑真にナメられないための嘘――中学生の頃、授業で数回齧った程度だ。

「だから、嘘は吐くなよ！　もう、でたらめばっかりたくさんだよ！」

佑真の両腕の動きが激しくなった。

揺れる視界――車酔いしたように吐き気を催した。

「く……熊殺しと恐れられた父さんの……背負い投げ……を食らいたくなければ……」

「これ以上、幻滅させないでくれーっ！」

流れる視界――森田は投げ飛ばされ、床に無様に転がった。

「柔道の都大会ベスト8が、こんなに弱いわけないだろ！　尊敬していた僕の父さんを、返してくれよ！」

握り締めた拳を震わせる佑真の頬が、涙に濡れていた。

森田は平静を装い立ち上がった。眼が回り、相変わらず吐き気に襲われていた。投げ飛ばされた衝撃で、背中と腰が痛かった。

悔し涙を流すほど幻滅したというのか？

まずい……このままでは、佑真に自分より喧嘩が弱いと思われてしまう。それだけは、絶対に避けなければ……。

「実は昨日、筋トレ中に右足を痛めて踏ん張りが利かない状態……」

「出て行ってくれよ！」

佑真が森田の胸を思い切り突き飛ばした。

森田は部屋から飛び出し、尻餅をついた。

乱暴に閉められたドアを、森田は歯ぎしりしながら睨みつけた。

佑真が森田の子供でなければ、訴訟してたんまり慰謝料を搾《しぼ》り取るところだ。

だが、このまま看過することはできない。

やられっ放しでは、次からなにかあるたびに当然のように力で訴えてくることだろう。なんとかしなければ……父親の威厳を取り戻さなければ……。

焦燥感が森田を急《せ》き立てた。

井波の顔が脳裏に浮かんだ。森田は立ち上がり、井波の携帯番号を呼び出しながら階下に降りた。

『まだ、日村と連絡が取れていない』

コール音が途切れるなり、不機嫌そうな井波の声が受話口から流れてきた。

「いまは、その件で電話をしたんじゃありません。別件で頼みたいことがあります」

『日村の件だけでも頭が痛いのに、これ以上……』

「この件は、別に前金で百万払います」

『百万!?　どんな頼み事だ？』

井波が餌に食いついてきた。

「生意気な高校生を痛めつけるために、腕っぷしの強い男を一人用意できますか？」

階段を下りた森田は、井波に訊ねながらリビングルームに入った。まだ、由梨は戻ってきていない。

『高校生を痛めつけるって、いったい、どういうことだよ？』

井波が怪訝な声で訊ねてきた。

「用意できるかどうかだけ教えてください」

『何人かあてはあるが……』

「とりあえず、五時に事務所にきてください。詳しくは、そのとき話します」

『おいっ、急にそんなことを言われても……』

「そのときに前金の百万をお支払いします。では、のちほど」

森田は一方的に告げると電話を切り、酒棚から四十万円のレミーマルタンとブランデーグラスを取り出しソファに腰を下ろした。

ＬＩＮＥの通知音が鳴った。由梨からのメッセージだった。

友人とショッピングしたあと、女子会に顔を出すから。それから、あなたのご飯は二度と作らないし洗濯もしないからそのつもりで。

「女子会じゃなくてババア会だろうが！　どいつもこいつも勝手なことばかり言いやがって！」

森田は吐き捨てた。

まあいいだろう。とりあえず、一人一人後悔させてやるから。

まずはお前だ。二度と父さんに逆らえないようにしてやるから覚悟しろ。

森田は琥珀《こはく》色に染まったブランデーグラスを二階に続く階段に向けて掲げながら、佑真に宣戦布告した。

16

森田家の自宅から約二十メートル離れた電柱に凭《もた》れかかり、スマートフォンに耳を当てる二十代半ばの男。

ツーブロックの七三、人工的に焼けた褐色の肌、アルマーニの黒いスリムTシャツ、白デニムのハーフパンツ、シルバーのコルクサンダル……半グレスタイルの赤星《あかぼし》は、歌舞伎町《かぶきちょう》のバーで働いているらしい。

森田家の対面の路肩に停車したヴェルファイアのドライバーズシート──森田もスマートフォンを耳に当てたまま赤星を監視していた。

赤星が現場に到着したのが十一時二十分なので、まもなく三十分が経とうとしていた。

『なあ、そのガキは本当に出てくんのかよ?』

受話口から、赤星のダルそうな声が流れてきた。

赤星とのやり取りは、すべて電話だった。

井波にも、雇い主の情報は一切伏せておくように命じていた。

もし森田のことを喋ったら、高校生の息子が美人局をやっていたことをＳＮＳで晒すと脅したのは言うまでもなかった。

弱味をネタに、あとから赤星に脅されたくないからだ。

スキャンダルは、もう懲《こ》り懲《ご》りだった。

佑真を痛めつける赤星を撃退するときに顔を合わせるので、森田はキャップ、サングラス、マスクを着けていた。

もっとも、変装などしなくても無教養な赤星が青少年教育コンサルタントの森田の顔を知っているとは思えないが念のためだ。

赤星が働いているのは、普通のバーではない。

マッチングアプリで女子に釣らせた男を店に誘い込み、水割り一杯とビールの中瓶一本で二十数万円を請求するぼったくりバーだ。


――以前、マッチングアプリの闇、という特集記事をやったときに取材した歌舞伎町のバーで働いていた半グレと二百万で話はついた。でも、本気なのか？

――もちろん、本気ですよ。

――生意気な高校生をボコるって……いったい、どういうことだよ？　どんな事情があるか知らないが、青少年教育コンサルタントの第一人者が半グレを雇って高校生をボコるなんてまずいだろ？　その高校生と、なにがあったんだよ？

――それをあなたに言う必要はありません。金は払いますから、そのチンピラにシナリオを伝えてください。

　森田は、一週間前に交した井波との会話を思い出していた。

『おい、聞いてんのかよ⁉』

　赤星のいら立った声で、森田は我に返った。

「はい、聞いてますよ。ターゲットは毎日十一時半から十二時の間に、『ウーバーイーツ』で朝食兼昼食を頼んでいます。いま十一時四十五分だから、十五分以内に配達員が現れるはずです。置き配を取りに出てくる数十秒が勝負ですから、見逃さないようにお願いします」

　森田は淡々とした口調で告げた。

　日村から動画を見せられて以来、佑真は高校にも行かずに引きこもり生活を続けていた。森田にたいしてはもちろんのこと、佑真は由梨やひまりともほとんど口をきいていなかった。食事もみなとは取らずに、「ウーバーイーツ」で済ませていた。

　引きこもりは困るが、自棄《やけ》になって学校で問題を起こされるよりはましだ。

『わかってるって。前に闇金の取り立てもやってたから、張り込みには慣れてんだよ。で、どの程度ボコるんだよ？』

「入院しない程度にお願いします。歯や肋骨《ろっこつ》くらいは折れても構いません。少年にかけるセリフを覚えていますか？」

　森田は訊ねた。

『俺の女が逃げ込んでねえか？　だろ？』

面倒臭そうに赤星が答えた。

「はい。少年は、知らない、と答えるか無視して家に戻ろうとします。あなたは、人の女を隠してんじゃねえぞ！　と激高しながら少年をボコボコにしてください。警察に通報されたらまずいので、大声は出さないでください。頃合《ころあ》いを見て、私の雇った男性があなたに殴りかかります。あなたは二、三発殴られたあとに逃げ出してください。カッとして反撃したら、成功報酬は支払いませんから気をつけてください」

嘘。

佑真を救出するのは雇い主である森田だが、赤星には知られたくなかった。

『何度も同じこと言わなくても、わかってるって。それより、そのガキになんか恨みでもあんのか？　おやじ狩りに遭ったとか？』

赤星の質問に、森田の胃がキリキリと痛んだ。


――く……熊殺しと恐れられた父さんの……背負い投げ……を食らいたくなければ……。

――これ以上、幻滅させせないでくれーっ！


佑真に投げ飛ばされた苦々しい記憶が、森田の脳裏に蘇った。

「そんなわけないでしょう。なんにしても、君が首を突っ込む話じゃありません。ターゲットを痛めつけることに集中して……あ、来ましたよ。では、よろしくお願いします」

二十代と思しき「ウーバーイーツ」の配達員の自転車を認めた森田は、一方的に言い残すと電話を切った。

配達員が自転車を止め、スマートフォンを耳に当てた。

佑真に到着の電話をかけているに違いない。

電話を切った配達員が、玄関前に紙袋を置いた。

赤星は既に、玄関の前まで移動していた。

森田もヴェルファイアを降りた。

配達員が去ってからほどなくして、ドアが開き佑真が姿を現した。

「俺の女が逃げ込んでねえか!?」

赤星は紙袋を取りに出てきた佑真に、打ち合わせ通りのセリフを言った。

「知りません」

慌てて部屋に戻ろうとした佑真の腕を摑んだ赤星は、門扉の外へと引《ひ》き摺《ず》り出した。

「人の女を隠してんじゃねえぞ！」

赤星が佑真の腹に拳を打ち込んだ。

体をくの字に折った佑真の髪を鷲摑みにした赤星が、膝で顔面を蹴り上げた。

佑真が仰向けに倒れた。

「よし、いいぞ。だが、まだだ。この程度じゃ、父親に歯向かった仕置きにはならない。俺が出て行くのは、お前の顔面が変形してからだ」

ヴェルファイアの陰から様子を窺いながら、森田は嬉々とした顔で独り言ちた。

赤星が佑真に馬乗りになり、左右のパンチを繰り出した。

「左、右、左、右！」

まるで格闘技の試合を観ているように、森田は興奮した。

遠目から見ても、佑真の顔面が赤く染まっているのがわかった。

「鼻血か！　いいぞいいぞ、その調子だ！　ついでに歯も折ってしまえ！　父親の俺が許す！」

森田は拳を振り上げ、赤星にエールを送った。

「おやおや、喧嘩じゃ……警察に通報じゃ！」

森田は弾かれたように振り返った。

杖をついた老人が、皺々の唇をパクパクさせていた。

警察だと!?　この耄碌《もうろく》じじいをなんとかしなければ、せっかくのシナリオが水泡に帰してしまう。

いや、そんなものでは済まない。もし警察沙汰になってしまったら……息子を痛めつけるために半グレを雇ったと世間に知れ渡ったら……。

今度こそ、人生が詰んでしまう。

冗談じゃない！　こんな死にかけのじじいに、人生を終わらせられるわけにはいかない！

「あ、おじいちゃん、これは映画の撮影なんですよ」

森田は老人の耳もとでデタラメを言った。

「あ!?　なんだって!?」

老人が耳に手を当て訊ね返した。

「これは、本物の喧嘩じゃなくて映画の撮影なんです！」

「あ⁉　なんだって⁉」

ふたたび、老人が耳に手を当て訊ね返した。

こんな耄碌じじいに、つき合っている暇はない。

このままだと、野次馬が増えてしまう。

「おじいちゃん、悪いけどしばらくここにいて」

森田は老人の腕を引き、ヴェルファイアの後部座席に押し込んだ。

「な、なにをするんじゃ……」

「ちょっとの間だから、我慢してて。すぐに戻るから」

森田は一方的に言い残すと、ドアを閉めてロックした。

さあ、主役の出番だ。

「おい！　なにをやってる！」

森田はダッシュしながら叫んだ。

「やめないか！」

森田は赤星の襟首を摑み立ち上がらせると、顔面に右の拳を打ち込んだ。

「てめえっ、痛えじゃ……」

「逆ギレしたら、残りの百万は払わないと雇い主に言われなかったか？　あと一発だけ我慢しろ。大袈裟に倒れて逃げてくれ」

血相を変えた赤星の耳元で、森田は同一人物と悟られないように電話とは変えた口調と声音で囁いた。

「弱い者いじめは、私が許さない！」

森田は怒声とともに、左ストレートを放った。

打ち合わせ通りに、赤星が派手に尻餅をついた。

「覚えてろよ！」

B級ドラマに出てくるチンピラのような陳腐なセリフを残し、赤星が逃げた。

「おい、佑真、大丈夫か!?」

森田はここぞとばかりにキャップ、サングラス、マスクを外し、佑真を抱き起こした。

佑真の顔は鼻血で赤く染まり、瞼が赤紫に腫れ上がっていた。

「父さん……」

佑真が糸のように細くなった眼を微《かす》かに見開いた。

「父さんが追い払ってやったから、もう安心だぞ！　まさかこの年になって、新宿の狂犬と呼ばれていた頃みたいに喧嘩をするとは思っていなかったよ」

ざまあみろ！　これに懲りて、もう二度と父さんに楯突《たてつ》くんじゃないぞ！

森田は、心で佑真に毒づいた。

「とりあえず、怪我の手当てをしなきゃな。立てるか？」

森田は佑真に肩を貸しながら訊ねた。

佑真はよろよろと立ち上がり、森田に支えられながら玄関に向かった。

「母さんはいるのか？」

森田が訊ねると、佑真が頷いた。

ドアを開けると、森田は佑真を廊下に座らせた。

「由梨！　由梨！」

「うるさいわね。なによ、大声出して……佑真！」

リビングルームから出てきた由梨が血塗れの佑真に気づき、蒼白な顔で駆け寄ってきた。

「どうしたの!?　あなた、佑真になにがあったの!?　ねえ！　なんで血塗れなの!?　誰が佑真をこんなひどい目に……」

パニック状態の由梨が、矢継ぎ早に訊ねてきた。

「お兄ちゃん……」

騒ぎに気づき、二階から降りてきたひまりが絶句した。

ひまりの金《きん》に染まった髪を見て、森田も絶句した。

「ひまりっ、その髪はどうしたんだ！」

森田は厳しい顔で、ひまりを問い詰めた。

「いま、そんなこと言ってる場合じゃないでしょ！　誰が佑真をこんなふうにしたのよ!?」

由梨がヒステリックな声で言った。

「半グレみたいな男に絡まれ、殴られていた。俺がぶん殴って追い払わなきゃ……」

「どうして佑真が、そんな人に殴られなきゃならないのよ！」

由梨が森田を遮った。

「だから、佑真が半グレに絡まれていたから俺が……」

「だから、佑真がどうして絡まれるのよ！」

ふたたび、由梨が森田を遮った。

問題はそこじゃないんだよ！　半グレから佑真を救った武勇伝を話させろよ！　年を取ると、忍耐力がなくなって人の話を聞かないってか！

「いいか、よく聞け。佑真がなぜ絡まれていたかはわからない。父さんが二発殴ったら、半グレは逃げ出してしまったからな。こんなことなら、柔道の抑え込みで捕まえればよかったな。若い頃ボクシングジムに通っていたから、反射的に手が出てしまってな」

やっと言えた……。

佑真、ひまり、由梨は、自分のことを見直しただろうか？

学力と経済力があるだけでなく、腕力もある完璧な男だということを。

ボクシングも柔道も齧ったことさえない。

佑真が殴られたのも森田のシナリオ……すべては嘘。

それでもよかった。

重要なことは本当か嘘かではなく、妻や子供たちがそれを信じるか信じないかだ。

結婚前に性別適合手術を受けた妻が真実を隠し通せば、夫にとって妻は生まれながらの女性なのだ。

「なにしてる？　早くアイスノンとタオルを持ってきてくれ。破綻した血管を冷却すれば収縮するから、出血が抑えられるんだ」

「救急車を呼ばなくてもいいの!?」

取り乱した由梨が、驚いた顔で言った。

「救急車なんて大袈裟な。これくらいの怪我、ボクシングをやっていたときは日常茶飯事だったよ。まずは冷やして、応急処置をしてから私が病院に連れて行く。お前は脱脂綿と軟膏《なんこう》を持ってきてくれ」

森田は、由梨とひまりにテキパキと命じた。

怪我の対処法に慣れている頼もしい男を演じた。

本当は、「ＹｏｕＴｕｂｅ」で調べた付け焼刃の知識だった。

由梨がダイニングキッチンに走った。

「本当にあんたがやっつけたの？」

ひまりが、疑心に満ちた眼を森田に向けた。

「佑真が目撃してるから、信じられないならあとで訊いてみろ。それより、父親のことをあんたとはなんだ？　その髪はいつ染めた!?　そんな髪で近所を歩かれたら恥ずかしいから、黒に戻してこい！」

「は!?　あんたみたいな不潔な男をパパなんて呼ぶわけないじゃん！　恥ずかしいのは、未成年のギャルとあんなことしたあんただよ！」

「いつまでそんなガセネタを信じて、父さんに反抗するつもり……あ、どこに行く!?」

ひまりがスニーカーを履き、森田の問いかけを無視して外へと飛び出した。

「まったく、なんて娘だ！」

森田は吐き捨てた。

「ひまりは、どこに行ったの!?」

戻ってきた由梨がアイスノンとタオルを森田に差し出しつつ、険しい表情で訊ねてきた。

「知らないよ！　脱脂綿と軟膏を持ってきてくれと頼んだのに……ひまりがあんなふうになるまで、お前はなにをしていたんだ！」

森田は由梨を叱責《しっせき》しながら、佑真の両瞼の上にタオルに包んだアイスノンを置いた。

「少し痛むだろうが、腫れを引かせるためだ。我慢してくれ」

森田は佑真に優しく声をかけた——逞《たくま》しく優しい父親を印象づけた。

しばらくは苦しんで、腐ったじゃがいもみたいに変色して変形した顔を見るたびに反省しろっ。万が一、次に楯突いたらこの程度じゃ済まさない。五体満足でいたいなら、一心に飼い主を信頼する犬みたいに尻尾《しっぽ》でも振ってろ！

森田は心で佑真を罵倒《ばとう》した。

「まさか……ひまりがあんなふうになったのは、私のせいだと言いたいの!?　あなたの不潔な浮気を棚に上げて、私に責任転嫁するつもり!?」

由梨が目尻を吊り上げて食ってかかってきた。

「大声を出すな。佑真の傷に響くだろう？　そうやってお前は、自分のことばかりで子供のことが眼に入らなくなる。ひまりのことだってそうだ。日村が私を嵌めるために作ったフェイク動画がきっかけだったとしても、娘の変化に気づいて踏み外しそうになった道から連れ戻してあげるのが親の役目じゃないのか？」

森田は冷ややかな眼を由梨に向けた。

「なっ……開き直っているわけ!?」

「開き直っているのは、お前だろう？　私はひまりとひまりの友人に罵声を浴びせかけられても、娘を正しい道に引き戻そうとした。部屋に引きこもる佑真に突き飛ばされても、感情的にならずに話し合おうとした。今回、半グレをパンチ二発で撃退したように、私の拳は凶器だ。凶器で息子を傷つけるわけにはいかないからな。自分が犠牲になっても子供を守るのが、親というものじゃないのか？　それを、お前はなんだ？　百歩譲って、私にたいしての言動は眼を瞑《つむ》る。日村の画策とはいえ、嵌められた私にも落ち度はある。だが、最近のお前はどうだ？　外出ばかりして、家事を疎《おろそ》かにしている。やぶれかぶれになった母親を見て、子供たちはどんな気持ちだと思う？　フェイク動画で動転し、傷ついているのはお前だけじゃないんだぞ」

森田は諭すように言った。

佑真の顔はボコボコに変形して表情はわからないが、森田の言葉に感動しているに違いない。

「私は……本当に馬鹿だったわ。こんな腐り切った男の本性も見抜けずに、世界一の夫だと友人に自慢していたなんて！　恥ずかしくて、悔しくて……」

由梨が怒りに唇を震わせた。

恥ずかしい？　悔しい？

それはこっちのセリフだ！

レストランで、若くて綺麗《きれい》な女を連れた男の横で食事している俺の気持ちがわかるか!?

隣はフレッシュな桃のような彼女、こっちは痛んだバナナのような妻……男としての敗北感が、お前にわかるか!?

隣は水を弾く肌の瑞々しい彼女、こっちは乾燥した肌のカサカサの妻……男としての恥辱が、お前にわかるか!?

「あなたは、世界一最低の夫よ！」

由梨が金切り声で森田を罵倒してきた。

「私を罵《ののし》る前に、母親の役目をしっかりと果たせよ」

森田は皮肉を返した。

「あなたに言われたく……」

「さあ、佑真。病院に行こう」

森田は由梨を遮り、佑真に肩を貸して立ち上がらせた。

「お前と喧嘩している暇はない。佑真の怪我が心配だからな」

森田は冷めた口調で言い残し、佑真と外に出た。

「誰か乗ってるよ」

佑真が呟いた。

まずい……。

老人を車に閉じ込めていたことを、すっかり忘れていた。

だが、いまさら引き返すことはできない。

「ああ、認知症のおじいちゃんだ。さっき、お前を助ける前に道に迷っているのを発見して、どこかに行ったら困るから保護していたのさ」

森田はでたらめを口にしながら、ロックを解いてスライドドアを開いた。

「わしを閉じ込めるなんて、どういうつもりじゃ！」

ドアが開くなり、老人が口角泡を飛ばしながら言った。

「おじいちゃん、お家はどこですか～？　家族の方が心配してますよ～」

森田は子供をあやすように語りかけながら、老人を車から連れ出した。

「近所の人におじいちゃんを預けてくるから、ちょっと待っててくれ」

森田は佑真に言い残し、路地を曲がった。

「わしをボケ老人扱いする気か！」

憤る老人を森田は、コインパーキングに連れ込んだ。

「じじいの相手している暇はないんだよ！」

森田は老人を突き飛ばし、全速力で車に戻った。

「お待たせ。行こうか。アイスノンで冷やしてろよ」

森田は後部座席に横たわる佑真を気遣うと、イグニッションキーを回した。

「父さん……」

佑真が掠《かす》れ声で呼びかけてきた。

「ん？　なんだ？」

「ひどいこと言って、ごめん」

佑真が、うわずる声で詫びた。

「気にするな。父さんのほうこそ、もっと早くに救い出せなくてごめんな」

森田はルームミラー越しに佑真をみつめた。

一丁上がり。

森田は、心でほくそ笑んだ。

17

森田の事務所――応接ソファに座る森田の傍らで深々と頭を下げる日村。

笑いを嚙《か》み殺そうとしても、口元が緩んだ。

森田の目の前のテーブルには、ＵＳＢメモリーが置いてあった。

ＵＳＢメモリー――若月ラムとの不倫淫行動画の元データ。

森田の正面には、頭を下げ続ける日村を複雑そうに見る井波が座っていた。

佑真襲撃事件から一週間が過ぎた。

佑真は不幸中の幸いで骨折はしておらず、入院をせずに済んだ。

森田のシナリオとも知らずに半グレを撃退してくれたことを感謝し、従順になった。

「いくら頭を下げたところで、お前が私を裏切った罪は消えない」

森田は抑揚のない口調で言った。

「僕ならどんな罰でも受け入れます。だから、翔だけには……」

「二人の関係が明るみに出たら、愛《いと》しの彼の名前に傷がつくことを恐れているのか？　俺の名誉は散々傷つけておいて、恋人は許してくれというのは都合が良すぎはしないか？」

森田は日村を、小動物を弄ぶ猫のようにサディスティックに追い詰めた。

——最愛の恋人が華やかな表舞台から消えた理由が、パニック障害じゃなくてゲイ彼氏との同棲がバレて事務所に解雇されたと世の中に知られたら、本当のパニックになるだろうよ。森本にぞっこんの日村は、どんなことがあってもそれを阻止したいはずだ。

——あんたが、若月ラムとの不倫淫行をひた隠しにしようとしたのと同じだ。森本翔を材料に、日村から動画データを回収するっていうのが俺のプランだ。

井波のどや顔が、森田の脳裏に蘇った。

「僕が森田先生にやったことは、申し開きできません。僕個人ができることであれば、どんな命令にも従います。記者会見をやれと言えばやりますし、テレビで謝罪しろと言えば謝罪します。なので、翔だけは巻き込まないでください。彼はいま、新しい事務所でソロデビューを控えているんです。ここでスキャンダルが報じられてしまったら、なにもかもが台無しになってしまいます」

日村が頭を上げ、悲痛な顔で懇願してきた。

「どんな命令にでも従うというのは、本当か？」

森田は日村を見据えた。

「はい！　従います！」

変われば変わるものだ。

あれだけふてぶてしくしたたかだった日村が、いまはまな板の上の鯉《こい》だ。

「じゃあ、二つ条件を出す。一つは、ＵＳＢメモリーのコピーがあったときのために保険の動画を撮っておく。いまＬＩＮＥするから待ってろ」

森田は文章を作り、日村に送信した。

日村のＬＩＮＥの通知音が鳴った。

「読んでみろ」

日村がスマートフォンを取り出した。

「私、日村俊は『ピュアボーイズ』の元メンバーの森本翔と恋人関係にあり、現在同棲しています。住所は……なんですか？　これは？」

日村が怪訝な顔で森田を見た。

「お前が若月ラムの動画を、ＳＮＳやマスコミに流さないようにするための保険だ」

「そんな……」

日村が二の句を失った。

「なにをそんなにビビってるんだ？　ＵＳＢメモリーのコピーがなければ問題のない話だ。それとも、コピーがあるから俺の出した条件を呑めないのか？」

森田は薄笑いを浮かべながら言った。

「本当にコピーはありません！　でも、このカミングアウト動画を撮影して、もし、森田先生が……」

「俺が裏切ってマスコミに売ったら、と心配してるのか？　さぞかし、不安だろうな。だが、不安でもお前は条件を呑むしかないんだよ。先に仕掛けてきたのはお前だ。ウチの家族に、不倫淫行動画を見せたことを忘れたとは言わせないぞ」

森田は日村を睨みつけた。

俺に牙を剝いた罰だ。

動画をマスコミに売られるかもしれない……と、毎日怯えて暮らせ。

俺を不安にさせた百倍の不安を、お前に与えてやる。

「……わかりました。一つ目の条件を吞みます。二つ目は、なんでしょう？」

渋々と受け入れた日村が、怖々と訊ねてきた。

「ウチの家族の前で、この前の動画はお前が作ったフェイクだと説明するんだ」

「フェイク動画……ですか？」

「ああ。俺からはお前が作ったフェイク動画だと説明しているんだが、家族が信じなくてな。だから、お前に説明してほしい。どうだ？」

佑真は既に味方につけた。

あとは、由梨とひまりだ。

「僕は構いませんが、信じるでしょうか？」

「さあな。だが、お前がフェイクだと証言することで、家族が俺を責められなくなる。半信半疑だとしてもお前がフェイク動画だと認めている以上、俺の言葉を否定できなくなる。重要なのは、俺にたいして文句を言わせないことだ。表面的だけでも円満な家族を演じられるだけで十分だ」

いまさら、本当の意味での家族団欒や夫婦円満など求めていない。

森田のテレビや雑誌の取材のときに、ビジネス家族団欒とビジネス夫婦円満を演じてくれればそれでいい。

森田にとっても好都合だ。

義理で由梨を抱かなくてもいいし、ひまりの前で素敵なパパを演じる必要もない。

「そういうことなら、大丈夫です」

日村が言った。

「商談成立だな。じゃあ、いまから撮影するからセリフを覚えろ。井波さん、ちょっといいですか?」

森田は日村に命じると、ソファから立ち上がり井波を事務所の外に促した。

「ありがとうございました。おかげで、謀反者を捕らえることができました」

外に出るなり、森田は頭を下げた。

「なにが謀反者だ。胸が痛むよ。借りてきた猫みたいになって、日村もかわいそうに」

井波が大袈裟にため息を吐いた。

「共犯者の言うセリフですか?」

森田はチクリと皮肉を言った。

「誰が共犯者だ。人聞きの悪いことを言うな。それにしても、先に嚙みついてきた日村はともかく、半グレを使って高校生まで痛めつけるなんて……あんたみたいな悪人を見たことがない」

井波が首を横に振りながら言った。

「なにを言ってるんですか。これまで数々の政治家、実業家、ヤクザ、宗教団体を記事にしてきた『週刊荒波』の編集長様が」

森田は皮肉を重ねた。

「いやいや、あんたには敵《かな》わないよ。いかに彼らが悪党でも、俺の弱みを握って公共の電波で謝罪させたり、後輩を脅して動画データを奪うように命じたりはしなかったからな。とにかく、あんたと関わるのは懲り懲りだ。もう、二度と会わないからな」

井波が吐き捨てた。

「ご安心ください。日村の動画撮影とウチの家族への説明が済んだら、成功報酬をお支払いして息子さんのＬＩＮＥデータをお返しします。私も、あなたと二度と会う気はありませんから。さあ、戻りましょう」

森田は微笑みながら言うと、井波を事務所へと促した。

日村、由梨、佑真、ひまり——これで、すべてのウイルスを根絶できる。

「エイ！　エイ！」

森田は井波が事務所に入ったのを見計らい、拳を作った両腕を力強く二回引いた。

「オー！」

最後に腰を前に突き出し、勝鬨《かちどき》を上げた。

18

子供の頃からテレビで観てきたセットのソファに、自分が座っている。

子供の頃からテレビで観てきた桂珠江《かつらたまえ》が、自分の目の前に座っている。

テレビモニターに映る自分の姿に、森田は感無量な気持ちだった。

半世紀に渡って続く怪物長寿番組「売れっ子さんいらっしゃい」からオファーがくるということは、文化人としてもタレントとしても超一流の証《あかし》だ。

好感度が高いと認められていなければ、平均視聴率二十パーセント超えの国民的番組から声はかからない。

この収録がオンエアされれば、森田の好感度はさらに上昇しオファーが増えることは間違いない。

収録が終われば日村と合流して、自宅に向かうことになっていた。

家族の前で日村に、若月ラムとの不倫淫行動画はフェイクだったと説明させるのだ。

動画を暴露した張本人がフェイクと認めるのだから、すべては解決する。

由梨やひまりの心に疑いが残ったとしても、少なくとも森田を責めることはできなくなる。

今日中に家庭のゴタゴタも解決し、最高の気分で最高のトーク番組の収録に挑めるというものだ。

「今日のゲストは、青少年教育コンサルタントの森田誠さんです。あ、そうだ、お偉い方だから先生とお呼びしたほうがいいかしら？」

森田を紹介した桂が、絶妙な珠江節で訊ねてきた。

「いえいえ、私なんて偉くもなんともありませんよ。お気遣いなさらないでください。改めまして、今日はよろしくお願いします」

森田は嫌味にならない程度に謙遜した。

「やっぱり素晴らしいお人柄の方は謙虚なのね。私も少しは、あなたを見習わなければなりませんわね。謙虚のかけらもない人間ですから。ところであなたのやってらっしゃる青少年教育コンサルタントというのは、大学教授みたいに学生さんと触れ合うお仕事ではないのかしら？」

桂が速射砲のような早口で森田に訊ねてきた。

齢《よわい》七十を超えるというのに、驚異の滑舌のよさだった。

「学生と対話することもありますが、基本的には親御さんがメインです。令和に入りＡＩの普及で世の中の仕組みが大きく変わったとはいえ、昭和時代から変わらないものがあります。それは、子供は親の背中を見て育つということです。仕事が忙しく家庭を顧みない父親、家事に追われてストレスが溜《た》まり子供に当たる母親、頭ごなしに決めつけて子供を叱る父親、顔を見れば勉強勉強と口うるさい母親、酒にだらしない父親、パチンコに嵌まる母親……子供の成長過程において、親の言動は多大な影響力を持ちます。なので、子供が反抗的になったり不登校になったりしたときは、説教や叱ったりする前に自分たちの言動をよく見直すことをお勧めしています。つまり、親御さんたちをカウンセリングしているようなものですね」

森田は穏やかな笑みを湛《たた》えながら、一言一言丁寧に説明した。

もっともらしいことを言っている目の前の男が、未成年のギャルが大好物で、反抗的な息子を懲らしめるために半グレを雇って半殺しの目に遭わせたと知ったなら、得意のお喋りも発揮できずに絶句することだろう。

「まあ、あなた、親御さんを教育するなんて、素晴らしいお仕事をなさっているのね！」

桂が手を叩きながら感嘆の声を上げた。

「教育なんて、立派なものではありません。私は親御さんの話を聞きながら、一緒になって原因を探っているだけです。無意識に子供を傷つけている言動はないか？　失望させている言動はないか？　押さえつけている言動はないか？　期待されていないと思わせる言動はないか？　そうやって一つずつ親御さんの日常生活を振り返ってゆくことで、どこでボタンを掛け違えたかを発見するお手伝いをしているのです」

森田は誠実な人柄に見える表情で、桂に説明した。

正確に言えば、桂に語る森田の誠実な表情をテレビ越しの馬鹿な視聴者に見せるためだ。

文化人枠の安いギャラでも森田がテレビに出る理由は、一にも二にも知名度と好感度を上げる目的だ。

「あなたの話を聞いてるだけで、気が遠くなりそうだわ。でも、私の知り合いでとても家庭を大事にする奥さん一筋の俳優さんがいるんだけど、一度、訊ねたことがあるのよ。あなたのお父様も奥さん思いの旦那さんだったんでしょうね？　って。そしたら、その俳優さんがこう言ったの。ウチの親父はとんでもない浮気者で、方々に愛人を作っていました。僕が女遊びしない妻一筋の男になったのは、親父を反面教師にしたからです、って。親が駄目過ぎて子供がまともに育つっていうこともあるんじゃないのかしら？」

桂が鬼の首でも取ったような顔をした。

黙れ！　くそババア！　お前に言われなくても、そんなことはわかってんだよ！

親に非がなくても非行に走るガキもいれば、親が犯罪者でも品行方正なガキもいる。

子供が問題行動を起こすのは親の言動が云々《うんぬん》と言ったほうが森田の株は上がるし、講演やカウンセリングで高い金を取れるのだ。

子供の責任にしてしまえば森田の株は下がるし仕事のオファーが減ってしまい、いいことは一つもない。

「たしかに、桂さんの言うようなケースも珍しくありません。ですが、浮気性の父親を反面教師に女性関係に関しては間違いを犯さなくても、ほかの部分に悪影響が出る場合があります。たとえば、奥さんに完璧を求めたり子供を異常に厳しく育てたり。ほかには、酒やギャンブルに依存したり……女性関係以外の問題を抱えている場合が多いのです」

森田はいら立ちをおくびにも出さずに、穏やかな口調で言った。

お前が余計なことを言うから、視聴者の中には森田は知ったかぶりだと思う者も出てくるだろ！

ゲストの印象を悪くするホストがどこにいる！　長く番組をやり過ぎて焼きが回ったか！　お前は余計な口を挟まないで、森田誠の好感度を上げることだけを考えてろ！

「あ！　そう言えば、その俳優さんは奥さんを物凄く束縛する人で、それが原因で離婚したわ」

桂が井戸端会議のおばさんのように瞳を輝かせた。

「親の影響は、子供が成人してからも付き纏《まと》います。とくに幼少の頃に受けた影響は子供の潜在意識に深く刻まれ、成長とともに自我が芽生え抑圧されていた感情が屈折した形で表れます。たとえばの例ですが、過度に愛情不足の子供は大人になって愛を確認する術《すべ》を知らないので恋人を暴力で従わせようとするし、鍵《かぎ》っ子だった子供は不安と寂しさから恋人を束縛しようとします。正直、ＤＶも束縛欲求も大人になってから矯正しようとしても一筋縄ではいきません。だからこそ、子供たちが将来他人を傷つけ、そのたびに自分も傷つくような人生を歩ませないためにも親御さんたちの接し方が重要となります。子供の未来を天国にするも地獄にするも、親御さんたちにかかっているのです！」

森田は熱っぽい口調で語った。

テレビカメラの向こうで、森田の話にアホ面で感動している噂《うわさ》好きな主婦や暇を持て余している隠居ジジイの姿が眼に浮かぶ。

いまは感動していても、森田のスキャンダルが報じられたら掌を返したように叩いてくるのが視聴者という生き物だ。

そんな最低の視聴者を、森田誠の好感度を上げる道具として利用してあげているのだから感謝してほしいくらいだ。

「あなたの話を聞いてると、親というのは子供を生んだだけでなれるものではないということを思い知らされるわ。森田さんが一貫して親御さんたちに向けた活動をしている理由が、わかりましたわ。あなた、偉いわねぇ」

桂が感心したように頷きながら言った。

「桂さんみたいな尊敬できる人生の大先輩に褒めていただき光栄です」

そうだ、その調子だ。お前は無駄口ばかり叩いてないで、俺の好感度を上げてりゃいいんだよ。

森田は言葉とは裏腹に心で毒づいた。

☆

「このたびは、森田先生はもちろんのこと、奥様、お子様たちにも大変ご迷惑をおかけしました。申し訳ありませんでした！」

森田家のリビングルーム――ソファに座る森田、由梨、ひまり、佑真に向かって、日村が深々と頭を下げた。

五秒、十秒、十五秒……日村は、薬物所持で逮捕され仮釈放された芸能人が群がる記者の前で謝罪するように頭を下げ続けていた。

「……いまの話は、本当なんですか？」

由梨が狐《きつね》に摘まれたような顔で日村に訊ねた。

ひまりも佑真も、驚いた顔で日村を見詰めていた。

無理もない。

いきなり現れた日村が、森田と若月ラムの不倫淫行動画は自分の作ったフェイクだと認めて謝罪したのだから。

「はい。すみません……」

頭を上げた日村が、蒼白な顔で詫びた。

恋人の森本翔への愛の深さが、日村を従順にさせていた。

「でも、どうしてそんなことをしたんですか？」

由梨が訝しげに質問を重ねた。

「森田先生に仕事上の失敗を叱責されたことを逆恨みしてしまい……困らせてやりたくて、こんな大それたことをやってしまいました。本当に馬鹿なことをやってしまったと、いまでは後悔しています」

あれだけ森田に楯突《たてつ》いていた日村が、いまや主人の顔色を窺う従順な犬だ。

馬鹿な男だ。

そもそも、日村如きが森田を潰そうとしたのが大きな勘違いだ。

エキストラはどんなに頑張っても脇役以下……主役の影さえ踏めない。

「私は信じないから」

それまで黙っていたひまりが、吐き捨てるように言った。

「こいつにお金を貰って、そう言ってくれって頼まれたんでしょ？」

ひまりが、森田を指差した。

「おいっ、親にたいしてこいつとはなにごとだ！」

森田は、ひまりを叱責した。

「未成年のギャルとインコーしてるロリコンが説教すんな！」

金髪に染めただけでなく、ひまりは短期間でまったくの別人になってしまった。

そもそもひまりの金髪は、黄色みが強過ぎるので森田の好みではない。

それに、肌も白い。

森田の好みは、ミルクティーカラーの髪色のこんがり日焼けしたギャルだ。

「私は、君を買収して嘘を吐かせているのか？」

森田は日村に視線を移した。

「いえ、そんなことは絶対にありません。ひまりちゃん、僕は本当のことを言ってるんだ。信じてくれないかな」

日村は、ひまりに言った。

「あー、もうそんなのいらないから。こいつがギャルとインコーしたのをごまかそうとしてるの、わかってるから」

ひまりが、鼻で笑った。

「こいつって言うなと……」

「ひまり、日村さんがそう言ってるんだから、父さんのことを信じろよ」

森田を遮り、佑真がひまりを諭した。

一ヵ月前に半グレから半殺しにされているところを助けてもらってから、佑真は森田側についていた。

佑真の眼の周囲には、かなり薄くなったがまだ内出血の跡が残っていた。

「は？　なに言ってんの？　お兄ちゃんだって、お尻にこいつと同じ黒子があるから、これはフェイク動画じゃないって言ってたじゃない！」

ひまりが、激しい口調で佑真に食ってかかった。

「日村さんの言ったことを、聞いてなかったのか？　僕たちに信じさせるために、お尻に加工した黒子をつけたと言ってただろう⁉」

佑真が強い口調で言った。

「ちょっと、しっかりしてよ！　こんな最低男に騙されちゃだめだって！」

ひまりも負けじと、強い口調で言い返した。

「私も、ひまりの意見に賛成だわ。あの動画が、フェイクなわけないじゃない！」

由梨が口を挟んできた。

妻と娘だから大目に見てきたが、そろそろ森田の我慢も限界だ。

二人の森田にたいする言動を、これ以上見過ごすわけにはいかない。

彼女たちには、佑真と同じように仕置きが必要だ。

「動画を見せた張本人がフェイクと認めているのに、信じられないというなら勝手にしろ。とにかく、私は潔白を証明した。今後、この件に関しては一切なにも言うな。私の命令に従えないなら、この家から出て行ってもらう」

森田は一方的に言うと、ソファから腰を上げた。

「私に非がないのに離婚するというのなら、財産の半分を貰うわよ。それでもいいなら、追い出せば？」

自信満々の表情で、由梨が言った。

森田は心で舌打ちした。

たしかに、由梨の言う通りだ。

森田はソファに腰を戻した。

現時点で離婚すれば、古女房に財産分与しなければならなくなる。

性欲が湧かない女に、義理とはいえ何年もセックスをしてやった。

肉体的、精神的に苦痛を受けた自分のほうが慰謝料を請求したいくらいだ。

日村に謝罪を受けたにもかかわらず、由梨は信じずに森田を詰《なじ》り続けている。

もはや修復は不可能……仮面夫婦さえ協力しない古女房は、一刻も早く切り捨てるべきだ。

もちろん、一円も払う気はない。由梨に非がないのなら、無一文で叩き出せる既成事実を作るだけだ。

「こんなロリコン男、早く家から追い出してよ！　こいつが悪いんだから、裁判してもママが勝つでしょ⁉　慰謝料を思い切りふんだくって、破産させてやろうよ！」

ひまりが森田を指差し、憎々しげに吐き捨てた。

「破産だと……お前、さっきから親に向かって、いい加減にしないと本気で怒るぞ！」

森田はテーブルに掌を叩きつけた。

「父親づらすんな！　顔も見たくない！　早く出て行けよ！　変態ロリコン！」

ひまりは席を立ち、森田に罵倒の言葉を浴びせるとリビングルームを飛び出した。

「お前が私を信用しないから、ひまりがあんなふうになったんだろう！」

森田は由梨を非難した。

たしかに、日村は森田に脅迫されて嘘の証言をしている。

だが、それが嘘だという証拠がないのも事実だ。証拠がないのに、由梨は森田を頭から疑ってかかっている。そんな母の態度を見て、娘が影響されるのも仕方がない。

「呆れた人ね！　ひまりがグレたのは、あなたが破廉恥なことを……」

「だからそれは、フェイク動画だと日村が謝罪したじゃないか！　妻であるお前が信じないのに、ひまりが信じるわけないだろう！」

由梨を遮り、森田はやりきれないといった表情で言った。

「あなたの本性を知ったから、信じられないのよ！　機械に弱くても、動画が本物か偽物かの見分けくらいつくわ！　近々、弁護士に相談に行くから。私や子供たちを裏切り傷つけたんだから、財産分与くらい綺麗にしてよね！」

由梨が一方的に言い残し、ひまりと同じように席を立つとリビングルームを飛び出した。

「呆れた奴らだ」

森田は苦々しい表情で吐き捨てた。

「あの……僕はどうすれば？」

所在なさげに立ち尽くしていた日村が、森田に怖々と伺いを立ててきた。

「お前のせいで、こうなったんだぞ！　わかってんのか！」

森田は日村に怒りをぶつけた。

そもそも森田への復讐のために、日村が家族に動画など見せなければ、いまでも尊敬される夫であり父であり続けることができた。

森田が昔摘み食いした女が日村の妹で、捨てられたことを苦にして自殺した、というのが復讐の動機だ。

冗談じゃない。

男と別れたからと言って、みなが自殺をしていたら年間数百万人の女が命を絶つことになる。

男女関係において、どちらかが一方的に悪いということはない。

森田は若い女を抱けたし、日村の妹……花柳梨乃《はなやぎりの》は、森田とつき合うことでいい思いをたくさんした……森田も梨乃も、お互い様だ。

「すみません……」

日村が消え入りそうな声で詫びた。

森本翔を守るために、日村は完全に奴隷状態……森田は閃いた。

「お前に話があるから、先に車で待ってろ」

森田が命じると、日村は頭を下げて部屋を出て行った。

日村には、まだ仕事をやってもらわなければならない。

「父さん、大丈夫？　僕は父さんを信じるよ」

佑真が心配そうな顔で森田に言った。

「ありがとう。正直、母さんやひまりの態度には傷ついた。だが、お前が信じてくれれば百人力だよ」

森田は佑真に微笑みかけた。

「これから、どうするの？　母さんは離婚するとか言ってるし……」

佑真が顔を曇らせた。

「お前には悪いが、離婚は免れないかもしれない。そうなった場合、佑真はどっちと暮らす？」

森田は訊ねた。

「もちろん、父さんだよ」

佑真が即答した。

やはり、佑真を半グレに半殺しにさせた作戦は大成功だった。佑真は森田を完全に信頼していた。

「お前には、つらい思いはさせない。金はもちろん、お前がやりたいことを父さんが全面的にサポートするから。父さんは用事があるから、ちょっと出かけてくるよ」

森田は佑真に優しい微笑みを残し、リビングルームを後にした。

☆

「妻と娘の態度を見ただろう？」

森田はヴェルファイアのパッセンジャーシートに乗り込むなり日村に言った。

「僕の力不足で、すみません」

日村がうなだれた。

「本当にそう思っているなら、もう二仕事してもらおうか」

森田は片頬に冷笑を浮かべ、本題を切り出した。

もたもたしていると、由梨を地獄に落とす前に弁護士に依頼されてしまう。

「もう二仕事……ですか？」

日村の顔が強張った。

「ああ。一つは、若く魅力的な男を用意してくれ。お前、ホストクラブのオーナーに知り合いがいたよな？」

「はい、いますけど、なにをさせるんですか？」

日村が怪訝な顔で訊ねてきた。

「由梨を誑《たぶら》かして骨抜きにするためだ。お前が俺と若月ラムの不倫淫行動画を盗撮したように、由梨とホストの情事を動画に収めろ。離婚訴訟になったときのために、由梨が不貞を働いた証拠を押さえないとな」

森田は片側の口角を吊《つ》り上げた。

「奥さんが浮気しても、平気なんですか？」

日村が驚きの表情で訊ねてきた。

「慰謝料を一円も払わなくていいのなら、何百人の男のちんぽを咥え込んでも平気だ」

森田はニヤニヤしながら言った。

「……わかりました。もう一つは、なんでしょう？」

日村がうわずった声で質問を重ねた。

「お前に、ひまりを犯してもらう」

「えっ……」

森田の言葉に、日村が絶句した。

「お前に、ひまりをレイプしろと言ったんだ。調べさせたがお前はバイだそうだし、女相手でもちゃんと勃起できるだろ？　そして、これも動画に収めるんだ」

「森田先生の娘さんを……じょ、冗談ですよね？」

日村が干乾びた声で言った。

冗談ではなかった。

ひまりに天罰を与えると同時に、日村の弱みを増やすことができる。

動画撮影を命じたのは、日村がひまりを犯した証拠にするためだ。

切り札が森本翔だけだと、二人が別れたときにふたたび日村が森田に反旗を翻す恐れがあった。

ひまりに思い知らせると同時に日村をレイプ犯に仕立て上げる……一石二鳥というやつだ。

「冗談でこんなことは言わない。真面目に命じてるんだ。二つとも、やるよな？」

森田は日村を見据えた。

「いったい……どうしてそんなことを？　奥さんの件はまだしも、娘さんにどうしてそんなことを……」

日村が、信じられないといった顔で訊ねてきた。

「どうして？　お前も、ひまりのさっきの態度を見てただろう？」

森田は無表情に言いながら、冷蔵庫から持ってきたシュークリームを箱から取り出した。

最近頭痛の種が多過ぎて、体が甘いものを欲していた。

甘いものを体が求めるのは、若月ラムとのスキャンダル発覚以降セックスをしていない欲求不満も関係しているのかもしれない。

シュークリームに勢いよくかぶりついたので、生地からはみ出たカスタードクリームが指に付着した。

「あの年頃の女の子が、父親に反抗的なのはよくあることでしょう？」

「よその親がそれを認めても、森田家は違う。俺にたいして口汚い言葉を吐いたんだから、仕置きはきっちりしないとな」

森田は涼しい顔で言うと、人差し指をくわえ、付着したカスタードクリームをピチャピチャと音を立てながら舐め取った。

「正気ですか？　仕置きが娘さんを犯すことだなんて……ありえませんよ」

強張った表情で、日村が言った。

森田に向けられた眼には、非難の色が浮かんでいた。

「俺の……家庭を……壊そうと……していたお前が……いまさら……常識人を……気取るつもりか？」

森田は親指に付着したカスタードクリームを舐め取りながら皮肉を返した。

「それとこれとは、話が違いますよ。奥さんをホストに口説かせて娘さんをレイプさせるなんて……」

「娘だろうが妻だろうが、俺に楯突く者は徹底的に踏み潰すまでだ！」

森田は日村を遮り、口からカスタードクリームを飛ばしながら言った。

そう、たとえ神であっても、森田の行く手を遮る者はどんな手を使っても排除するだけだ。

「そんなことより、シナリオを教えるから覚えろ。お前がフェイク動画を信じないから俺が怒れただろ。お前の親父を潰したくて、俺が作ったフェイク動画なんだよ。お前がぶち壊したんだから、お仕置きだ。お父さんに謝って許しを貰わなければ、この動画をSNSに晒す。多少セリフは違ってもいい。要点は、あの動画は本当にお前が作ったフェイクであること、ひまりが信じないからお前が俺にひどく叱られたことへの逆恨みのレイプであること、森田に謝らないとレイプ動画をSNSに拡散すると脅すこと……できるよな？　レイプの日時と場所は俺が手筈《てはず》を整える。断ってもいいが、お前の愛する翔君が事務所を解雇されたのはゲイ彼氏との同棲が原因だと全国民が知ることになるがな」

森田は二個目のシュークリームにかぶりつきながら、淡々と言った。

「あなたって人は、恐ろしい人ですね……」

日村が鬼畜を見るような眼で森田を見詰めた。

「なんだよ、その顔は？　お前も一つどうだ？　甘い物を食べると幸せな気分になるって言うじゃないか？　ほら、ほぉら、ほぉうら〜、食えって」

森田は食べかけのシュークリームを日村の口元に押しつけた。

「やめてください！」

日村がシュークリームを持つ森田の手を払い除けた。

日村の口の回りは、カスタードクリームでベタベタになっていた。

「わかったわかった。話を本題に戻そう。さあ、どうする？　俺の仕事をこなして愛《いと》しの翔ちゃんと幸せに暮らすか？　断って愛しの翔ちゃんをワイドショーの主役にするか？　決めるのはお前だ」

森田は突き放すような口調で、日村に二者択一を迫った。

森田は、敵に回れば家族であっても容赦なく叩き潰す自分のスタンスが間違っているとは思わない。

それは、森田をあと一歩のところまで追い詰めていたにもかかわらず、森本翔への愛情を人質に取られ形勢逆転を許してしまった日村が証明している。

森田が愛しているのは自分だけだ。

妻や子供は森田にとってプラスになるのならば味方だが、マイナスになった瞬間に躊躇《ためら》わず切り捨てる。

成功者にとっての愛情など、令和の時代においての公衆電話ほどの価値しかない。

無用の長物……あるだけ邪魔だ。

「やればいいいんでしょう……やれば。これで、本当に最後にしてください。僕の我慢にも、限界がありますから」

日村が怒りを押し殺した声で言った。

「そんな顔するなって。十代とエッチできるんだぞ？　しかもひまりは、そこらの若いだけで不細工な学生と違って、アイドルとしても通用するかわいさだ。血が繋がってなければ、俺が代わりたいくらいだよ。まあ、俺の好みは小麦色のギャルだがな」

森田は卑しく笑いながら、食べかけのシュークリームを口の中に押し込んだ。

「あんたは、人として最低だ……」

日村が侮蔑と軽蔑の入り混じった瞳で森田を睨みつけた。

「最低で結構。俺はな、人として最高と言われて最低の人生を歩むより、人として最低と言われて最高の人生を歩みたい。それが、森田誠という男だ」

森田はふてぶてしく言い放つと、掌にべっとりとついたカスタードクリームをゲップをしながら舐め上げた。

19

「それでは、これから森田先生への相談タイムになります。相談したい方は挙手をお願いします！」

森田の横に立つ進行役の男性が、参加者を促した。

午前十時——「森田誠講演会」の行われている「虎ノ門セミナーホール」の五百の座席はすべて埋まっていた。

講演会のタイトルは、「子供目線の重要性」だ。

「売れっ子さんいらっしゃい」に出演した影響で、いつもはほとんど男性の参加者だが、今日は女性の参加者が半分を占めていた。

やはり、怪物長寿番組の影響力は凄い。

だが、嬉しくはなかった。

若い女性参加者なら目の保養にもなるが、五十路女《いそじおんな》の熱い視線を受けても具合が悪くなるだけだ。

バラエティ番組に出演すれば若い女性ファンも増えるだろうが、知性と教養で売っている森田にはマイナスにしかならない。

それに、若月ラムとの不倫淫行事件を奇跡的に乗り切ったいま、二度と過ちを繰り返さないためにもファンや共演者には手を出せない。

かといって、肉食獣が草食では生きてゆけないように、森田も若い女なしでは生きてゆけない。

由梨とひまりのカタがついたら、マッチングアプリで偽名を使いギャル漁りをするつもりだった。ＹｏｕＴｕｂｅ、ＴｉｋＴｏｋ、インスタグラムしか見ない教養のかけらもないギャルが、青少年教育コンサルタントの森田の顔を知っている可能性は低いはずだ。

「三列目のモスグリーンのスーツの方にマイクをお願いします」

進行役が指名した男性に、スタッフがマイクを渡した。

「静岡から来ました、中島と申します。私には高校一年生の娘がいるのですが、半年くらい前から、親にたいしての言葉遣いが悪くなり困っています。とくに私には、うざい、邪魔、ふざけんな、などと聞くに堪えない言葉を使います。いまは我慢していますが、親の威厳を保つためにきつく叱るべきでしょうか？」

「ウチの長女と同年代ですね。その年頃の子供は、第二次性徴期のホルモンバランスの乱れから情緒不安定になり、親に反抗的な態度を取ってしまうのです。とくに異性の親にたいしての反抗心が強まる傾向にあります。これは有名な話ですが、近親相姦《そうかん》を避けるためにＤＮＡに組み込まれた本能がそうさせていると医学的に証明されています。つまり、親が嫌いで反抗しているわけではないのです。なので、この時期の子供にたいして叱ったり説教したりするのは百害あって一利なしです。ましてや、親の威厳を保つために叱るという行為は絶対にしてはなりません」

森田は大笑いしたいのを我慢し、穏やかな笑みでごまかした。

ホルモンバランスの崩れだろうが近親相姦を避けるためのＤＮＡだろうが、親を罵倒《ばとう》するような子供には仕置きが必要だ。

親の威厳を保つためにきつく叱るべきか？

あたりまえだ。

注意してだめなら叱責し、それでもだめなら佑真のときのように身をもってわからせるまでだ。

親がいなければ、子供は生まれてくることができない。

ただで家に住まわせ、ただで食事や衣服を与え、ただで学校に通わせてやっている親にたいして悪態を吐いたり楯突いてきたりするなど言語道断だ。子供が親にできることは……いや、しなければならないことは、感謝、尊敬、従属の三つだけだ。

ひまりの仕置きは、いよいよ明日だ。

手塩にかけた娘を日村にレイプさせるのは惜しいが、これ以上ひまりの言動を看過することはできなかった。


――明後日、午前十時に決行しろ。ひまりは学校にも行かずに昼過ぎまで寝ていて、夕方から出かけて深夜に帰ってくるというのが最近のパターンだ。その時間、由梨はフランス語のカルチャースクールだから不在だ。佑真は理由をつけて俺が連れ出し、玄関の鍵は開けておく。いいか？　動画をしっかりと撮るんだぞ。

――本当に、これを最後にしてください。いくら翔のためとはいえ、これ以上は無理です。

森田は、昨日の日村との会話を思い出していた。

日村に、ひまりと由梨に仕置きを与える任務を命じてから一ヵ月が経った。

ひまりのほうは、日村がしくじらなければ一日でカタがつく。

だが、由梨を若い男と浮気させるという任務はそうはいかない。

――六本木のホストクラブでバイトしている役者志望の後輩がいるので、彼……ヒロキを雇うことにしました。

――そいつは使えるのか？

――モデル並みの容姿で、ワークショップに通ってるだけあって演技もうまく、適任だと思います。それで、具体的にヒロキになにをやらせればいいんですか？

――由梨は日曜日の午前中、フランス語のカルチャースクールに通っている。そのイケメンを通わせて、由梨に近づかせるんだ。由梨は四十路女《よそじおんな》だが元モデルだから、自分の容姿に自信を持っている。じっさい、そこらのババアよりルックスもスタイルもいい。自信があるから、二十も年下の男が言い寄っても疑ったりしない。いいか？　由梨を若い男の体の虜《とりこ》にして骨抜きにするんだ。そいつは、セックスがうまいのか？

――ホストクラブで働いているんで、女性の扱いはうまいと思います。それより、奥さんにそんなことをして本当にいいんですか？

――おっぱいも尻も垂れて、俺を欲情させることができなくなって何年経つと思う？　別れなかったのは、森田誠の好感度に悪影響が出るからだ。俺を尊敬していることだけが、あいつの取り柄だった。それが、いまはどうだ？　若月ラムとの不倫淫行動画を観てからのあいつは、嫉妬に狂った醜い雌犬みたいに俺に牙を剥く。もう、夫婦でいる理由がなくなった。離婚しても慰謝料を払わなくて済むように、俺の好感度が下がらないように、年下男との肉欲に溺れて家庭を捨てた妻のレッテルを貼ってから叩き出すだけだ。

「では、娘にはどのように接すればいいのでしょうか？」

モスグリーンのスーツの男性の質問に、森田は回想の扉を閉めた。

「いま私が言ったことを、娘さんに話してあげてください。君はいま第二次性徴期のホルモンバランスの乱れから、心が不安定になっている。親にたいしてイライラしたり反抗的な態度を取ってしまうことは、君のせいでも父さんのせいでもない。人間が子供から大人になるために、誰しもが通る道で正常なことだ。だから、自分を責める必要はない。時間がすべてを解決してくれるから。こういうふうに、娘さんの身になって理解を示してあげてください。そうすれば娘さんも心が安定して、イライラすることも減ってくるでしょう」

森田はモスグリーンのスーツの男性に微笑みながら、頷いた。

「ありがとうございます！　早速、家に帰ったら試してみます！」

モスグリーンのスーツの男性が顔を輝かせ、弾かれたように頭を下げた。

ああ、試してみろ。馬鹿な奴らだ。お前らみたいな他力本願で甲斐性のない親の言うことを、ガキが聞くわけないだろう。

「私のほうこそ、みなさんのお役に立てる機会をいただけて嬉しいです。こちらこそ、ありがとうございます」

森田は心の罵倒を偽りの笑顔で塗り潰し、参加者に向かって深々と頭を下げた。

☆

「おい、まだか？」

森田は佑真の部屋の前に立ち、ドア越しに声をかけた。

「いま行くよ。もうちょっと待って」

佑真の声が返ってきた。

午前九時――今日はひまりの仕置きの決行日だ。

そのために、佑真を家から連れ出すのだった。

予想通り、ひまりは部屋で寝ている。

明け方に酒臭い息を振り撒《ま》きながら帰ってきたので、当分は起きないだろう。

今日は日曜だが、ひまりは平日も登校せずに昼過ぎまで寝て、夕方から遊びに出かけるという日々を送っていた。

中学生の身で学校にも行かずに酒を飲んで朝帰りをするなど、ろくでもない娘だ。

実際は父親が未成年ギャルと不倫淫行していたとしても、ひまりの行動は正当化できるものではない。

「こんなに早く、どこに行くの？」

佑真が眠そうな顔で部屋から出てきた。

「お前と観たい映画があるんだ」

森田は適当な言葉を口にした。

映画でなくてもよかった。

スポーツジムでもカフェでも、三、四時間を潰せるのならばどこでもよかった。

「映画？　こんなに早い時間に？」

佑真が怪訝な顔を向けた。

「ああ。話題の映画だから、二回目上映以降は席が取れないんだよ。とにかく行こう」

森田はでたらめを並べ、佑真を促し階段を下りた。

「父さん、鍵をかけてないよ」

玄関を出ると、佑真が言った。

「あ、うっかりしてたよ」

森田はシラを切り、玄関に引き返した。

クソガキが！　日村が侵入できるように、わざと開けておいたんだよ！

森田は心で毒づきながら、シリンダーに鍵を差し込み施錠するふりをした。

☆

スクリーンには、離陸するヘリコプターの副操縦士席の窓に主人公がしがみつくクライマックスシーンが映し出されていた。

『ザ・スパイ』は、主人公が全編スタントマンなしの体当たり演技で話題の大ヒット映画だった。

観客は盛り上がっていたが、森田の頭には内容などまったく入ってこなかった。

森田はスマートフォンのディスプレイに視線を落とした。

ＡＭ10：35
いま頃日村は、森田家に侵入してひまりをレイプしていることだろう。

ちゃんと動画を撮影しているだろうか？

撮影しても、きちんと顔を映して凌辱《りょうじょく》されているのがひまりだとわからなければ意味がない。

着信が入った。

「え……」

森田は思わず声を漏らした。

十時から侵入したとして、まだ三十五分しか経っていない。

もしかして、ひまりの反撃にあって失敗したのか？

それとも、由梨が途中で帰ってきたのか？

「仕事の電話が入ったから」

森田は佑真に言い残し、席を立った。

トイレへと向かいながら、通話ボタンをタップした。

「失敗したのか!?」

電話に出るなり、森田は問い詰めた。

『……いえ、成功です』

日村が森田の迫力に圧倒されながら答えた。

「成功!?　やけに早いじゃないか!?　ちゃんと動画を撮ったのか!?」

『はい、撮りました』

「まだ三十五分だぞ!?　嵌め撮りしたんだろうな!?　裸を撮影しただけじゃ、ひまりに与える精神的ダメージが少ないんだよ！」

『ちゃんと行為をしました。僕は早漏ですから、早く終わっただけです。動画にはしっかり行為が映っているので、安心してください』

恥ずかしいのか、日村の声は消え入りそうだった。

「お、お前、早漏だったのか!?」

森田の大笑いが、トイレに鳴り響いた。

「部屋に侵入して……押し倒して……服を……脱がせて……挿入するまでに二十分はかかるとして……終わって出てきて俺に電話するまで十分として三十分……お前……五分そこそこで……イッたのか!?　めちゃめちゃ……早漏だな！　動物早漏……トップ3のチンパンジーみたいだ。今度から……チンパン君って呼んで……やるよ！」

森田は体を捩《ねじ》り激しく横隔膜を痙攣《けいれん》させながら、日村を嘲った。

『動画ファイルをＬＩＮＥしますから、切りますよ』

日村の怒りを押し殺した声が、受話口から流れてきた。

「そんなに……怒るなよ……三時に事務所に来い。じゃあな……チンパン君！」

電話を切った森田は、腹筋を押さえた。

日村が早漏……こんなに笑ったのは久しぶりのことだった。

まあ、女性経験の少ない日村が、容姿のいい現役女子中学生を相手に早くイクのも無理はない。

ＬＩＮＥの通知音が鳴った。

早速、日村から動画が送られてきた。

森田は再生アイコンをタップした。

ディスプレイに、Ｔシャツを破かれブラジャーをたくし上げられたひまりの姿が映った。

『なにすんだよ！　てめえ、ロリコン親父の秘書だろう！　こんなことして……』

日村が、ひまりの頬を平手で張った。

『ロリコン親父がこのことを知ったら、あんたは……』

日村が二発目の張り手をひまりに浴びせた。

『おとなしくしないと、今度は拳になるよ』

日村が、物静かな声でひまりを恫喝した。

「なんだ、ああだこうだ言いながら、ひまりとヤレて興奮してるじゃないか。興味ないふりをして、俺と同じ未成年好きか？」

森田は動画の中の日村を嘲った。

日村の物静かな恫喝で、ひまりの顔が強張った。

悪態を吐いていても、やはり中学生だ。

『いやっ、やめて……やめてったら！』

日村が泣き叫ぶひまりのパンティを左手で剝ぎ取り、右手でズボンとトランクスをずり下げると、勃起したペニスが跳ね上がった。

「早漏のくせに、イチモツだけは立派だな。これぞ、宝の持ち腐れってやつだ」

森田は嘲笑交じりに吐き捨てた。

『おとなしくしないと殴るぞ』

手足をバタつかせて抵抗するひまりの顔の横を、日村が拳で殴りつけた。

ひまりの動きが、ピタリと止まった。

「脅しじゃなく一、二発殴れよ。そのほうがひまりに恐怖心を植えつけられるし、日村の罪も重くなる」

森田は舌打ちした。

日村は、抵抗を諦めたひまりの股間に腰を埋めた。

挿入された瞬間、ひまりが叫んだ。

快感の叫びではなく、激痛の叫びだ。

やはり、ひまりは処女だったようだ。

「馬鹿な子だ。俺に逆らわなければ、日村みたいなうだつの上がらないおっさんに処女を奪われなくても済んだのに。この傷は、一生消えないだろうな。自業自得だ」

ディスプレイの中で泣きじゃくりながら日村に犯されるひまりに、森田は冷めた口調で言った。

日村の腰の動きが止まり、ほどなくして動画が終了した。

「えっ……もう終わりか!?　三分、いや、二分も経ってないぞ!?　カップ麺《めん》もできないじゃないか！」

森田は腹を抱えて笑った。

「ひまりの顔もしっかり撮れてるし、上出来だ」

森田はほくそ笑み、佑真が待つスクリーンに戻った。

☆

森田はタクシーを降りると、自宅に入った。

スクリーンに戻った森田は、仕事でトラブルが起きたから行かなければならないと嘘を吐き、小遣いを一万円渡して先に映画館を出た。

森田は腕時計に視線を落とした。

午前十一時四十分。

約一時間前までひまりは、二階で日村に凌辱されていたのだ。

由梨はそろそろフランス語カルチャースクールが終わる頃だが、すぐには戻ってはこない。

——ヒロキから連絡が入りました。今日、カルチャースクールが終わったら二人でランチする約束をしたそうです。

移動中の車内で、日村からの報告が入った。

ヒロキをカルチャースクールに送り込み、由梨に接触させて一ヵ月。

さすがはホストクラブで女を誑《たぶら》かしているだけあり、旬《しゅん》を過ぎた四十路女の気を引くくらい赤子の手を捻るようなものなのだろう。

セックスに持ち込むまで、あとどのくらいかかるだろうか？

一ヵ月、二ヵ月、三ヵ月……とにかく、由梨が不貞を犯すまでの辛抱だ。

由梨が若い男に股《また》を開いた瞬間に、証拠写真と離婚届けを突きつけ家から叩き出してやるつもりだった。

そう長くはかからないだろう。

欲求不満の由梨が、ヒロキの若い肉体の誘惑に抗えるわけがない。

「ただいまー」

森田は素知らぬふりをして、階段を上った。

「おい、ひまり、いるのか？」

森田は呼びかけながらドアノブに手をかけた。

「開けないで！」

ひまりの叫びを無視して、森田はドアを開けた。

乱れたベッドの上で、ひまりは膝を抱え震えて泣いていた。

シーツに付着した血の染みが、行為の生々しさを物語っていた。

「おい、ひまりっ、どうしたんだ⁉」

森田はベッドに飛び乗り、ひまりに訊ねた。

ひまりが、森田の胸に泣き崩れた。

シナリオ通りの流れに、森田の片側の口角は吊り上がった。

「なにがあったんだ⁉　落ち着いて、父さんに話してみなさい」

森田はひまりの背中を撫でながら、優しく促した。

「日村が……日村が……」

ひまりの声が、嗚咽に途切れ途切れになった。

「日村がどうしたんだ⁉」

森田は胸に押し付けられていたひまりの顔を上げさせ、瞳をみつめた。

「お前が……フェイク動画を信じないから……森田さんに……怒られた……そう……言われた……」

ひまりが、しゃくり上げながら言った。

「フェイク動画を信じないから？　どういうことだ？　わかるように話してくれ」

森田は、白々しくひまりを促した。

「私が……フェイク動画だって……信じなくて……それで日村さんがパパに怒られて……私のせいだって……パパに謝らなければ……動画をＳＮＳに晒すって……私、そんな動画を晒されたら……」

ひまりは泣きじゃくりながら、森田が日村に命じた脅し文句を言った。

「動画を撮られたのか⁉　あの下種野郎が……。俺の大切な娘を腹いせにレイプして、脅迫まで……」

森田は怒りに唇を震わせて見せた。

講演会やテレビでは表情を作ってばかりいるので、演技には自信があった。

奥歯で舌の脇を噛み、こみ上げそうになる笑いを激痛で殺した。

「もう、生きていけない……」

ひまりが、虚ろな眼で呟いた。

「ひまりは、なにも悪くない。フェイク動画の件も、もともとは父さんが招いた誤解だ。それに、どんな理由があろうとも日村のやったことは犯罪だ。父さんが警察に突き出してあげるから心配するな。だから、動画が拡散されることはない」

森田は、力強く頷いた。

「パパ……」

森田をみつめるひまりの瞳からは、反抗的な色は消えていた。

やはり、荒療治をして正解だった。

森田の読み通り、ひまりは以前のファザコンの娘に戻りつつあった。

代償としてひまりは処女を奪われ、心に一生消えない傷を負ってしまったが、重要なのは過程より結果だ。

心に傷を負わずに父親に悪態を吐き続ける娘とトラウマを負い父親に素直な娘なら、森田は迷いなく後者を選ぶ。

「安心しなさい。父さんが命を懸けてひまりを守るから。昔も今もこれからも、父さんはお前の味方だよ」

森田は、柔和な微笑みをひまりに向けた。

「パパ……」

ふたたび、ひまりが森田の胸に泣き崩れた。

森田はひまりを優しく抱き締め、背中をポンポンと叩いた。

従順にしていれば何不自由ないお姫様の生活を送っていられたのに、森田に楯突いたばかりに早漏のおっさんに処女膜を破られたのだ。

「とにかく、まずは病院だ。妊娠していたら取り返しがつかないことになるからな。立てるか？」

森田はひまりの手を取り、立ち上がらせた。

ひまりを支えながら部屋を出た。


——父さんはお前の味方だよ。


ひまりにかけた言葉は嘘ではない。

ただし、父さんに従順なら、だ。

もし、ふたたび反抗的な態度を取れば、由梨とともに無一文で森田家から叩き出してやるつもりだった。

☆

「娘さんは、大丈夫だったんですか？」

森田誠事務所のソファに座るなり、日村が不安げな顔で訊ねてきた。

「なんだ？　カラータイマーが切れるより先に射精するくらい興奮していたくせに、罪の意識に駆られているのか？」

森田はからかうように言った。

「そんなふうに言わないでください。翔の件があったから、仕方なく命令に従っただけです」

ムッとした顔で、日村が言った。

「かっこつけなくていいって。飢えた野良犬みたいにひまりのおっぱいを揉みしだいて乳首を吸ってたじゃないか？　どうだった？　十代ヴァージンの締まりはよかったか？」

森田は下卑た笑いを浮かべつつ、日村に訊ねた。

「あなたは、胸が痛まないんですか!?　普通の父親なら、娘をレイプした僕を半殺しにしますよ。それなのに、あなたは娘さんのレイプを僕に命じただけでなく、締まりがどうとか……心底、あなたを軽蔑します」

日村が言葉を切り、唇を震わせた。

「笑わせるな！　心底軽蔑する男の娘の裸を見て、引くほどに勃起していたのは誰だ？　あ？まともな神経の持ち主なら、レイプしようとしても勃起しないものだ。つまり、お前も俺と同類ってことだ。あ、俺はチンパン君みたいに快速特急で射精しないがな」

森田は大笑いした。

「もう、帰り……」

「忘れたのか？　お前が俺への禊《みそぎ》を終えて自由になるのは、由梨をホスト男にズブズブに嵌めてからだ。愛しの翔君のスキャンダルを暴露されたくなかったら、途中で任務を放り出すな！」

席を立ちかけた日村を、森田は一喝した。

渋々と、日村がソファに腰を戻した。

「ホスト男から、連絡は入ったのか？　フランス語カルチャースクールのあと、由梨とランチデートしたんだろ？」

森田は訊ねた。

「報告の前に、改めて約束してください。今回で、本当に最後だと。翔がゲイで僕と同棲していることをマスコミに売られたら、彼のアイドル生命は終わります。だから、あなたの卑劣な命令に従っているんです。でも、これ以上は無理です。あなたが約束を破ったら、翔には申し訳ないけど、逆に僕が森田先生の悪事をすべて暴露します。翔との関係を楯に、僕を脅してやらせたことすべてです！　そうなれば、若月ラムとの不倫淫行動画どころのダメージではすみませんよ」

日村が、強い決意を宿した眼で森田を見据えた。

ブラフではないようだ。

不倫淫行動画はフェイクだったと日村に嘘を吐かせて家族の前で謝らせた件、日村に娘をレイプさせた件、若い男を接触させ妻に不貞を働かせようとしている件……これらのことが世に知られたら、今度こそ自分は終わりだ。

日村のことだ。森田との会話を、保険のために録音しているに違いない。

窮鼠《きゅうそ》猫を嚙む――これ以上、日村を追い詰めるのは危険だ。

だが、由梨がヒロキと肉体関係を結べば日村は用なしだ。

日村としても、できることなら翔を守りたいはずだし、なにより、森田をマスコミに売れば自らもレイプ犯になって刑務所行きだ。

だからこそ、実行犯を日村にしたのだ。

この先、日村が翔と別れることになっても、懲役と引き換えに森田に反撃してくることはないだろう。

保険をかけているのは、森田も同じだ。

「わかった、わかった。俺だってレイプの教唆犯と実行犯で、お前と刑務所に入る気はないからな。で、ホスト男からの報告は？」

お前も無傷ではない——森田はさりげなく日村に釘を刺した。

「今日は近くのイタリアンでランチをし、互いの家庭環境や趣味の話をしたらしいです。ヒロキが言うには、かなりの手ごたえを感じたらしいです」

「どんな手ごたえだ？」

すかさず森田は訊ねた。

「歌が好きという話になり、来週、今日と同じ流れでカラオケボックスに行くそうです」

「ほう、カラオケボックスねぇ。ということは、個室だな。キスくらいは、あるかもしれないな。ホスト男に、事前にスマホの動画を回してセッティングしておくように伝えるんだ。最近はゴタゴタ続きで由梨と義理セックスもしてないから、日照り続きでキス以上もあるかもしれない。千載一遇の大スクープを逃さないように言っておけよ」

森田は一方的に言うと、興味を失ったように日村にたいして右手で払う仕草をした。

「あ、ひまりと産婦人科に行ったんだが……」

ドアに向かう日村が、足を止めて振り返った。

「もし妊娠していたら、お前が中絶費用払えよ」

「な、なんで僕が……」

「俺は、別にいいんだよ。お前が生まれてくる子供の父親になる覚悟があるなら。どうする？チンパンパパ～！」

森田は日村を遮り、胸の前で手を叩きながら笑った。

日村の顔が強張った。

「チンパンパパ～、バブ～、チンパンパパ～、バブ～」

森田はソファから立ち上がり四つん這いになると、赤子の真似をしながら日村に向かって這い這いした。

20

「僕さ、『明京大学』の医学部を目指そうと思うんだ」

森田家のリビングルーム――佑真がシャインマスカットを口に放り込みながら弾む声で言った。

「ほう、佑真は医師になるのか？」

森田は微笑み、ルビー色に満たされたワイングラスを傾けた。

「うん。精神科医を目指しているんだ。父さんみたいな尊敬される人になりたいから、悩んだり傷ついたりしている人たちを救う仕事をしたくてさ」

佑真が言葉通り、尊敬の眼差《まなざ》しで森田をみつめた。

「あー、お兄ちゃんっ、ずるい！　私が精神科医を目指そうと思ったのに！」

森田の隣に座っていたひまりが、頬を膨らませ佑真を睨みつけた。

「ひまりも目指せばいいじゃないか？」

佑真が言った。

「お兄ちゃんの後じゃ意味がないの！　だったら私は教師を目指すわ。パパみたいな青少年に携わる仕事をしたいの！」

ひまりは言うと、森田の腕に両腕を絡めてきた。

「こらこら、ちっちゃな子供じゃないんだぞ？」

森田は言いながら、ひまりの頭を撫でた。

「お前たちの気持ちは嬉しいけれど、パパとは関係のないそれぞれの道を選びなさい。お前たちの人生なんだからね」

森田は優しい瞳で佑真とひまりをみつめ、ワインを喉に流し込んだ。

いつもより、ワインが美味しく感じられた。

それは六十万円のロマネ・コンティを飲んでいるからではない。

子供たちの尊敬と信頼を完全に取り戻すことができたのが、ワインの味を格別にしている理由だった。

三ヵ月前に森田のシナリオで日村にレイプされてからのひまりは、以前の素直な娘に戻った。

金に染めていた髪は黒に戻し、乱暴な言葉遣いもしなくなった。

ひまりは恐怖の中で、森田は不倫淫行などしていないと信じ込まされた。

佑真は雇った半グレに半殺しの目に遭わせ、ひまりはレイプ……すべて森田のシナリオ通りに運び、元の親子関係を取り戻した。

「母さん、今日も遅いね」

佑真がスマートフォンの時計を見ながら言った。

「最近、どうしたんだろう……」

ひまりが顔を曇らせた。

「母さんにも、ママ友とのつき合いがあるんだから」

森田は鷹揚に笑いながら言った。

「それにしても、もう九時だよ？　もしかして、浮気とかじゃないよね？」

「馬鹿なことを言うんじゃない」

由梨の不貞を疑う佑真を、森田は叱った。

「母さんにかぎって、そんなことあるわけないだろう？」

森田は、妻を微塵も疑わない一途な夫を演じた。

「でも、最近のママは変だよ。メイクも派手になって、ミニスカートとか穿くようになったし……」

ひまりが、疑心の表情で言った。

「母さんだってお前と同じ女子なんだから、オシャレしてもいいだろう？　とにかく、母さんがほかの男の人とどうのこうのなんて、絶対にありえないから。そんなふうに考えたら、母さんがかわいそうだろう？」

森田は言葉とは裏腹に、心でほくそ笑んでいた。

今夜のワインが格別に美味しいのは、子供たちの尊敬と信頼を取り戻した以外にもう一つ理由があった。

——ヒロキから連絡が入りました。昨日、昼間、恵比寿《えびす》のラブホテルに入って肉体関係を結んだそうです。

日村から、由梨が六本木でホストをやっているヒロキと一線を超えたという連絡が入ったのは一ヵ月前だった。

由梨の通うフランス語カルチャースクールに、ヒロキを潜入させてからおよそ二ヵ月で、ついに二人は男女の関係になった。

——そうか！　で、動画は撮ったんだろうな!?

——はい。盗撮に成功したそうです。

——よくやったぞ、日村！

——あの……もう、ヒロキの任務は終わりでいいですよね？

——馬鹿野郎！　一回だけだと裁判になったときに、魔が差したとか強引に迫られたとか、言い逃れするかもしれないだろうが!?　最低、あと二回はヒロキのちんぽを咥え込ませなきゃな。

――もう、勘弁してください。動画もあるわけだし、二人が合意の上なのはわかりますよ。

――騎乗位は？

――え？

――由梨は騎乗位をしたのかと訊いてるんだ。

――あ、正常位だけです。

――なにをやってるんだ！　正常位だけだと受け身に見えてしまうだろう!?　あいつはもともと騎乗位が好きで、S字グラインドや杭《くい》打《う》ちファックまでする女だ。由梨がヒロキの上で腰を振りまくってる映像を撮れれば、言い逃れができなくなる。いいか!?　次は必ず騎乗位に導くようにヒロキに言っておけ！


それからカラオケや食事デートは重ねるものの、由梨とヒロキが二度目のベッドインをすることはなかった。が、昨日、日村から朗報が入った。

――ヒロキから明日、ホテルに行くという報告が入りました。


日村からその報告を聞いたとき、森田は拳を何度も振り上げた。

いま、まさに由梨はヒロキの上で腰を振りまくっているに違いない。

「さあ、もうすぐ母さんが帰ってくる頃だから、お風呂を溜めといてあげよう」

森田は腕時計に視線を落としながら、ソファから立ち上がった。

もうそろそろ、電話がかかってくる頃だ。

「父さんは本当に優しいね」

「パパは人が好過ぎるわ」

佑真とひまりが、森田を愛情の籠った瞳でみつめた。

「父さんは、母さんを愛してるだけだよ」

森田は仏様のように柔和に眼を細めた。

舌が腐りそうだった——吐き気がした。

森田が仕組んだこととはいえ、一回り以上も若い男の肉体に溺れる淫乱年増女など願い下げだ。

森田のスマートフォンが震えた。

ショータイムの始まりだ。

「もしもし？」

『約束通り電話しました』

日村の不機嫌そうな声が受話口から流れてきた。

「え？　なんですって!?」

森田が大声を上げると、佑真とひまりの視線が集まった。

『今夜ヒロキから動画を受け取ったら、ご自宅のメイルボックスに入れておきます。予定通りなら、一時間以内には届けられると思います』

「妻がホストふうの男と!?　そんなはずはありません！」

『騎乗位も指示してありますから、大丈夫だと思います。ホテルに入るところの写真をいま送ります。あとは、動画が確認できて問題なければ二度と僕に連絡しないでください』

一方的に言い残し、日村が電話を切った。

「妻がその男とラブホテルに入る写真ですって!?」

森田は素頓狂な声を上げた——一人芝居を続けた。

「そんなこと、信用できるわけありません！　妻はそんな女性じゃありません！」

佑真とひまりの食い入るような視線を感じながら、森田は声を震わせ迫真の演技を続けた。

「え、写真を？　あ、はい……確認してみます……」

森田は強張った表情で電話を切ると、唇を嚙みしめ、呆然とスマートフォンをみつめた。

「父さん……母さんがホストとラブホテルってどういうこと!?」

「パパ！　ママは浮気してるの!?」

佑真とひまりが、矢継ぎ早に森田に訊ねてきた。

「え？　あ、ああ……なにかの間違いだよ。父さんが出演しているレギュラー番組のプロデューサーさんからの電話だったんだけど、人違いだろう。去年、二度くらい三人で食事をしただけだから、母さんの顔もはっきり覚えてないだろうし。なにより、母さんがホストと浮気するわけないさ」

森田は強張った笑みを浮かべてみせた。

本当は、大笑いしたかった。

絶妙のタイミングでラインの通知音が鳴った。

佑真とひまりが立ち上がり、森田のそばにきてスマートフォンを覗き込んできた。

送信者が日村だとバレないように、名前を別人に変えていた。

「なんだ、そんなに心配しなくても母さんが浮気なんて……」

森田は言いながら、ＬＩＮＥを開き絶句した。

ディスプレイには、ラブホテルの前で、由梨と派手なスーツを着た男……ヒロキが体を密着させてみつめ合っている画像が表示されていた。

由梨の顔は、はっきりと映っていた。

「これ、母さんだよね……」

佑真が震える声で言った。

「なによ、これ……」

ひまりの声も震えていた。

二人とも赤く潤む眼で、由梨とヒロキの画像を食い入るようにみつめていた。

「これは……きっと合成だよ」

森田は上ずる声で言った。

もちろん演技だ。

「父さん……これは合成じゃないよ」

相変わらず、佑真の声は震えていた。

「信じられない……不潔よ……」

相変わらず、ひまりの声も震えていた。

「二人とも、落ち着くんだ。まだ、母さんが浮気したと決まったわけじゃない」

森田は動揺を隠しているような演技をしてみせた。

「どこが⁉ ホストとホテルに入ろうとしているじゃないか！」

佑真がさっきまでと違い、強い口調で怒りを露わにした。

「そうよ！ 最近遅かったのは、浮気してたからよ！」

ひまりが画像の由梨を指差し、涙声で叫んだ。

「頭ごなしに母さんを疑ったら、かわいそうだろう」

森田は綻びそうになる口元を引き締め、二人を窘めた。

「ホストとラブホテルに入ってるのに、ちっともかわいそうじゃないよ！ かわいそうなのは、父さんのほうだ！」

「ママはパパを裏切ってるのよ！ パパがかわいそう……」

佑真とひまりが涙ながらに由梨を非難し、森田を憐《あわ》れんだ。

「とにかく、部屋に戻ってなさい。母さんが帰ってきたら、父さんが話を聞いてみるから。まずは、母さんの口から答えを聞いてからだ。話が終わったら、お前たちを交えてきちんと話すから。父さんを信じて、言うことを聞いてくれないか？」

森田は、交互に佑真とひまりの顔をみつめた。

「わかったよ。父さんに任せる」

「私も。話が終わったら呼んでね」

渋々ながらも、二人は森田に従い二階に向かった。

佑真とひまりの姿が見えなくなると、森田は決勝ゴールを決めたサッカー選手のパフォーマンスさながらに勢いよく跪《ひざまず》き、胸元で十字を切りながら天を仰いだ。

「おお、神よ！」

森田は芝居がかった口調で言いながら、天に向かって投げキスをした。

☆

森田が由梨の帰りを待つために外に出てから二十分ほどして、タクシーが停車した。

予想に反してタクシーから降りてきたのは日村だった。

「待ってたんですか？」

迷惑そうな顔で、日村が歩み寄ってきた。

「俺は由梨を待ってたんだ。どうして、お前のほうが早いんだ？」

日村はセックスが終わり由梨と別れたヒロキからUSBメモリーを受け取るので、由梨の帰宅のほうが早いはずだった。

「すぐに帰ると匂《にお》いとか雰囲気とかでバレてしまいそうだから、飲みにつき合ってくれと頼まれたそうです。奥さんがシャワーを浴びてる間に、ヒロキがUSBメモリーを持ってきてくれました」

「酒の匂いで精子臭を消すつもりか？」

森田は鼻で笑った。

「どうぞ。たしかに渡しましたよ。もう、連絡は……」

「ここまできたんだ。確認をつき合え。万が一、動画に不具合があったら、あとから面倒だろ？」

森田は駐車場のヴェルファイアを指差した。

「僕が確認しましたから、不具合はありません。騎乗位もちゃんと映ってますし」

「お前は信用できない奴だからな。いいからつき合え。問題なかったら、二度と会うこともないんだから」

森田は一方的に言うと、駐車場に向かった。

ため息を吐《つ》き、日村があとに続いた。

☆

『ああっ……ヒロキ……ヒロキ……いい……ああん！』

ヴェルファイアの車内に、由梨の喘ぎ声が響き渡った。

スマートフォンのディスプレイ——五分ほど正常位が続いたあと、ヒロキと体勢を入れ替えた由梨が騎乗位で腰を振り始めた。

「おーおーおー、飢えた雌犬が腰を振りまくってるじゃねえか！　フォー！」

森田は毒づきながら、歓喜の奇声を上げた。

「奥さんがほかの男とセックスしてる動画を見て、よくそんなに喜べますね」

パッセンジャーシートに座る日村が、ドライバーズシートではしゃぐ森田に冷え冷えとした眼を向けた。

「この動画で、由梨に慰謝料を一円も払わずに森田家から叩き出せるんだ。喜ぶに決まってるだろ？　それとも、こんなふうに哀しんでほしいか？　ウエ〜ン！　ウエ〜ン！　ウエ〜ン！」

森田は頬に両手の甲を当て、日村に嘘泣きをして見せた。

日村が眉を顰《ひそ》め、横を向いた。

『あぁっ……いい！　硬い……おちんちん……カチカチ！』

淫猥な言葉を発しながら、由梨がヒロキの上で腰をグラインドさせた。

「はい！　おちんちんカチカチ頂きましたー！」

森田は大笑いしながら、胸の前で手を叩いた。

騎乗位に淫語を連発――勝負ありだ。

この動画を見たら由梨は、強引に、とか、酔い潰れている隙に、とかの言い訳ができなくなる。

『ヒロキのカチカチ……奥に当たる……あふぅん……』

由梨はヒロキの上に和式トイレで排泄《はいせつ》するときのように跨《また》がり、激しく尻を上下させながら小鼻を広げ快楽を貪っていた。

「はい！　杭打ちファック頂きましたー！」

ふたたび森田は大笑いしながら手を叩いた。

「俺もお前の枯れ始めた体じゃなくて十代のフレッシュな体なら、こいつに負けないくらいカッチンカッチンになるけどな」

森田の笑い声のボリュームが上がった。

「じゃあ、僕は帰ります」

「待て」

パッセンジャーシートのドアレバーに手をかけた日村を、森田は引き止めた。

「なんですか？　動画に問題はありませんよね？」

日村が迷惑そうな顔で言った。

「念のために、お前に改めて忠告しておく。お前がもし翔と別れて、俺の不利益になるようなスキャンダルをマスコミやSNSに流したら、速攻でひまりをレイプした動画を警察に持ち込む。お前は俺に示唆されたと言うだろうが、未成年をレイプしたお前の罪のほうが圧倒的に重い。俺の数倍の年月の実刑を食らいたいなら話は別だがな」

森田は日村を恫喝した。

「僕も改めて言わせてもらいます。自分の目的のためなら家族を道具にするなんて、最低な人です。心配しないでも、もう一秒たりともあなたとは関わりたくないので、その心配はありませんよ。僕は、あなたへの復讐より翔との平穏な生活を選びます。では、これで」

日村は言うと、ドアを開けた。

「チンパンパパぁ〜、翔たんのアナルに先っぽ入れた瞬間に射精しちゃだめでしゅよ〜」

森田は親指をおしゃぶりのようにくわえながら、日村の背中に挑発的な言葉を浴びせた。

日村が振り返り、中指を突き立て勢いよくドアを閉めた。

森田はすかさずドアを開けた。

「チンパンパパぁ〜、翔たんは今頃若いイケメンのギンギンチンポを突っ込まれて喘いでましゅよ〜！」

森田は口もとに両手でメガホンを作り、大声で挑発を続けた。

☆

日村が車を降りて二十分ほど経った頃に、ヘッドライトが近づいてきた。

ヘッドライトはタクシーのものだった。

森田邸の前で、タクシーは停車した。

由梨か？

後部座席から降りてきたのは、予想通り由梨だった。

森田がクラクションを鳴らすと、由梨が怪訝な顔でヴェルファイアに歩み寄ってきた。

「乗りなさい」

森田は、ドアを開けながら言った。

「こんなところで、なにしてるの？」

由梨が訝しげに訊ねてきた。

「いいから、乗って」

森田が促すと、不安げな顔で由梨がパッセンジャーシートに座った。

ヒロキの肉体を貪ってきたばかりだから、不安になるのも無理はない。

彼女の脳内には、遅くなった言い訳が目まぐるしく飛び交っていることだろう。

「ママ友とご飯してたら、お酒を飲みに行こうってなっちゃって。遅くなってごめんなさい。申し訳ないから、今日はあなたにもご飯を用意したから」

由梨は恩着せがましく言いながら、とんかつ専門店の紙袋を掲げた。

「私も子供たちも夕食は済ませたから、君が食べればいいよ。多くのカロリーを消費しただろうからね」

森田は意味深に言った。

「なんで私がカロリーを消費してるのよ？　わけがわからないわ」

由梨は必死に平静を装っていた。

森田は無言で、スマートフォンの動画アプリの再生アイコンをタップした。

『ああっ……ヒロキ……ヒロキ……いい……ああん！』

『ああっ……いい！　硬い……おちんちん……カチカチ！』

『ヒロキのカチカチ……奥に当たる……あふぅん……』

「えっ……」

ヒロキの上で腰を振る自分の動画を見て、由梨が絶句した。

「どうして？　って思ってるよな？　ヒロキってホストがこの動画を森田事務所のホームページに送ってきて、いくらで買い取ってもらえますか？　と脅してきたんだよ」

森田はシナリオ通りの言葉を口にした。

「ヒロキが……」

ふたたび由梨が絶句した。

ヒロキが金目当てで計画的に近づいてきたと聞かされ、ショックを受けているのだろう。

ヒロキが森田を脅してきたというのは嘘だが、金で雇われ由梨を口説いたことは事実だ。

若くて綺麗な女には困らないホストが、プライベートで四十路女をわざわざ抱くわけないだろう。

森田は心で由梨を嘲笑った。

「俺のことをずいぶん責めていたが、お前はなにをやっているんだ？」

森田は静かな口調で切り出した。

「違うの……これには理由が……」

「聞かせてくれよ。若いホストの上で腰を振りながら卑猥な言葉を連発しなければならない理由ってなんだ？　カチカチとか硬いとか、喘ぎながら叫ばなければならない理由ってなんだ？　なあ、教えてくれよ」

森田は嗜虐的にネチネチと由梨を問い詰めた。

「なによっ、私を責められる立場なわけ!?　あなた、自分が未成年の女の子となにをやったか忘れたの!?」

窮鼠猫を噛む――由梨が逆ギレしてきた。

「あれはフェイクだったと、日村が謝罪しただろう？　いまだに騒いでいるのはお前だけだ。佑真もひまりも信じてくれたよ。あ、お前がホストの上で腰を振りまくっているのもフェイクかもしれないから、子供たちに見せて判断してもらおうか？」

森田はサディスティックに由梨をいたぶった。

「ちょ……ちょっと待って！　だめよっ！　絶対にだめ！」

由梨が狼狽《ろうばい》して叫んだ。

「なんで？　俺の場合と同じで、これはヒロキってホストが作ったフェイク動画かもしれないだろ？　誤解なら、早めに解いておいたほうがいいぞ。さ、君の帰りを待ってるから、いまから見てもらおう」

「待って！」

ドアを開けた森田の腕を、由梨が摑んだ。

「痛たたたた！　爪《つめ》を立てるのは、ホストの背中だけにしてくれよ」

森田は大袈裟に痛がりながら、毒のある皮肉を口にした。

「なにが目的なの!?　これは、私への復讐のつもり!?」

由梨が髪の毛を振り乱し、森田に詰め寄った。

「君こそ、俺にたいして復讐でホストと浮気したのか？　だとしたら、見当違いもいいところだ。俺は日村に嵌められた被害者だが、君は違う。ヒロキの罠に嵌められたんじゃなくて、ヒロキのペニスを嵌められたんだ。さ、こんなところで話していないで、子供たちのところに……」

「なにが目的か言って！」

由梨が涙声で森田を遮った。

「まずは、詫びてもらおうか。無実の俺を信じずに、罵詈雑言を浴びせてきたことを。謝りたくなければ、別に構わないがな」

森田は抑揚のない口調で言った。

「わかったわ。謝れば、動画を子供たちに見せたりしないわよね？」

由梨が不安そうな顔で訊ねてきた。

「謝罪を取引の道具に使わないでくれ。動画を見せるか見せないかは、君の謝罪が胸に響くかどうかで決める」

森田は腕を組み、由梨を見据えた。

「……あなたを疑って、悪かったわ。ごめんなさい」

不満そうに由梨が謝罪の言葉を口にした。

「ん〜、響かないな〜」

森田は下唇を突き出し、渋面《じゅうめん》を横に振った。

「なにが響かなかったの？」

相変わらず、由梨の顔は不満げだった。

「言わされてる感がありありで、心から詫びているとは思えない。顔も不満そうだしな。自分の言葉で具体的な理由を述べて、気持ちを込めて詫びてくれないか？」

森田が言うと、由梨が眼を閉じ深呼吸した。

「あなたが未成年の女の子と浮気した動画を見て、日村さんが自分の作ったフェイク動画だと謝罪してきたのに、私は信じなくてあなたを責め続けてきたことを申し訳ないと思ってるわ。本当に、ごめんなさい」

眼を開けた由梨が、さっきよりも気持ちを込めたふうな言葉を並べた。

「ん〜、響かないな〜」

森田はリプレイ映像のように、下唇を突き出した渋面を横に振った。

「今度は……なにが響かなかったの？」

由梨が怒りを押し殺した声で訊ねてきた。

「言葉も具体的になったたし心が籠っていたっぽく聞こえたけど、目線が同じ状態で謝られても……って感じかな」

森田は婉曲《えんきょく》に言いながら、パッセンジャーシートの足元に視線を落とした。

「まさか……土下座をしろってこと？」

由梨が強張った顔を森田に向けた。

「人聞きの悪いことを言わないでくれ。そんなこと、まったく考えてなかったよ。けど、言われてみれば、それも悪くないかも。土下座までされたら、俺も鬼じゃないから許せるかもしれないな。あ、別に無理強いしてないからさ」

森田は、パッセンジャーシートの足元に視線を落としながら言った。

由梨が屈辱に歪んだ顔でシートから腰を上げ、土下座した。

「あなたが未成年の女の子と浮気した動画を見て、日村さんがあれは自分の作ったフェイク動画だと謝罪してきたのに、私は信じなかった。そして、あなたにひどい言葉を浴びせて責め続けてきたことを、申し訳ないと思ってるわ。本当に、ごめんなさい」

土下座した由梨が森田を見上げながら、謝罪の言葉を口にした。

「ま、いいだろう。子供たちに動画を見せることはしないでやってもいいが、条件がある」

森田は本題を切り出した。

「条件ってなに？」

跪《ひざまず》いたまま、由梨が怖々と訊ねてきた。

「離婚が条件だ」

「離婚……」

由梨が息を呑んだ。

「ああ、離婚だ。もちろん、お前の不貞が原因だから慰謝料は一円も払わない」

森田は一番重要なワードを告げた。

「そんな……私は子供たちを抱えてどうやって生活してゆけば……」

「勘違いするな。子供たちは私が引き取る」

森田は由梨を遮りきっぱりと言った。

「ふざけないで！　勝手に決めないでよ！」

由梨が殊勝な仮面を脱ぎ捨て、険しい表情で叫んだ。

「お前こそふざけるな！　佑真が半グレに半殺しにされ、ひまりが日村にレイプされたっていうのに、ホストとの肉欲に溺れる女に子供たちを預けられるわけないだろう！　ひまりを汚した鬼畜の日村も佑真を半殺しにした半グレも逃亡中で、警察に捕まっていないっ。二人の心が深く傷ついているときに……お前はっ、なにをやってるんだ！」

森田に怒声を浴びせられた由梨の顔が、みるみる血の気を失った。

「いいか!?　慰謝料なしの親権放棄で家から出ていくのなら、この動画を子供たちに見せることはしないと約束しよう。お前と離婚すれば、ヒロキってホストに脅されることもないしな。揉めて動画を子供に見られるか、静かに去るか……決めるのはお前だ」

本当は子供など引き取らずに、一人で自由気ままに暮らしたかった――欲望の赴くまま、入れ代わり立ち代わり十代のギャルを家に連れ込みたかった。

青少年教育コンサルタントとしての知名度がなければ、親権など由梨にくれてやった。

面倒でも子供を手元に置いておく理由は二つ――森田にたいしての尊敬が戻り素直になったことと、世間にたいしての好感度のためだ。

「わかったわ……慰謝料なしで親権放棄するなら、子供たちにこの動画のことは黙っててくれるのね？」

由梨が暗く沈んだ声で訊ねてきた。

「動画は見せないが、浮気を隠すのは無理だ」

森田は言いながら、ラブホテルに入る由梨とヒロキの画像を表示したディスプレイを掲げた。

「これは……」

由梨の顔が氷結した。

「ヒロキが動画の前に送りつけてきた画像だが、開けたときに子供たちも見てしまったんだ」

森田は唇を嚙んでみせた。

悲痛な表情のふりをして、笑いを嚙み殺しているのだった。

「どうして子供たちの前で画像を開くのよ！」

由梨が金切り声で森田を非難してきた。

「俺のＬＩＮＥに、お前の浮気相手の男からラブホに入る写真が送られてきたことを予期しろってか!? 旦那と子供を裏切って浮気してたことは棚に上げ、盗人猛々しいとはお前のことだ！ もういい！ いまから子供たちに動画を……」

「わかった！ 私が悪かったから、それだけはやめて！」

ドライバーズシートを降りようとする森田の足に、由梨がしがみついてきた。

「浮気したことだけは言い逃れできないから、素直に謝れ。動画を見られたら一生軽蔑されるだろうが、画像だけなら時が解決してくれていつかは会えるようになるさ」

森田は諭すように言った。

由梨が頬を涙で濡らしながら頷いた。

「まず俺が一人で子供たちに説明するから。俺が連絡したら、入ってきてくれ。じゃあ、頼んだぞ」

森田は由梨に言い残しヴェルファイアを降りると、玄関に入った。

すべてが、思い通りに運んだ——完全勝利だ。

☆

二階の自室から下りてきた佑真とひまりがリビングルームのソファに座り、硬い表情で森田の言葉を待っていた。

「母さんと、話をしてきた。いま、車で待たせているよ」

森田は、深刻な表情で切り出した。

「ママは、なんて言ってたの⁉」

「母さんは、やっぱり浮気をしてた⁉」

ひまりと佑真が、競うように訊ねてきた。

「その前に、トイレに行ってくるから待っててくれ」

森田は、スマートフォンの動画アプリの再生アイコンをタップし、財布とともにテーブルに置くとリビングルームを出た。

トイレに行く振りをして、足音を立てた。

森田はドアの陰から、ワクワクしながら二人の様子を覗いた。
五、四、三、二……。
動画の開始を心でカウントした。

『ああっ……ヒロキ……ヒロキ……いい……ああん！』

きたーっ！

森田は右の拳を握り締めた。

「なにこれ……」

佑真が絶句し、ひまりが表情を失った。

二人の瞳には、ヒロキに正常位でガンガン突きまくられて喘いでいる、由梨の淫らな姿が映っているに違いない。

『ああっ……いい！　硬い……おちんちん……カチカチ！』

由梨の淫らなよがり声が、廊下にまで響き渡った。

今度は騎乗位グラインドだ！

森田は心で歓喜の声を上げた。

「嘘だろ……」

「不潔……」

ディスプレイを覗き込む二人の顔は、路上に撒き散らされた吐瀉物を見ているように嫌悪に歪んでいた。

いや、思春期の息子と娘にとって、二十歳そこそこの男の上で腰を振り卑猥な言葉を連発する母の姿は、酔客の吐いた吐瀉物より遥かに汚らわしく感じるに違いない。

『ヒロキのカチカチ……奥に当たる……あふぅん……』

出た！　和式便所スタイル杭打ちファック！

森田は、今度は左の拳を握り締めた。

二十も下の男の硬いペニスに狂喜乱舞し、欲望を貪る母の姿を眼にした佑真とひまりのショックと怒りは計り知れない。

今後、二人が母親を許すことは永遠にないだろう。

ざまあみろ！　俺に楯突いた天罰だ！

込み上げる笑い――森田は、噴き出さないように慌てて両手で口を塞いだ。

フグのように膨らむ頬――大笑いを我慢した。

そろそろ出番……ショータイムの時間だ。

森田は掌で頬を叩き気合を入れると、リビングルームに飛び込んだ。

「あ！　おいっ、そんなもの見ちゃだめだ！」

森田は、忘れ物を慌てて取りにきたふうを装いスマートフォンを取り上げた。

「父さん……どうするつもり!?　僕は、母さんを許さない！」

「パパ！　いますぐママと離婚して！」

佑真とひまりが血相を変えて立ち上がり、森田に訴えてきた。

「とりあえず座って、父さんの話を聞いてくれ」

弛緩しそうになる頬の筋肉を引き締め、森田は二人を諭した。

二人は、渋々とソファに腰を戻した。

「この動画は、ヒロキという浮気相手が金目当てに父さんに送りつけてきたものだ。たしかに、浮気した母さんが悪い。だが、二人も知っている通り、父さんの動画の件で母さんは精神的にかなり追い込まれていた。誘惑されて、魔が差したんだと思う。だから、母さんの気持ちも……」

「父さんの動画はフェイクだったじゃないか！　でも、母さんは本当に浮気してるだろ！」

佑真が涙声で叫んだ。

「パパはお人好し過ぎるわ！　精神的に追い込まれたからって、パパや子供がいるのに、ほかの男の人とこんなことしてもいいの!?」

ひまりも、涙声で叫んだ。

「わかった……わかったから、落ち着いてくれ。たしかに、パパはお人好しかもしれない。本当は、父さんだってショックだ。父さんは、母さん一筋で生きてきたからね。だから、この動画を見たときは……」

森田は声を詰まらせ、掌で両目を押さえ肩を震わせた。

「父さん、泣かないで……」

「パパがかわいそう！」

森田は、空いている左手をそっとポケットに忍ばせた。

用意していたわさびを握り締めた——ポケットから抜いた手を鼻に当て、顔を覆って泣いているふうを装った。

ワサビの刺激臭が鼻粘膜を刺激し、涙腺《るいせん》が熱くなった。

「ありがとう、ありがとうな……父さんは、こんなに優しい子供たちに恵まれて幸せ者だよ」

森田は、眼と鼻を押さえていた手を離した——涙に潤む瞳で、佑真とひまりをみつめて声を震わせた。

「僕たちが優しく育ったのは、父さんがたくさんの愛をくれたからだよ」

「これからは、パパから受けた愛を返していくからね！」

佑真とひまりの瞳に浮かんでいるのは、わさびの刺激臭で出たものではなく本物の涙だった。

「シングルファザーになるけれど、これからはお前たちのためだけに生きてゆくから。じゃあ、母さんを連れてくる。あまり、責めないでやってくれ」

森田は優しく言い残し、ソファから立ち上がった。

リビングルームをあとにし、玄関を出ると歓喜の感情が込み上げた。

「完全復活フォー！」

森田は往年のマイケル・ジャクソンを真似して股間を右手で摑み、爪先立《つまさき》ちで腰を前後に動かしながら奇声を上げた。

☆

リビングルームに続く廊下を歩く由梨の顔は、絞首台に向かう死刑囚のように強張っていた。

「人間、いつからでもやり直せる。明けない夜はない。いまは、自分の犯した過ちで傷つけた子供たちに、心から詫びることだけを考えなさい」

ドアの前で立ち止まると、森田は振り返りもっともらしい顔で由梨に諭し聞かせた。

由梨が蒼白な顔で頷いた。

由梨は、ヒロキとラブホテルに入ろうとしている画像を見られただけだと思っている。

子供たちが、若い男の肉体を貪り、淫語を口にしながらよがりまくる動画を見たとは知らない。

「さあ、入るぞ」

森田は言うと、リビングルームのドアを開けた。

「母さんを連れてきた」

森田はリビングルームに足を踏み入れながら、厳しい表情を向ける佑真とひまりに告げた。

俯き加減の由梨が森田のあとに続き、子供たちの前に姿を現した。

「二人とも、本当にごめんなさい……」

由梨が頭を下げ、震える声で詫びた。

声だけでなく、足も震えていた。

「とりあえず、座って」

森田は、由梨をソファに促した。

「まずは、佑真とひまり。母さんに、いまの正直な思いを伝えなさい」

森田は由梨という発情した雌犬を、怒りに燃え立つ闘犬の檻《おり》の中に放り込んだ。

さあ、卑しい雌犬に牙を突き立てズタズタに引き裂いてやるがいい！

森田は、心で二頭の闘犬をけしかけた。

「母さんは、あんな男とあんなことして最低だよ！」

口火を切ったのは佑真だった。

「若い男の人と浮気しながら、あんないやらしい言葉を口にするなんて……汚い人！」

ひまりも、強烈な口調で吐き捨てた。

「え……もしかして⁉」

弾かれたように、由梨が森田を見た。

「見せるつもりはなかったが、トイレに行くときにスマホをテーブルに置き忘れてしまったんだよ。なにかの拍子で動画が再生されて、子供たちが偶然に見てしまったというわけだ」

森田は用意していたでたらめを、バツが悪そうに口にした。

「そんな……この子たちには、動画を見せないって約束したじゃない！」

取り乱した由梨が、森田を強い口調で責めた。

はい！　逆ギレいただきました～！

森田は、心でほくそ笑んだ。

「悪かった。わざとじゃないんだ。ついうっかりして……」

非があっても認めない主義の森田だが、今回は素直に非を認めた。

森田が詫びることで、由梨の立場はさらに悪くなるからだ。

「父さんが謝る必要ないよ！　悪いのは母さんだろ！　自分が浮気しておいて、なに開き直ってるんだよ！」

佑真が、由梨に食ってかかった。

その調子だ！　だが、まだ弱い！　もっと厳しく責め立てろ！　由梨が立ち直れなくなるくらいの、強烈な罵詈雑言を浴びせてみろ！

「佑真、気持ちはわかるが、母さんをそう責めないでやってくれ」

森田は、心とは裏腹に由梨を庇ってみせた。

「自分の浮気をパパに頼んで隠そうとしたわけ!?　最低！　最悪！　こんな不潔で嘘吐きの血が流れてるなんて……もう、体中の血を抜きたいわ！」

ひまりが、由梨を激しい口調で罵倒した。

おおお！　不潔で嘘吐きの血を抜きたい！　厳しぃ～！　最高！

森田は心で歓喜の声を上げた。

「ひまり、いくらなんでも、いまの言葉はひどくないか？　仮にも、お前を産んでくれた母さんなんだぞ？」

森田は、心とは裏腹にひまりを窘めた。

本当は、ひまりの罵倒に花丸を十個くらいあげたいくらいだ。

「だから、腹が立つのよ！　自分の母親が、パパや私たちを裏切ってホストと浮気してたのよ！　変な声出して名前なんか呼んじゃって……ああ、キモいキモいキモいキモいキモい！　パパ、早く離婚して！　こんな人の顔、二度と見たくないわ！」

ひまりが鬼の形相で由梨を睨みつけ、森田に訴えてきた。

由梨が、皺で罅割れたファンデーションを塗りたくった顔をショックに歪ませた。

さすがは我が娘！

ビューティフォー！　ワンダフォー！　エクセレーント！　ブラーボー！

森田は、心で賛辞の言葉を連発した。

「母さんは父さんが人生で一番愛した女性だ。できることなら、離婚は避けたいと思っている」

森田は子供たちからとどめの言葉を引き出すために、一ミクロンも思っていないことを口にした。

「浮気女に、父さんに愛される価値なんてないよ！　僕もひまりに賛成だ！　父さん、この浮気女を家から追い出して！」

佑真が過激な言葉で由梨に三行半《みくだりはん》を突きつけた。

由梨の顔がさらに歪んだ。

元モデルの美貌の面影もなく、干ばつ地帯の大地のように罅割れた顔をしていた。

さすが我が息子！　やればできるじゃないか！　溺愛する息子の一言に、由梨はさぞかしショックを受けたことだろう。

「頭を冷やして、考えを整理してくる。少し、待っててくれ」

森田は佑真とひまりに言い残し、リビングルームを出た。

小走りで書斎に入った森田は、スタンドミラーの前に立った。

悪い顔を作り、上半身を上下に揺らしヒップホップダンスのリズムを取った。

「佑真とひまり、二人の子供に罵られ、四十路女の心ブロークン、被害者夫の心ハッピー、慰謝料払わず離婚ハッピー、独身貴族若い女食い放題俺エクスタシー、不倫じゃないからやり放題、毎日違う女抱き放題、俺の人生バラ色なにか文句あるかファッキューチキン野郎、悔しかったら森田誠になってみろ、オ〜イエア〜」

森田はラップの韻を刻み、最後に体を斜に構えて腕組みをすると舌を出した。

「もう、そろそろいい頃だろう」

森田はデスクの引き出しからわさびのチューブを取り出し、スタンドミラーの前に戻った。

目薬のほうが簡単だが、瞳が濡れるだけでリアリティに欠ける。

その点わさびは涙が出るだけでなく、刺激によって鼻が赤くなり白目が充血するので、本当に泣いているように見えるのだ。

森田は鏡を見ながら鼻孔を広げ、チューブの先を突っ込みわさびを流入した。

いい感じで涙が出たので、急ぎ足でリビングルームに戻った。

森田はうなだれ、佑真、ひまり、由梨の前に立った。

「残念だけど……由梨、離婚しよう」

森田は震える声で言いながら、涙に濡れた顔を上げて由梨をみつめた。

21

由梨との離婚が成立して三ヵ月が経った。

日曜日の午前十一時。森田はリビングルームのソファで、朝からシャンパンを飲みながら、自身が新たにレギュラーコメンテーターを務めることになった情報番組の録画を観ていた。

『最近の子供は、私たちの子供時代は……昭和世代の大人たちは口癖のように言いますが、果たしてそうでしょうか？　昭和世代の子供は、カエルを爆竹で爆殺させたりパチンコでスズメを撃ち落としたり、カブトムシに洗剤を注射して標本にしたり、それが日常的な遊びでした。小学生がライターを持ち歩き、爆竹やロケット花火に火をつけ戦争ごっこをしたり、火薬玉を地面や壁に叩きつけて爆破したり……いまの子供が住宅街でこんな遊びをしていたら、大変な問題になるはずです』

森田は、テレビの中の自分をつまみにシャンパングラスを傾けた。

我ながら、いい男だ。頭脳明晰《めいせき》で、弁が立ち、経済力があり、整った顔立ちをしている。

自分が女でも、抱かれたいと思ってしまう。

『次に、私たちの思春期時代を振り返ってみてください。親に暴言を吐いて傷つけたり、嘘を吐いて外泊したりしませんでしたか？　未成年の頃に好奇心で煙草《たばこ》を吸い、お酒を飲んだ人もいるでしょう。授業中に教科書やノートに落書きをしたり、早弁をした経験はありませんか？　またば、絶対に言えないような悪いことをした人もいるでしょう。だからと言って、そういう人たちを批判する気はありません。私も、その中の一人ですからね。若気の至り。日本には素晴らしい諺《ことわざ》があります。幼い子を持つ親御さん、難しい年頃の子を持つ親御さんにお願いしたいのは、子供さんの言動に腹が立ったり理解できなかったりしても、頭ごなしに否定したり叱ったりする前に、自分の人生を三十年から四十年巻き戻してみてください。そうしたら、叱るにしても感情ではなく心の籠った言葉になるはずですから』

森田のコメントに、弁護士やノンフィクション作家……ほかのコメンテーターが聞き入っていた。

「お前らとは、レベルが違うんだよ。ば〜か！」

森田は、テレビの中のコメンテーターたちに毒づいた。

由梨と離婚してレギュラー番組が二本増え、ＣＭのオファーがきた。

上司にしたい有名人、親にしたい有名人、夫にしたい有名人のそれぞれトップ5にランキングされた。

新刊の『子供は昔の自分』は、発売一ヵ月で三万部突破のベストセラーになった。

由梨との離婚後に、森田は記者会見を開いた。若い男に溺れて夫と子供を捨てた妻、という印象を視聴者に植えつけるために、佑真とひまりを同席させた。

——母さんがホストと浮気しても、最後まで庇い続けた深い愛情と優しさを見て、僕は迷わず父さんについて行こうと思いました。

——ママがほかの男の人と不潔なことをしている動画を見たときに、あの人の娘をやめようと決めました。パパはあの人が浮気したことを知っても、母さんを責めないでほしいなんてお人好しなことを言ってて……パパがかわいそうで……。

――ありがとう。でも、母さんばかりの責任じゃないんだ。仕事が忙しくて、父さんが母さんに寂しい思いをさせてしまった責任もある。

不貞を犯した妻を責めずに自分にも非があると庇う夫の姿に、記者たちの中には涙ぐんでいる者もいた。

疫病妻《やくびょうづま》との離婚を逆手に取り、森田の好感度と運気はさらに上昇した。

厄介払いは、由梨ばかりではない。

佑真は心理学を、ひまりはヴァイオリンを学ばせるという口実で、それぞれアメリカとオーストリアに留学させた。

由梨を慰謝料なしで叩き出し、子供たちの信頼と尊敬を取り戻し、仕事は離婚前よりも順風満帆になった。

若月ラムとの不倫淫行スキャンダルから始まった危機を森田は見事に乗り越え、いまや恐れるものはなにもない無双状態だ。

これからは、ギャルを抱き放題だ。

ギャル漁りをするために、子供たちを海外に追い払ったのだ。

だが、未成年はだめだ。

本当は十代のギャルが大好物だったが、スキャンダルになったら今度は言い逃れできなくなる。

「とりあえずは、成人ギャルで我慢我慢」

森田はテレビを消しスマートフォンを手にすると、「ギャルッチング」のアイコンをタップした。

「ギャルッチング」は、森田がピックアップしていたギャル専用のマッチングアプリだ。

プロフィール写真は、白ギャルと黒ギャルに分かれていた。

森田は迷わず黒ギャルを選択した。

白ギャルも悪くはないが、黒ギャルの水着跡のエロさにはかなわない。

過去の経験でも、白ギャルより黒ギャルのほうがフェラも騎乗位も上手な確率が高かった。

「どれどれ〜、久々のチートデーはどのギャルにしようかな〜」

森田は顔面筋を弛緩させ、黒ギャルのプロフィール写真をチェックした。

☆名前　樹里
☆年齢　21歳
☆仕事　専門学生
☆スタイル　グラマータイプ
☆身長　160
☆B　87
☆年齢希望　50歳まで
☆コメント　援助してくれる優しい人連絡待ってまーす!

「顔はまあまあで巨乳だが、腹も尻も脂肪が付きまくりだな。デブはだめ。パス！」

☆名前　マイティ
☆年齢　23歳
☆仕事　歯科助手
☆スタイル　スリムタイプ
☆身長　１６２
☆B　78
☆年齢希望　30歳～65歳
☆コメント　私の夢を応援してくれる紳士的な人からのご連絡お待ちしてます。

「なんだこれ？　スリムっていうか、ガリガリじゃないか！　まな板おっぱいじゃ、ちんぽ勃《た》たないっっつ～の。パス！」

☆名前　ひめちゃん
☆年齢　28歳

「二十八!?　なにがひめちゃんだ！　ババギャルはパス！」

森田は毒づきながら、次々と登録ギャルたちのプロフィールをチェックした。

十人、二十人、三十人……メッセージを送りたくなるギャルはいなかった。

顔が合格ならスタイルがだめ、スタイルが合格なら顔がブスという、一長一短のギャルばかりだ。久々のギャルとのセックスだから、妥協はしたくなかった。

四十数人目のプロフィールで、森田の視線は止まった。

目もとは手で隠しているが、整った鼻筋、唇の輪郭がきれいなアヒル口、シャープな顎《あご》のラインから察して、眼が一重でも二重でも森田好みのルックスであることがわかる。

肌の色もこんがりとした艶《つや》のある小麦色で、白過ぎず黒過ぎずちょうどいい感じだ。

森田は、貪るようにプロフィールを読んだ。

☆名前　渚《なぎさ》
☆年齢　20歳
☆身長　164センチ
☆B　86
☆年齢希望　フィーリングが合えばいくつでも
☆会えば、気に入ってもらえる自信はあります。

どこまで加工しているのかわからないが、いままで見た中では顔も体も断トツだった。

「渚ちゃんをどう思う?」

森田は股間に問いかけた。

スウェットパンツを盛り上げる「森田」が、ゴーサインを出した。

☆

ニットキャップにサングラス、パーカーにチノパンという若作りファッションで変装した森田は、恵比寿の明治通りを早足で歩いた。

チューブトップにデニムのショートパンツ姿の渚は、森田から三メートルほど離れてついてきていた。

森田は瀟洒《しょうしゃ》な外壁のデザイナーズマンションのエントランスに入ると、オートロックを抜けてエレベーターに乗った。

五階ボタンを押した。

渚にはオートロックの暗証番号と部屋番号を教え、森田がエントランスに入ってから十分後にくるように伝えてあった。

すべては、写真週刊誌対策だった。

エレベーターを降りた森田は、五〇二号室に入った。ワンルームマンションのフローリング張りの部屋には、ベッドと小型の冷蔵庫が置いてあるだけだった。

このマンションは、二ヵ月前に、いわゆる「やり部屋」として借りたのだ。

ホテルを使うのはリスクが高いので、これも写真週刊誌対策だ。

部屋に入ると、森田は全裸になり玄関で待ち構えた。渚に森田誠だとバレないように、ニットキャップとサングラスはつけたままだ。異様な格好だとわかっていたが、正体がバレるよりましだ。

渚は、プロフィール写真のイメージを損なわないビジュアルのギャルだった。

恵比寿駅近くの銀行で待ち合わせたときに、現れた渚を見た森田は瞬時に勃起した。

インターホンが鳴った。

「開いてるよ」

ほどなくして、ドアが開き渚が現れた。

「えーっ！　なにそれ！　ウケるんだけど！」

玄関に入るなり、渚が森田を指差し大笑いした。

「なんでキャップとサングラス取らないの？　おじさん、もしかして有名人？」

渚が興味津々の表情で訊ねてきた。

「余計なことは気にしなくていい。ほら」

森田は、用意していた一万円札五枚を渚に差し出した。

「ありがと」

渚が五万円を折りたたみ、ポーチにしまった。

「シャワーは浴びなくていいから、玄関でフェラしろ」

森田は勃起したペニスを突き出しながら命じた。

「えーっ、やだ！　私、シャワー浴びてから……」

「これでいいか？」

森田は、さらに二万円を渚に差し出した。

「おじさん、お金持ちなんだね」

渚が二万円をポーチにしまうと沓脱ぎ場に跪き、森田のペニスの裏筋に舌を這わせ始めた。

ミルクティーカラーのロングヘアの小麦色の肌をした二十歳のギャルが、森田の裏筋を舐めている光景に激しく興奮した。

「こういうのはどう？」

渚が悪戯っぽく言うと、アヒル口で裏筋に吸い付きながら上下に動かすハーモニカフェラを始めた。

「うふぅふあ……そんなテク、どこで覚え……むふぉあ……」

渚の絶品のフェラテクに、森田は言葉を続けることができなかった。

「おじさん、敏感なんだ〜？　じゃあ、これは？」

渚が言いながら、森田の亀頭を含み、ねっとり吸いながら舌先で尿道口をノックした。

「あ……むぅん……君は……何十本のちんぽを、しゃぶってきたんだ……？」

喘ぎつつ、森田は訊ねた。

早くも迫りくるオルガスムスの波——久々なので、思ったよりも我慢が利きそうもなかった。

このままでは、渚の口に発射してセックスまで辿り着けなくなってしまう。

森田は渚の口からペニスを抜くと立ち上がらせ、体を回転させると背中を向けさせドアに手をつかせた。

デニムのショートパンツとパンティを一気に足首までずり下ろすと、ぷりっとした桃尻が弾んだ。

森田は屈み、弾力のある渚の尻肉に鼻と口を埋めクリトリスを舌先で突っつきながら肉襞を吸った。

渚が肉付きのいい尻をくねらせ、甘い喘ぎ声を上げた。

二十歳のギャルの尻肉の弾力も瑞々しい喘ぎ声も、四十路女の由梨の垂れた尻肉や嗄《か》れた喘ぎ声と比べものにならなかった。

森田は立ち上がり、そそり勃ったペニスを渚の愛液と唾液でぬるぬるになった陰部に突っ込んだ。

「あっ……ふぅん……」

渚が、せつなげな声を漏らした。

「な〜にが、あっ、ふぅん、だ！　この、エロギャルが！　エロギャルが！　エロギャルが！」

森田は渚のぷるぷるの尻肉をスパンキングしながら、腰を前後に動かした。

「あん……いや……」

森田はペニスを引き抜いた。

渚が振り返り、潤む瞳で森田をみつめた。

「いやだって言うから、ちんこを抜いたんだよ」

森田は嗜虐的な口調で言った。

「えー、おじさん……マジにエスなんだけど……」

「ほしいなら、渚のスケベなおまんこにおじさんのカチカチのちんこをぶち込んでください、って言えよ」

森田は片側の口角を吊り上げた。

「ヤバイ……渚、超濡れてきた」

「だったら、早く言えよ」

森田は命じた。

「渚の……スケベな……おまんこに……おじさんの……カチカチの……ちんこを……ぶち込んでください」

桃尻をくねらせつつ、渚が懇願した。

「おらーっ！」

森田はかけ声とともにペニスを渚の陰部に突っ込み、チューブトップをずり下げ美乳を揉みしだきながら高速ピストンを繰り返した。

背中のビキニの紐《ひも》の白い跡に、森田の興奮に拍車がかかった。

美ギャルの締めつける膣の感覚……蕩《とろ》けそうなペニス。

これこれこれ！

やはり、ギャル喰いはやめられない。

普段なら三十分は持つが、溜まっているいまの森田は射精してしまいそうだった。

二ラウンドやればいい。

森田は己に言い聞かせ、我慢することをやめた。

森田は腰を渚の恥骨に打ちつけた、打ちつけた、打ちつけた！

骨盤から背骨を這い上がる甘美な電流――森田の脳内に快楽物質が放出された。

「うふぅあ……むふぉあ……あああーっ……あーっ！」

「ヤバイ……ヤバイ……イクイクイクーっ！」

森田と渚の恍惚ボイスのデュエットが、室内に響き渡った。

22

一時間前まで渚とのセックスで三回も射精したというのに、森田の股間は痛いほど勃起していた。

森田は自宅に帰ってくるなり、リビングルームで両手を突き上げて大声で言った。

「あ～、気持ちよかったぜよーっ！」

立ちバック、正常位、寝バック……森田は体位を変えながら、渚を三回も抱いた。

「やっぱり、若いギャルの体はたまらんぜよ！　おっぱいの弾力もプリ尻も最高ぜよ！　ババアを叩き出して、正解だったぜよ！」

森田は、スペシャルドラマの「龍馬物語」に影響された土佐弁を使い、心のままを口にした。

誰のことも気にせずに、思ったままを口にできるというのは最高の気分だった。

由梨を叩き出し、佑真とひまりを海外留学に追いやって本当によかった。

森田はスーツを脱ぎパンツ一丁でダイニングキッチンに向かうと、ワインセラーから「リシュブール」を引き抜き、コルクオープナーとグラスを手にリビングルームに戻った。

森田はソファに座り、コルクを抜くと「リシュブール」のボトルに直接口をつけてラッパ飲みした。

五十万円のワインをパンツ一丁でラッパ飲みしても、誰にも文句は言われない。

それにしても、いい女だった。

いますぐに渚を呼び出して、四回戦に挑みたいくらいだった。

渚は二十歳だが、肌艶《はだつや》も体の張りも十代のギャルに負けていなかった。

渚を思い出したら、パンツに染みが広がった。

「先走り汁なんて、俺もまだまだ若いぜよー！」

森田はスマートフォンを取り出し、「ギャルッチング」のアプリを立ち上げた。

渚のことを考えていたら、会いたくて……いや、やりたくてたまらなくなった。

「お！　以心伝心《いしんでんしん》！」

森田は思わず叫んだ。

渚からメッセージがきていた。

森田はワインをがぶ飲みしながら、渚のアイコンをタップした。

「お前も俺のちんこがほしくなった……」

メッセージを開いた森田は、言葉の続きを失った。

眼に飛び込んできたのは、ニットキャップとサングラスをつけた森田が立ちバックでセックスしている画像、セックスが終わって二人で缶ビールを飲んでいる画像だった。

森田はメッセージに視線を移した。

おじさ〜ん。俺の彼女となにやっちゃってくれてんのぉ？　人の女とこんなことしてさ〜、どうしてくれんの？


「美人局……嵌められたか……」

森田は震える声で呟いた――スマートフォンを持つ手も震えていた。

落ち着け……落ち着くんだ。

若月ラムのときと違い、渚は二十歳だ。

それに、キャップとサングラスで顔を隠しているから、森田誠だとバレる心配もない。

正体不明の中年男が、マッチングアプリで知り合った二十歳のギャルとセックスをした。

それだけの話だ。

しかも自分は独身だから不倫でもない…………なに一つ、恐れる要素はない。

森田は己に言い聞かせた。

どこのチンピラか知らないが、アプリでは偽名を使っているし、住所もでたらめだ。

せいぜいマッチングアプリのメッセージで脅してくるくらいしか……。

次の画像を見た森田は息を呑んだ。

学生証の画像……写真は渚だった。

「どういうことだ!?　まさか……」

森田は、恐る恐る生年月日に視線をやった。

「平成二十年生まれ……っていうことは、十六歳!?」

森田の裏返った声が、リビングルームに響き渡った。

「あいつ、年を誤魔化してたのか……。だから、二十歳にしては瑞々しい肌を……いや、いまはそんなことを考えている場合じゃない。まずい……まず過ぎる。若月ラムより年下じゃないか！」

森田は頭を抱えた。

でも、大丈夫だ。顔も名前も住所も知られていない。

たとえ渚が十三歳でも、森田が罪に問われることはない。

おじさぁ～ん。俺の彼女を寝取っただけじゃなく、クスリもやらせるなんてヤバくね？

「なっ……」

森田は次の画像……缶ビールと一緒に映る小瓶のラベルを見て絶句した。

「『ラブエクスタシー』……」

森田は掠《かす》れた声で呟いた。

十六歳の少女との援交、飲酒、クスリ……完全にアウトだよね？

「ふ、ふざけんな！　俺はクスリなんてやってない！」

森田は叫んだ。

セックスだけでなく、ここまで巧妙にトラップを仕掛けてくるとは恐ろしい奴だ。

キャップとサングラスをかけたままセックスしてよかった——

マッチングアプリに登録した名前と住所を、でたらめにしていてよかった。

「残念だったな。俺を嵌めたつもりだろうが、どこの誰だかわからなきゃ……」

最後に添付されていた画像に、森田は言葉を呑み込んだ。

画像は、森田邸の外観だった。

「ど、どういうことだ……」

森田の脳みそが粟立った。


おじさんの後をつけていたの、気づかなかった？

おじさんお金持ちなんだね！

おじさ〜ん。この写真、警察に持ち込んだらヤバいよね？

とりあえず、俺と会ってくんない？

明日、朝の十時におじさんの家の近くの公園で待ってるから。バックレたり警察呼んだら、この写真、ネットに晒すから。


「ちょ……ちょっと待て！」

森田は動転し、あたかも電話を切られたときのようにメッセージの文面に向かって叫んでいた。

これは夢だ……夢に決まっている！

十六歳の少女との淫行、十六歳の少女との飲酒、十六歳の少女との薬物使用……。

薬物は使ってないと訴えたところで、未成年との淫行と飲酒は事実だから誰も信じないだろう。

これが万が一、億が一、兆が一、夢じゃなくて現実だったら、マスコミに叩かれるどころか刑務所送りになってしまう。

「じょ……冗談じゃない！」

森田はソファから立ち上がった。

「どうすればいい!?　どうすればいい!?　どうすればいい!?　どうればいい!?　どうすればいい!?　どうすればいい!?」

森田は、三十畳のリビングルームをグルグルと回った。

刑務所送りになれば、こんなふうに歩き回ることもできない。

狭い牢屋《ろうや》の中で、好きなときに風呂も入れず、テレビを観ることも音楽を聴くこともできず、もちろん、ギャルを……いや、ギャルどころか普段なら視界にも入れたくないババアすらも抱けはしない。

森田は立ち止まり、両手を重ね合わせ天を仰いだ。

「神様！　なんとかしてくれ！　助けてくれたら、俺はなんでもあんたの言う通りにする！　テレビ出演は一切やめてやってもいい！　貧乏人に金を寄付してやってもいい！　若いギャルをしばらく抱かずに、三十代以上の女で我慢してやってもいい！　だから、今回だけ助けてくれ！」

森田は天を仰ぎ、祈り続けた。

いや、いるかいないかわからない神に縋《すが》っている場合ではない。

このピンチは、自力で乗り越えるべきだ。

自力……金だ。

得体の知れない神などよりも、遥かに金のほうが頼りになる。

美人局がいくら要求してくるかわからないが、一億くらいまでなら余裕で払える。

金をくれてやるのは腹立たしい。だが、金で解決すればカリスマ青少年教育コンサルタントの名誉と地位を失うこともなく、若いギャルを抱きまくることもできるのだ。

そう、神より森田誠のほうが森田誠を救えるのだ。


わかった。とりあえず、要求額はいくらだ？


森田は渚のメッセージ欄に打ち込み、美人局に返信した。

金額を知りたいという思いもあるが、メッセージに残せば恐喝の証拠にもなる。

三十秒も経たないうちに、メッセージが返ってきた。

「卑しい豚め！　そんなに金がほしいか！」

森田は毒づきながら、メッセージに視線を落とした。


おじさぁ～ん、その手には乗らないって。

焦らなくても、明日教えてやるよ。

「くそっ、生意気な！」

森田は、スマートフォンを持つ手を振り上げた。

思い直して、振り上げた手をゆっくりと下ろした。

ここで感情的になってはならない。

いま必要なことは、平常心で美人局に会い、口止め料を一円でも安く値切って画像データを消去させることだ。

美人局がデータをコピーしている可能性は高かった。

味を占めて、二度、三度と揺すってくるだろう。

もちろん、対策は立ててあった。

もし、二度目の脅迫をしてきたら、佑真のときのように半グレを雇って半殺しの目に遭わせるつもりだった。

そのまま放置したら、逆恨みをされて警察に画像を持ち込まれる恐れがあるので、半殺しにしたあとに一度目の半額程度の金をくれてやるつもりだった。

そうすれば警察に通報したりＳＮＳに晒したりしないし、かといって恐怖に懲りて三度目の脅迫はない。

「名付けて、飴と鞭作戦だ。いいか？　てめえみたいな頭の悪いクソガキとはここが違うんだよ！　ここが！」

森田はこめかみを差しながら、スマートフォンに向かって吐き捨てた。

不幸中の幸いは、森田を嵌めた犯人の目的が金だろうことだ。

もし、日村のように恨みを晴らすことが目的ならば完全に詰んでいた。

肝を冷やしたが、美人局の件は解決したのも同然だ。

安堵《あんど》したら、性欲がぶり返してきた。

森田はソファに座りファスナーを開けると、自己主張する分身を引っ張り出した。

美人局が送りつけてきた渚とのセックス動画を再生し、鎌首《かまくび》を擡《もた》げる分身を右手で扱いた。

ディスプレイの中――立ちバックで突かれる渚の白いビキニの跡がエロティックな乳房を鷲掴みにする二時間前の森田に、森田は嫉妬した。

渚のはちきれんばかりの尻肉に腰を打ちつける二時間前の森田が、森田は羨ましかった。

タイムマシーンがあるなら、二時間前に戻り渚の肉体を貪りたかった。

渚が十六歳とわかったいま、森田の興奮はさらに増した。

惜しいことをした。

どの道強請《ゆす》られるなら、セックスのときに知っておきたかった。

十六歳と二十歳では、興奮度に雲泥の差がある。

車でたとえれば、フェラーリと国産車くらいの差だ。

日本車もいいが、フェラーリに乗ったときの刺激には敵わない。

「ドラえも〜ん、タイムマシーンを出してよ〜、僕、渚ちゃんともう一発やりたいよ〜」

森田はのび太の声真似をしながら、分身を扱く右手のピッチを上げた。

快楽に歪む渚のぽってりした半開きの唇がいやらしく、森田はオルガスムスの波に襲われた。

「うっ……な……渚っ……うむふぉあ……あぁぁー!」
勢いよく飛ぶ精子――白濁した液体が、スマートフォンを濡らした。

☆

午前十時五分。

ニットキャップ、サングラス、マスクで変装した森田は、待ち合わせの児童公園で首を巡らせた。約束の時間を五分過ぎていたが、ベンチに座る老人以外に人はいなかった。

「まさか、あのジジイが美人局なわけないしな。人を呼び出しておいて、ふざけた野郎だ」

森田はイライラついた口調で吐き捨てた。

「おじさ～ん」

背後から声がした。

森田は振り返った。黒いパーカーのフードを被った青年が、ニヤニヤして立っていた。

あどけない顔……まだ若い。恐らく十代に違いない。

しかも、韓流《ハンりゅう》アイドル張りのイケメンだ。

森田は激しい怒りに駆られた。

女子なら十代は大好物だが、男子の十代は大嫌いだ。顔がいいやつは、なおさら嫌いだ。

「お前が美人局か?」

森田は押し殺した声で訊ねた。

「つつ……なにそれ？　おじさん語は意味不明なんだけど？」

青年が森田を小馬鹿にしたように言った。

「高校生か大学生の年だろうが、美人局くらいわからないと恥ずかしいぞ。つまり、女を道具に金を脅し取る最低の輩ということだ」

森田も青年を小馬鹿にした。

「おじさん語なんて興味ないし。それより、顔隠しても意味ないよ。おじさん、テレビに出てる教育なんちゃらの森田誠って人だろ？」

青年の言葉に、森田の心臓が跳ね上がった。

「表札見てわかったよ。おじさん、テレビ出まくりで俺も名前を覚えてたから」

青年がクスクス笑いながら言った。

正体がバレている……。

落ち着け……動揺したら見透かされて足元を見られてしまう。

少しも堪《こた》えてないというふうに、青年に思わせなければならない。

「だから、どうした」

森田は言いながら、ニットキャップを脱ぎサングラスを外した。

「強がらなくていいって。正体がバレるのが怖いから、渚とのセックスのときも今日も顔を隠してたんでしょ？」

青年がおかしそうに言った。

「無駄口ばかり叩いてないで、いくらほしいか言ってみろ」

森田は本題を切り出した。

「五百万」

青年が即答した。

森田はニヤケそうになるのを堪え、渋い表情を作って見せた。

しょせんはガキだ。大人の悪人なら、このネタであれば最低でも五千万円は要求してくるだろう。

「そんな大金を払えというのか？」

森田は渋い表情のまま訊ねた。

「有名人のおじさんなら、それくらい払う価値のあるスキャンダルだろ？」

青年が鬼の首を取ったような顔で言った。

「五百万は正直きつい。有名人と言っても、自宅を現金で購入したから貯金は少ないんだ。もう少し、まけてくれないか？　三百万……いや、三百五十万なら今日の夕方にでも払える」

森田は噴き出しそうになるのを我慢して、悲痛な顔で交渉した。

百五十万円値切れば、高級デリヘルでモデル並みの女を十人は抱ける。

今日は午後一時から討論番組の収録があるので、終わってから青年に金を渡し、画像データを貰うつもりだった。

「四百万だ。それ以上はマケられない」

青年が厳しい表情で言った。

たかが四百万円……。

弛緩する頬肉……堪えた。

「仕方ない……わかった。四百万で手を打とう」

森田は屈辱に声が震えるふうを装っていたが、笑いを我慢して震えているのだった。

「おじさん、今日持ってこられるんだよな？」

「ああ。夕方五時でどうだ？」

「わかった。バックレるなよ！」

「お前のほうこそ、画像データを渡せよ。引き換えじゃなきゃ、金は渡さないからな」

森田は青年に釘を刺した。

「じゃあ、五時にここにこいよ」

青年は森田に命じ、駆け足で立ち去った。

青年の姿が見えなくなると、森田は大笑いした。

☆

「腫れ物に触るように生徒に接する教師の姿勢が、青少年の犯罪の増加に繋がっていると思います。昭和の頃のように、悪いことをしたらビンタするくらいじゃなきゃ、生徒はなにをやってもいいんだとつけ上がりエスカレートしてゆくんですよ」

日曜午後十時の討論番組「サンデー争点」の収録——ノンフィクション作家の田丸雄一が、苦々しい顔で問題提起した。

「私も同感です。ただ、体罰に関しての解釈は田丸さんと違います。もちろん、身体的な暴力はいけないことです。ただ、マスコミや世の中が体罰に関して過剰に反応し過ぎるので、叱ることまでもが言葉の暴力として問題視されるようになりました。こういう風潮が教師を雁字搦《がんじがら》めにしてしまい、正当な注意までできなくなっているというのが、いまの教育現場の現状です。これでは、教育どころか物事の善悪さえ教えることができません。いま一番大切なのは、マスコミがなんでもかんでも体罰だと騒ぎ立てないことと、言葉の暴力と叱ることをしっかり区別することです」

世田谷区区議会議員の一宮志保が、厳しい表情で持論を展開した。

田丸と一宮の対面の席に座っている森田は、心で二人を嘲笑した。

どこの世界にも、引き立て役はいるものだ。

田丸と一宮は浅い知識で体罰の定義に警鐘を鳴らしているが、彼らが声高に訴えれば訴えるほどに、森田の株が上がる展開になる。

討論の勝敗は関係ない。たとえ森田が論破されたとしても、視聴者は田丸と一宮にたいして悪印象を抱く。

なぜか?

コンプライアンスに逆らう持論を武器にするからだ。

いまの世の中で、体罰を肯定する要素が少しでも感じられる持論を口にすれば視聴者に反感を買ってしまう。

ババ抜きで言えば、二人の手にしているカードがすべてジョーカーみたいなものだ。

つまり、最初から勝敗は決まっているのだ。

いまの森田は討論番組に出なくても、十分な知名度がある。

森田が「サンデー争点」の出演オファーを受けたのは、どう転んでも好感度が上がる結果が明白に見えたからだ。

森田先生　強烈な反論お願いします！

ADがカンペを出した。

「サンデー争点」は討論番組だが進行役のMCはおらず、四人の出演者が二組に分かれて意見を戦わせるスタイルだ。

「申し訳ありませんが、お二人の意見に真っ向から反論させていただきます。まずは田丸さんの主張は論外です。そもそも、どんな理由があろうとも暴力はだめです。腫物に触るように生徒に接する教師の姿勢が青少年犯罪の増加に繋がっているとおっしゃいましたが、ビンタをして解決しますか？　恐怖でその場は従うかもしれませんが、自分のなにがいけなかったかを理解し、反省したからではありません。結果、その生徒はビンタした教師のいないところで同じような悪さを繰り返すでしょう。相手を思いやる気持ちがなければ、人の心は動きません」

森田は諭し聞かせるように言った。

もちろん建前だ。くそ生意気なガキは、痛い目に遭わせるにかぎる。

本当は美人局のガキも金を渡さずに、半グレにボコボコにさせてやりたかった。

「なら、森田さんは、生徒がなにもできない教師を舐めて挑発してきたり暴力をふるってきたりしたらどう対処するんですか⁉　挑発されながら、殴られながら生徒を思いやるつもりですか⁉　悪いことをしたら懲役刑という罰を受けるから、犯罪の抑止になっているわけですよ。もし罪を犯しても刑務所に入らなくてもいいなら、世の中は犯罪者で溢れ返りますよ！　青少年教育コンサルタントのお偉い先生が、そんな基本中の基本もわからないのですか⁉」

田丸が感情的な口調で反論してきた。

いいぞいいぞ！　頭が悪そうに見えるから、もっと嚙みついてこい！

お前が牙を剝けば剝くほど、俺の好感度が上がりまくるってものだ。

森田は心で田丸を煽った。

「わかっていないのは、田丸さんのほうですよ。生徒に体罰を与えることと刑罰を同等に語るなんてナンセンスです。生徒だって法を犯せば刑罰を受けます。でも、生意気な態度を取ってきた、逆らってきた、言うことを聞かなかったというのは、犯罪ではありません。いまみたいに感情的にならずに、理解したい、という気持ちで向き合えば拳を使わなくても言葉に耳を傾けてくれますよ」

「そんな理想論を……」

「次に一宮先生の持論ですが、一見、正論のように聞こえますが非常に危険です」

森田は反論しようとする田丸を遮り、一宮に視線を移した。

「どこが危険なのか、聞かせていただけますか？」

一宮は余裕があるように見せているが、目の下の皮膚が小刻みに痙攣していた。

「一宮先生は言葉の暴力と叱ることは違うと言いましたが、現場の教師すべてがその境界線を理解しているとは思えません。叱るつもりが暴言や脅しになることも十分にありえます。言葉とはデリケートなもので、扱う人間によって薬にも毒にもなります。全国放送の電波で軽はずみなことを言うと、これは言葉の暴力ではなく叱っているんだ、と大義名分をつけて生徒に言葉の暴力を浴びせることになるのです。私たちの発言は、居酒屋での会話とは違います。一言一言に物凄い影響力があるということをしっかり理解した上で、持論を展開しなければなりません。大人のエゴや過ちで傷つくのは、いつでも青少年ですからね」

森田は悲痛な表情を作って見せた。

世の中を回しているのは大人だ。

親の脛を齧っている半人前の分際で生意気に自我を通そうとするガキどもは、傷つくだけ傷つけばいい。

だが、多少は感謝している。

クソガキをだしに使うことで、いまの地位、名誉、財産を築いたのだから。

☆

美人局との待ち合わせ場所の児童公園のベンチに座った森田は、スマートフォンの時計を見た。

PM5：10

約束の時間を既に十分過ぎていた。

「クソガキが、また遅刻か」

森田は舌打ちした。

だから、十代の男子は嫌いなのだ。

若気の至りという言葉で、なにをやっても許されると思っている。

森田が全知全能の神なら、世界中の十代男子を抹殺するだろう。

不意に、肩を叩かれた。

青年に違いない。

「この野郎っ、大人を舐めるのも……」

振り返った森田は、息を呑んだ。

「誰と間違えているんだ？」

肩を叩いたのは青年ではなく井波だった。

「ど……どうしてあんたが……」

わけがわからなかった。

なぜ、井波がここにいる？

「まあ、その話はあとにして、まずは謝罪させてくれ。今回は、すまなかった」

井波が唐突に頭を下げた。

「な、なんであんたが謝るんだ？」

さらに、わけがわからなくなった。

いったい、これはどういうことだ？

「息子のやらかした不始末は、親の責任だからな」

頭を上げた井波が神妙な顔で言った。

「あんた、さっきからなにを言ってるんだ!? とにかく、俺はいま忙しいから構わず消えてくれ」

青年が現れたら、厄介なことになる。

井波は森田のネタを摑み、逆襲してくることだろう。

「まだわからないのか? 案外、鈍いんだな」

井波が一転して、薄笑いしながら言った。

「持って回った言いかたはやめろ! 俺はあんたと遊んでいる暇は……」

「十六歳のギャルとの淫行、飲酒、違法薬物摂取で脅されていたんだろう?」

「なっ……」

森田は絶句した。

「お前を嵌めて強請《ゆす》ったのは、俺の息子だ」

「は? あんた、なに言ってるんだ!? いくら俺に恨みがあるからって、でたらめを並べるな!」

森田は、井波に声を荒らげた。

「でたらめだと思いたい気持ちはわかるが、これは本当のことだ。お前を脅した美人局は、俺の息子だ」

井波が眉一つ動かさずに言った。

騙されるな! 鎌《かま》をかけて渚とのスキャンダルネタを摑み、『週刊荒波』の誌面で逆襲しようと企んでいるに違いない。

「あんたの猿知恵は、とっくにお見通しだ。女優初挑戦の付け焼刃のアイドルみたいな下手な芝居はやめろ。あんたの魂胆は見え見えだ。第一、もし、本当にあの美人局が息子なら、あんたが俺の前に現れるわけがない。犯罪に手を染めた息子があんたの子だと、一番知られたくない相手が俺だからな。どこの世界に、自分の息子を警察に突き出そうとする馬鹿な親がいる？」

森田は強張った頬の筋肉を無理やり従わせ、余裕の笑みを浮かべて見せた。

「俺が馬鹿になれずに庇い続けた結果、馬鹿な息子に育ってしまった。お前が以前、マッチングアプリで悪さをしている息子のネタで俺を脅してきたときに、突《つ》っ撥《ぱ》ねるべきだった。俺は息子を警察沙汰にしたくない思いで頭が一杯になり、お前の出した卑劣な交換条件を呑んでしまった。お前の若月ラムとの不倫淫行スキャンダルは誤報だったと全国放送で謝罪したり、お前の息子に制裁を与えるために半グレを紹介したり、日村の同棲している彼氏が人気アイドルでゲイだということを教えたり……罪を犯した息子を守るために、悪魔に魂を売ってしまった」

井波が唇を噛み締めた。

「俺が地獄に堕《お》ちるのは自業自得だ。だが、息子が地獄に堕ちるのを食い止めるのが親の務めだ。息子が寝ているときに、スマホのロックがかかってなかったから覗いてみたら、ダウンロードしているマッチングアプリをみつけた。まさかと思ってDMの履歴を追ったら、女と関係を持った男性会員に送った脅迫メッセージが何通もあった。その中に、お前にたいしての脅迫メッセージもあった。愕然《がくぜん》としたよ。お前から脅されたとき、息子をきつく叱った。今回は見逃すが、二度目はないと。本人は泣きながら反省し、何度も詫びた。信じたよ……いや、信じたかった。甘かった。息子は、そんなことで改心するような純粋な心を失っていた。俺の間違った愛が、失わせてしまったんだ……」

井波が声を震わせた。

嘘をついている様子はなかった。

「あっ！」

自分は、なんという間抜けだ。

渚を餌に自分を嵌めて脅迫してきた美人局は、井波の弱みだった高校生の息子だったのだ。

どうして、気づかなかったのだ……。

嵌められたことでパニックになり、美人局と井波の息子を繋げることができなかった。

「そ、それでどうするつもりだ？　まさか、息子を警察に突き出したりはしないだろう？」

森田は恐る恐る訊ねた。

そう、親が子供を売るはずがない。

森田にやられた仕返しのつもりで、脅しているだけに違いない。

いや、果たしてそうだろうか？

自分のように、威厳を保つために息子を半殺しにしたり娘をレイプさせたりする父親もいるのだ。井波が、息子を警察に売っても不思議ではない。

「突き出すに決まってるだろう。息子は罪を犯した。犯した罪は、償わせなきゃならない」

井波が厳しい表情で言い切った。

まずい……まず過ぎる。

井波は本気だ。

息子を警察に突き出すということは、当然……。

頭から血の気が引いた。


カリスマ青少年教育コンサルタント森田誠、十六歳の少女と淫行、飲酒、薬物使用！

大人気青少年教育コンサルタント森田誠の裏の顔！

森田誠、未成年と違法薬物セックス！


新聞や週刊誌の見出しが、蒼褪めた森田の脳内に飛び交った。

逆に、その程度で済めばましかもしれない。

十六歳の少女との淫行と飲酒に、やっていないとはいえ薬物使用の疑いが加われば、井波がその気になれば森田は刑務所行きになる可能性が高い。

かつて感じたことのない恐怖が、森田の背筋を這い上がった。

捨て身になった井波から弱味が消えたいま、森田には打開策が見出せなかった。

森田誠史上一番の、絶体絶命の大ピンチだ。

どうすればいい？　どうすればいい？　どうすればいい？

焦燥感が森田を急《せ》き立てた。

待て待て待て……焦りは禁物だ。

弱味を見せたら最後、ハイエナは徹底的に追い詰めてくる。

大ピンチだからこそ、強気に行くべきだ。

「わかった。あんたにもいろいろ協力してもらったことだし、今回のことはなしにしてやるよ」

森田は上から目線で言った。

「は？　なに言ってるんだ？」

井波が怪訝な顔になった。

「あんたの息子さんは、高校生だろ？　大学に進学するにしても就職するにしても、経歴に傷がついたら息子さんの未来はなくなる。まだ十七、八の青年の未来を潰すことはしたくない。だから、俺があんたの息子さんに嵌められたり強請られたりしたことは水に流してもいいと言ってるんだ。あんたも、息子さんのために心を鬼にしたつもりだろうが、考え直したほうがいい。愛の鞭のつもりが、息子さんを再起不能にしてしまうことになる。だから、今回は俺が一歩引いて……」

「お前、なんか勘違いしてないか？」

井波が、押し殺した声で森田を遮った。

「え？　俺がなにを勘違いしているって？」

「自分は被害者みたいな顔をしているが、お前も犯罪者だってことを忘れるな」

井波が森田を見据えた。

「犯罪者って、ひどい言い草だな。俺はあんたの息子に嵌められて……」

「嵌められようがなんだろうが、お前が十六歳の少女とセックスして酒飲んで違法薬物を摂取したことは事実だ」

ふたたび、井波が森田を遮った。

「たしかに、そうかもしれない。だが、よく考えてみてくれ。俺は四十年以上生きてきて、ほとんどのことはやり尽くした。だが、あんたの息子の未来はこれからだ。人生終盤に向かう俺は裁かれても構わないが、人生序盤の息子にはチャンスを与えてやってくれないか？　誤解してほしくないのは、自分が助かりたいからじゃない。青少年教育コンサルタントとして、あんたの息子の経歴に傷をつけたくないんだよ」

森田は悲痛な表情で井波をみつめた。

自分を嵌めたクソガキは八つ裂きにして豚の餌にでもしてやりたいが、窮地を乗り切るために我慢した。

ほとぼりが冷めた頃に、闇バイトで金目当ての犯罪予備軍を四、五人集めて井波の息子を襲撃させるつもりだった。それぞれに十万円ずつ摑ませれば、喜んで美人局のガキを袋叩きにするだろう。

突然、井波が大笑いした。

「なにがおかしい？」

「笑わせるな！　な〜にが、未来ある息子のためだ！　お前の頭には、自分がどう助かるかだけしかないだろうが！」

井波が、燃えるような瞳で森田を睨みつけてきた。

「井波さん、落ち着くんだ。気持ちはわかる。でも、俺への恨みで早まった行動を取ってしまえば息子に前科が……」

「前科をつけなきゃならないんだよ！　息子も！　お前も！」

井波が、森田に人差し指を突きつけてきた。

まずい……。息子をだしに使う作戦も通用しない……。

こうなれば、恥も外聞もない。

森田誠がカリスマとして生き残るためには、なりふり構っていられない。

「頼む！　この通りだ！」

森田は井波の足元に土下座した。

「なんの真似だ？」

「いままで、あんたには本当に申し訳ないことをした。お詫びとして、百万……いや、二百万やるから、これまでのことは水に流してくれ！」

森田は懇願した。

井波には二百万円どころか二百円もくれてやりたくなかったが、絶体絶命のピンチを乗り越えるためには仕方がない。

「ふざけるな。金で釣られると思ったら、大間違いだ！　お前を、刑務所に送り込んでやる！」

井波が吐き捨てた。

「三百万……いや、五百万でどうだ!?　なんなら、あんたの言い値を出してもいいから、いままでのことを水に流してくれ！　頼む！　この通りだ！」

森田は、井波の足にしがみつきながら懇願した。

覚えてろよ！　この窮地を脱して落ち着いたら、闇サイトでお前に懸賞金をかけて抹殺してやるからな！

　森田は心で井波を恫喝した。

「たとえ一億積まれても、お前みたいな人間のクズの取り引きに応じるつもりはない！　じゃあ、刑務所で会おう」

　井波は森田の手を振り払い、足を踏み出した。

　井波の背中を見送る森田の脳内に、絶望の二文字が浮かんだ。

23

「君の好きな蜂蜜《はちみつ》入りの卵焼きを作ったよ」

　翔《しょう》が、卵焼きの皿とシリアルの入ったガラスボウルを日村の前に置いた。

　百八十センチの長身に細マッチョの肉体、イタリア人のハーフと間違われる彫りの深い顔立ち、センター分けの長髪……翔は、トップアイドル時代となにも変わらない洗練された容姿を維持していた。

「ありがとう。君も座りなよ」

　日村は翔に言った。

「ちょっと待って、洗い物を済ませるから」

「いいから、座ってくれないか。君に、話があるんだ」

「なんだい？　改まって」

翔がエプロンを外しながら、日村の隣に座った。

「僕は、許されない罪を犯してしまった」

日村は切り出した。

悩みに悩んだ末に、告白することに決めた。

いままで告白しなかったのは、翔に軽蔑されるのが怖かったからだ。

「なになに？　なんだか怖いな。まさか、僕と別れたいとかじゃないよね？」

翔が冗談めかして言った。

日村は笑えなかった。

「森田さんを知ってるよね？」

「森田先生？　もちろん。ヒム君が秘書をやっていた立派な先生でしょう？」

翔が屈託のない笑顔で答えた。

彼は知らない。

正義の仮面を被った悪魔の素顔を……。

「じつは、森田さんは君が思っているようないい人間じゃないんだ」

「どういうこと？　いつも青少年の未来を考えて活動している立派な先生じゃない」

微塵の疑いも抱かない翔に、日村の胸が痛んだ。

「あれは善人の仮面を被っているだけで、現実の彼は悪魔のような男だ」

日村は吐き捨てるように言った。

「森田さんが悪魔？　どういうこと？」

翔が怪訝な顔で訊ねてきた。

森田が病的に十代のギャルを好きであること、若月ラムとの不倫淫行動画で日村が森田を嵌めたこと、森田に逆襲され翔との関係をマスコミに流すと脅されたこと、反抗的な十五歳の娘を懲らしめるために森田からレイプするように命じられたこと……日村は意を決して、これまで秘密にしていたことをすべて話した。

「そんな……」

翔が絶句した。

「黙ってて、ごめん」

日村は素直に詫びた。

「最低だよ……」

翔が嫌悪に顔を歪め、震える声で言った。

「そうだよな。本当にごめん……」

日村はうなだれた。

謝って済むことではない。

いくら翔のためとはいえ、森田の言いなりになって十五歳の少女を凌辱してしまったのだ。

日村は、別れを告げられることを覚悟した。

純粋な翔に、自分のような薄汚れた男は相応しくない。

「ヒム君のことじゃないよ」

「え……?」

「森田さんのことだよ。弱味を握って、ヒム君にそんなひどいことをさせるなんて……」

翔が美しい顔を歪ませ、唇を噛んだ。

「いや、断ることもできたのに、従ったのは俺……」

翔が日村を抱き締めてきた。

「つらかったよね？　僕のために、ヒム君に嫌な思いをさせてしまって……ごめん、そしてありがとう」

翔の言葉に、日村の心が震えた。

「翔……僕を責めないのか？」

「どうして？　ヒム君は、僕を守るために汚れ役を引き受けてくれたんでしょう？　感謝することはあっても、責めるわけないじゃないか」

日村を抱き締める翔の腕に力が入った。

「翔、ごめん……本当にごめん……」

日村は、嗚咽交じりに詫びた。

「許せない……」

翔が怒りに震える声で言った。

「え？」

「なにが起こっても、僕を嫌いにならないでくれる？」

「僕を許してくれた翔を、嫌いになるわけないだろう」

日村は、翔の顔をみつめながら言った。

「ありがとう。僕に任せて」

翔が微笑んだ。

「なにをする気？　森田とかかわっちゃだめだよ。あいつは危険な男だ」

日村の胸に、不安が広がった。

「愛する人を守るためなら、僕も危険な男になれるよ」

翔が力強く頷いた。

「本当にだめだって。あいつは、息子を痛めつけるのに半グレを雇うような卑劣な男だぞ！」

日村は訴えた。

「ヒム君。僕は、君が考えているよりも汚れた人間だよ。欲望渦巻く芸能界のど真ん中にいたからね。その気になれば、半グレ以上の危険な人間に連絡することもできるんだ」

翔の顔から微笑みが消えた。

「翔……」

日村は息を呑んだ。

激しい胸騒ぎがした。

「奴がヒム君を地獄に叩き落とした悪魔なら、僕は魔王になって奴をそれ以上の地獄に叩き落とすから」

翔が、ぞっとするような冷たい眼で言った。

ふたたび、抱き締められた。

「ヒム君の仇は……僕が取るから……」

怒りに震える翔の声が、日村の胸騒ぎに拍車をかけた。

だが、もう、止める気はなかった。

大罪を犯した者には、誰かが天罰を与えるべきだから。

24

スマートフォンが鳴った。

森田はディスプレイに表示された名前を見て、薄笑いを浮かべた。

「もしもし？　いまさら、俺になんの用だ？」

森田はわかっていながら皮肉っぽく訊ねた。

『あれからよく考えてみたんだが、今回の件はなかったことにしようと思う』

受話口から流れてくる井波の声に、森田は右の拳でガッツポーズを作った。

予想通りだった。

息子を更生させるために警察に突き出すなどと偉そうなことを言っていたが、やはり井波は子供に弱い馬鹿親だ。

「息子と俺を、刑務所にぶち込むんじゃなかったのか？」

森田は突き放すように言った。

昨日、土下座までした森田を足蹴にした井波を簡単に許す気になれなかった。

『イジメないでくれよ。あんなふうに突き放して、悪かった。とにかく、今回のことはすべてなかったことにするから忘れてくれ』

井波が、森田をなだめるように言った。

「つまり、俺の未成年少女との淫行と飲酒には眼を瞑《つむ》るから、息子の犯した罪も忘れてくれってことか？」

森田は皮肉っぽく言った。

『ああ、そういうことだ。お前も、これまで通りカリスマ青少年教育コンサルタントとして名声を誇りたいだろう？　な？　お互いいがみ合うのはやめて、それぞれの道を歩もう』

井波が森田を諭してきた。

「わかった。あんたがそこまで言うなら……」

森田の勝ち誇った声に、スマートフォンの着信音が重なった。

「電話が入ったから……」

森田は、言いかけて気づいた。

いま電話をかけているのに、どうして着信音が？

『電話が鳴ってるぞ？　出なくていいのか？』

井波にも聞こえているのか？

ということは、この着信音は幻聴ではない。

だが、もう一台のスマートフォンはバイブレーターにしてあるので、着信音が鳴るはずはない。

『おい、早く出ろよ。お前を、地獄に叩き落とす奴からの電話だから』

井波が意味深に言った。

「は⁉　地獄⁉　お前、なにを言ってるんだ！」

森田の怒声を、井波の高笑いが掻き消した。

「おい！　やめろ！　笑うな！　笑うなって、言ってるだろう！」


天井が見えた。

森田はリビングルームのソファに寝ていた。

ゆっくりと上体を起こした。

「いっ……」

森田は顔を顰めた。

頭が割れるように痛かった。

テーブルには、空の赤ワインのボトルが二本転がっていた。

森田の記憶が、ゆっくりと蘇った。


――嵌められようがなんだろうが、お前が十六歳の少女とセックスして酒飲んで違法薬物を摂取したことは事実だ。

警察とマスコミにすべてを暴露すると井波に宣告され、森田はやけ酒を飲んでそのまま酔い潰れたのだった。

それにしても、嫌な夢だった。

自分を地獄に叩き落とす電話って……。

テーブルの上のスマートフォンが鳴っていた。

跳ね上がる心拍――ディスプレイに表示される非通知の文字。

嫌な予感がした。

『もしもし？　森田誠さんですか？』

聞き覚えのない男性の声が、受話口から流れてきた。

「あなたは？」

不吉な予感に導かれるように、森田は訊ねた。

『『週刊真実』の原と申します。森田さん、十六歳の少女と薬物淫行をしたというのは本当ですか？』

「な、なにを言ってるんだ。ば、馬鹿馬鹿しい」

森田は懸命に平静を装い、干乾びた声で言った。

『テレビ観てないんですか？　いまちょうど、朝の情報番組で森田さんのことをやってますよ。『あさ生！』をつけてください』

森田は電話を切ると、震える手でリモコンを手に取り、テレビをつけた。

すぐにスマートフォンのコール音が鳴ったが、森田は無視した。

『私は、マッチングアプリで美人局をやっていた息子の弱味をネタに、森田に脅されていました』

「なっ……」

テレビカメラの前で、直立不動で独白する井波に森田は絶句した。

『『週刊荒波』で報じた若月ラムとの不倫淫行スキャンダルは誤報だったと『あさ生！』で発表し、謝罪しろと。息子かわいさに、私はジャーナリストとして恥ずべき行為を取ってしまいました。その後、森田に、反抗する息子を痛めつけたいから半グレを用意しろと命じられました。森田は高校生の息子を半グレに半殺しにさせました。私は、森田の卑劣な犯罪の片棒を担いでしまいました。しかし、私の息子は更生するどころか、マッチングアプリで少女を使って男性会員から金を脅しとることを続けていました。皮肉なことに、息子の美人局トラップに森田が引っかかりました』

「や、やめろ……全国放送で、なにを言ってるんだ！」

テレビに向かって叫ぶ森田を嘲笑うように、井波の独白は続いた。

『息子が用意した十六歳の少女とマッチングアプリのダイレクトメッセージでやり取りした森田は、セックス部屋として借りていたマンションに彼女を呼び、行為に至りました。スタッフさん。お願いします』

井波がなにかを促した。

「な、なにをお願いしますだよ？」

森田は、テレビの前で不安げに呟いた。

「うあっ！」

画面に映し出された画像に、森田は大声を張り上げた。

井波の息子が森田に送りつけてきた、渚と行為に及んでいる画像だった。

渚の顔とバストトップ、結合部にはモザイク処理が施されていた。

「な、なんてことを……」

森田は、掠れた声で呟いた。

『ちなみに、ただの淫行ではなく、飲酒と違法薬物を摂取しながらです』

「ば、馬鹿野郎！　嘘を言うんじゃねえ！　飲酒セックスはしたが、薬物はやってねえ！　俺から金をふんだくるために、お前の息子が仕込んだんだよ！」

『スタッフさん、画像をお願いします』

ふたたび、井波がスタッフを促した。

「おいおいおい、待て待て待て！」

森田は、テレビに向かって両手を突き出した。

「まさか……」

森田の口内は、からからに干上がった。

「頼む……頼むから、やめてくれ……」

森田は顔前で掌を合わせた。

淫行も罪だが、違法薬物を摂取した罪とは比較にならない。

森田は違法薬物などやってないが、この流れであの写真を流されたら誰も信じてくれない。

いや、もう、暇人の視聴者の好感度などどうだっていい。

視聴者に判断力はなく、テレビや新聞で報じられる情報によって主観をころころと変える生き物だ。

そもそも、視聴者に主観などない。暇潰しになれば、それが真実でもガセでもどうだっていいのだ。

逆に言えば若月ラムのスキャンダルのときのように、窮地を切り抜けることができたら好感度などいくらでも取り返せる。

だが、違法薬物だけはだめだ。悪運の強い森田でも、再起不能になってしまう。

「全国放送であんな写真を放映されたら……あーっ！」

テレビのモニターに映し出されたあんな写真……ソファに座る森田と渚の背後に映り込むセックスドラッグのボトル。

スタジオのコメンテーターがざわめいた。

『これが、動かぬ証拠です。青少年の救世主として有名な森田誠の正体は、十七歳のギャルタレントと不倫淫行した事実を私の息子の犯罪をネタに誤報だと謝罪させ、視聴者、番組スタッフ、スポンサーを欺いた裏で、マッチングアプリで漁った十六歳の少女と違法薬物を摂取しながらの、いわゆるキメセクをしている犯罪者です！』

井波の言葉に、コメンテーターのざわめきが大きくなった。

「終わった……」

森田は、テレビの前で腰砕けになった。

相変わらず鳴り響くスマートフォンのコール音に、インターホンのベルが重なった。

どちらも、マスコミに違いない。

「いや！　まだだ！　まだ終わっちゃいない！」

森田は、己を奮い立たせるように叫びながら立ち上がった。

一度テレビで嘘を吐いた井波を、逆利用してやればいい。

森田は渚を成人だと思っていた……これは嘘ではない。

渚とはマッチングアプリで出会った……これは認めるしかない。

だが、いかがわしいアプリではなく、きちんとした交際相手を探す目的で入会したアプリだった、と主張すればいい。

森田誠がマッチングアプリに登録するなどイメージダウンだが、背に腹は代えられない。

重要なシナリオは、ここからだ。

森田は渚を気に入り、真剣交際を始めた。だが、渚は違った。

渚との出会いは、森田に恨みのある井波が息子を使って仕組んだトラップだった。

井波の仕組んだトラップは、未成年の渚を成人と偽らせ森田に接触させる。男女の関係にさせ、情事を盗撮する。森田の人生を破滅させるために、渚に命じてセックスドラッグのボトルをテーブルに置かせた。

森田は離婚しているので、不倫にはならない。渚が未成年だったことも知らなかったし、違法薬物は仕込みだった。

井波を黒幕にすれば、最悪の事態は免れる。

一時的に仕事は激減するだろうが、「しくじり先生」にでも出演して一からやり直す姿を見せれば、好感度も徐々に取り戻せるはずだ。

視聴者はマスコミのイメージ操作で評価を変える馬鹿ばかりだから、森田の復活は十分にあり得る。

「てめえっ、見てろよ！　俺を地獄に叩き落としたつもりだろうが、逆に息子ともども無間《むけん》地獄に葬ってやる！　キル・ユー！　ファック・ユー！」

森田はモニター越しの井波に向かって、親指で喉を掻っ切るポーズをしたあとに中指を突き立て舌を出した。

「俺はカリスマ森田誠だぞ！　未成年とセックスしたくらいで、潰れるわけないだろうが！　お前らに嵌められた陰謀だということを、俺が証明してやるから待ってろ！」

森田はテレビの中の井波に中指を突きつけ、宣戦布告した。

その間中も、インターホンが鳴り続けていた。

「マスコミの糞バエ野郎が！　俺を晒し者に……」

森田は言葉の続きを呑み込んだ。

これは、絶体絶命の窮地を脱するチャンスかもしれない。

自宅に押しかけてきたマスコミの前に出て、今回のスキャンダルは、井波が息子を使って森田を社会的に抹殺するための陰謀だと暴露すればいい。

森田はリビングルームを飛び出し、玄関に向かった。

姿見の前に立ち、身だしなみを整えた。

憔悴《しょうすい》した姿でマスコミの前に現れ、ファンを失望させるわけにはいかない。

カリスマ青少年教育コンサルタント森田誠は、無知無能な庶民の希望であり続けなければならないのだ。

森田は鍵を解錠し、ドアノブに手をかけると深呼吸した。

呼吸が整うとキメ顔を作り、ドアを開けた。

目の前に、森田と同年代の二人のスーツ姿の男が立っていた。

男たちの背後——カメラとマイクを手にした記者たちが森田邸を取り囲んでいた。

テレビカメラも入っているようだった。

森田の潔白を証明するには、おあつらえ向きな舞台だ。

「森田誠さんですね？」

柔道家のようなガッチリした体形の男が訊ねてきた。

「はい。そうです。あなたたちは、どこの局の方ですか？」

森田は余裕の笑みを湛《たた》えながら訊ね返した。

「港中央署の者です。あなたを、児童買春・児童ポルノ禁止法違反、覚醒剤《かくせいざい》取締法違反の容疑で逮捕します」

柔道家体形の男が、逮捕令状を森田の顔の前に掲げながら言った。

「たっ……逮捕!?」

森田は裏返った声で繰り返した。

もう一人の長身の男が、森田の腕を摑み手首に手錠をかけた。

「ちょちょちょちょちょちょっ……ままま……待ってくれ！」

パニック状態に陥る森田の眼球を、記者たちが焚《た》くフラッシュの閃光が焼いた。

最終章

見慣れた路地、見慣れた建物、見慣れた店……三ヵ月ぶりに、森田は松濤の住宅街に戻ってきた。

港中央署に逮捕された森田は、全面否認を続けた末に検察庁に送検された。

刑事裁判でも森田は高額で雇った敏腕弁護士とともに徹底抗戦し、無罪を主張した。

結果、違法薬物に関しては使用が認められず、未成年少女との淫行に関しては渚がマッチングアプリのプロフィールに成人と年齢を偽っていたことで、児童買春・児童ポルノ禁止法違反は適用されずに無罪放免となった。

だが、青少年教育コンサルタントとしてテレビに講演会に引っ張りだこだった森田が、未成年とは知らなかったとはいえ、十六歳の少女と淫らな行為に及んでいた事実によるイメージダウンは大きかった。

逮捕前に出演していたレギュラー番組はすべて降ろされ、無罪判決を勝ち取ってもテレビ局からの連絡はなかった。二年先まで決まっていた八十三件の講演も、すべてキャンセルになった。

裁判に一千万円以上かかり、無職になり、まさに踏んだり蹴ったりだ。

「このままで、済むと思うなよ」

森田は押し殺した声で呟き、自宅へと急いだ。

不動産会社に管理を頼んでいたので、ライフラインは復旧していた。

森田には、やらなければならないことが山積していた。

レギュラー番組への復活、暴露本の執筆……失った信頼と名誉を取り戻すためには、ふたたび表舞台で活躍する必要があった。

気が急《せ》いた森田はスマートフォンを取り出し、水曜日のレギュラーコメンテーターを務めていた朝の情報番組「あさ生！」の中山プロデューサーの携帯番号をタップした。

『オカケニナッタデンワハデンゲンガハイッテイナイカデンパガトドカナイバショニアルタメカカリマセン　オカケニナッタデンワハ……』

「くそっ！」

森田は電話を切り、別のテレビ局のプロデューサーの携帯番号にかけた。

『オカケニナッタデンワハデンゲンガハイッテイナイカ……』

「こいつもか！」

森田は吐き捨て、次々と仕事をしていたプロデューサーや出版社の編集者に電話をかけ続けた。

すべての相手の電話の電源が切られていた。

間違いない。

これは偶然ではなく、森田を着信拒否しているのだ。

「こいつら、俺に群がって甘い蜜《みつ》を吸いまくっていたくせにふざけやがって……ダニやシラミが人間に楯突いたらどうなるのか、思い知らせてやる！　俺は、森田誠だぞ！　生意気なクソガキから死にかけたクソジジイまで、この森田様を尊敬しているんだぞ！　俺が望めばどんなギャルでも股を開き、尻を向ける！　俺は神をも恐れぬ、いや、神さえも恐れる森田誠様だ！」

森田は道路の中央に仁王立ちし、高笑いした。

「ママ……あのおじちゃん、怖いよ……」

通りすがりの幼子が、母親らしき若い女性に震える声で言った。

「坊や〜、おじちゃんは怖い人じゃないからね〜」

森田は無理やり笑顔を作り、幼子に歩み寄った。

「ママ！」

幼子が泣きながら、母親の陰に隠れた。

「ほら、こっちにきなさい……」

母親が幼子の手を引き、早足で立ち去った。

「はん！　小汚いクソガキは、こっちがお断りだ！　若妻なら、抱いてやってもいいがな」

森田は子供の小さな背中に、悪態を吐いた。

「裏切者どもめ、待ってろよ。一人残らず駆逐してやるからな」

森田は押し殺した声で誓うと、足を踏み出した。

心で、もう一度誓った。森田城に戻り、王権を復活させることを……。

☆

「こ、これは……」

森田は、変わり果てた自宅の前で絶句した。

門扉や壁を埋め尽くす貼り紙に書かれた雑言と落書きに、森田は凍てついた視線を走らせた。

恥を知れ！　淫行男！

お前は、カリスマ青少年育成カウンセラーじゃなく、カリクビ性少年イク性カウパーだろう！

地獄に堕ちろ！　ロリコン男！

お前みたいな下種が青少年の救世主なんて、笑わせるな！

死ね！　死ね！　死ね！

ギャル好きの二重人格！


「う……嘘だろ……」

森田は干乾びた声で呟いた。

震える足で門扉を潜った森田は、玄関の前でふたたび絶句した。

大量の電マとバイブレーター、使用済みのコンドームが、ドアの前に散乱していた。

「くそっ……誰がこんなことを……」

森田はドアを開け、キッチンの収納棚からゴミ袋を取り出し外に出た。

片端から貼り紙を剝がし、拾い上げた電マとバイブレーターとともにゴミ袋に放り込んだ。

90リットルのゴミ袋が、すぐに一杯になった。

「ふざけやがって！」

森田はパンパンに膨らんだゴミ袋を抱え、部屋に戻った。

リビングルームに戻った森田は、ゴミ袋を放り投げソファに倒れ込むように座った。

無人の豪邸……逮捕前は、自由の楽園を謳歌《おうか》していた。

女を連れ込むのも自由、好みのＡＶ嬢のＤＶＤを観ながらオナニーをするのも自由だった。

だが、逮捕後……地位も名声も失った今、広過ぎるリビングルームの静寂に耐え切れなかった。

森田はテレビのリモコンを手にし、スイッチを入れた。

「旬人タイム」をやっていた。

芸能界、スポーツ界、経済界などで活躍する旬な人物をスタジオに呼び、ＭＣの元宝塚歌劇団のスターである空井美姫と対談する番組だ。

二年前に森田も、「いま話題の青少年の希望の星」として番組に出演した。

青少年の希望の星が、いまや青少年と薬物淫行で逮捕され、地位も名誉も失った晒し者だ。

裁判で結果的に無罪になったとはいえ、一度焼き付けられた犯罪者の烙印《らくいん》は永遠に消えることはない。セックス動画がテレビで流された以上、視聴者やスポンサーが森田を見捨てるのは当然のことだ。

独身の男が、マッチングアプリで出会った成人だと名乗る女を抱いただけだ。

それのいったい、なにが悪い？

二十年近くも枯れた四十路妻を義務的に抱いてきた自分が、離婚して若い女性の肉体を貪るくらいのご褒美が罪だというのか⁉

「くそっ、こんな番組見てられるか！」

『今日のゲストは、元トップモデルで現在はカリスマ・ママタレントとして日本中の主婦の憧れの的の、小谷由梨さんと、長男の佑真君と長女のひまりさんです！』

テレビから流れるＭＣの声に、森田はリモコンのスイッチに伸ばした指を止めた。

森田は、テレビに顔を向けた。

「なっ……」

森田は絶句した。

テレビの中──ゲスト席のソファに座る由梨と、左右に座る佑真とひまり。

「これはいったい……」

森田は息を呑んだ。

画面越しにも、由梨が美しく若返っているのがわかった。

整形ではない。

肌が瑞々しくなり、瞳が生き生きと輝いていた。

出会った頃の、二十代の由梨を思い出した。

いまの由梨なら、義理ではなくいくらでも抱ける。

離婚してから、なにがあったというのだ？

女としての魅力のかけらもなくなった干物のような由梨が、森田のペニスが反応するほどに輝き、二人の子供がなにごともなかったように幸せそうな顔をしている。

『インスタグラムのフォロワー数が五十四万人、出版した『女性はいつからでも輝ける』は発売一ヵ月で十万部を突破し、まさに小谷さんは飛ぶ鳥を落とす勢いでご活躍ですね。私も小谷さんと同年代です。小谷さんのように輝ける秘訣《ひけつ》を教えてください』

MCが、身を乗り出して訊ねた。

インスタグラムのフォロワー数が五十四万人!?　出版した本が発売一ヶ月で十万部突破!?

あの由梨がか？　どうして？　離婚された四十路女が、どうして主婦たちの憧れに……。

まて、小谷？　小谷ってなんだ？　由梨の旧姓は相良だ。

もしかして……。

『秘訣なんてありません。私は普通の主婦です。主人が寛容な人で、私を一人の女性として尊重してくれて、好きなことをやらせてもらっているおかげです』

「やっぱり、再婚してたのか！　再婚相手は誰だ!?　いまの旦那に、俺ほどの知名度と財産があるとは思えない。せいぜい、ITなんちゃらで一時的な小銭を稼いだ俄《にわか》実業家か、金だけはある隠居老人に決まってる。俺ほどのセレブとは、二度と巡り合えねえんだよ！」

森田の高笑いが、家族のいないリビングルームに響き渡った。

『またまた、ご謙遜《けんそん》を。いま日本で……いや、世界で最も旦那さんにしたいナンバー1の男性を射止めた小谷さんが、普通の主婦なわけないじゃないですか！　年甲斐《としがい》もなく、私もあんなに素敵な旦那さんなら女性として生まれ変われるかな、と思っちゃいます！』

MCが、言葉通りに年甲斐もなくはしゃぎながら声を弾ませた。

由梨の結婚相手が、世界で最も旦那さんにしたいナンバー1だと!?

その男は、MCという立場も忘れさせるほどのセレブリティだというのか!?

『家では、いい意味で平凡な旦那さんですよ』

由梨が謙遜して微笑んだ。

『では、その〝平凡な旦那さん〟にビデオレターを頂いているので、ご覧ください！　ＶＴＲスタート！』

「えっ……」

　ＭＣから切り替わった画面に映った若い男を見て、森田は言葉の続きを失った。

「う、嘘だろ……」

　干乾びた声が、唇を割って出た。

　森田邸のリビングルームの五倍はありそうな、一目でわかる広々とした空間、特大のロングソファに座る身長百九十センチはありそうな巨体の青年、青年の両脇に寄り添う佑真とひまり……森田は、衝撃的なＶＴＲをあんぐりと口を開けたまま見つめた。

　これは、夢かドッキリか……。

『どうも、「ロサンゼルスデンジャース」の小谷洋平です。由梨と結婚してまだ日は浅いですが、体調管理をしてくれるので凄く助かっています。妻は栄養士とフードコーディネーターの資格を持っているので、バランスのいい食事を摂ることができるようになって、パフォーマンスが格段に上がりました。それだけでなく、妻の前向きな性格にもずいぶんと助けられています。ピッチングやバッティングの調子が悪くてチームが負けたときも、妻が野球とは無関係の話題で盛り上げてくれ、いつの間にかすっかり気持ちが切り替わってます』

　小谷が童顔を綻《ほころ》ばせた。

「こっ、小谷洋平が由梨の新しい旦那だと……。十年契約で契約金が一千億円超えの世界のスーパースターが、由梨と結婚しただと……」

俄かには、信じられなかった。

世界中の女子が玉の輿《こし》を狙うプロ野球選手、小谷洋平を、自分が捨てた賞味期限切れのロートル女が射止めただと⁉

しかも小谷洋平は、まだ二十四歳のはず……ありえない、ありえない、ありえない！

どうやって騙した⁉　どうやって嵌めた⁉　どうやって脅した⁉

まともに恋愛して、未来ある二十四歳の一千億円長者が、お古の四十路ババアを選ぶか⁉

そんなことが、あるはずはない……いや、あってはならない！　自分より、由梨が幸せになるなど絶対に許せない！

『子供たちの存在も、大きいですね。佑真君もひまりちゃんも年が近いということもあり、友人のようになんでも話すことができて、僕も気の合うクラスメートといるようで毎日を楽しく過ごせています。ね？』

小谷が、佑真とひまりに同意を求めた。

『洋平さんがパパになるなんて、毎日が夢みたいです！　だって、昨日までテレビで観ていたスーパースターの家で、一緒に暮らすことになったんですよ！　部屋も二十室くらいあるんです！　トイレは五つでお風呂は三つ、庭は学校のグラウンドみたいで……もう、これまで生きてきた中で一番幸せです！』

佑真が、頬を上気させて声を弾ませた。

『私も、毎日が夢みたいです！　イケメンだし、背も高いし、お金持ちだし、スーパースターだし、優しいし……それにかわいいし！　ママより私のほうが年も近いし、ひまりが洋平君と結婚したいくらい！』

　ひまりが、頬を上気させて声を弾ませた。

「これまで生きてきた中で、一番幸せだと⁉　じゃあ、俺との暮らしは⁉　父さんの子供に生まれてよかったって、いつも言ってたのは嘘だったのか⁉　毎日が夢みたいだと⁉　洋平君と結婚したいだと⁉　将来は、パパと結婚したいと言ってたのは嘘だったのか⁉　栄養士にフードコーディネーターの資格だぁ⁉　前向きな性格で明るくしてくれるだぁ⁉　そんなもん、化粧を剝がして太陽の下で見たら皺くちゃで、服を脱がせたら鶏がらみたいな魅力のないババアが、分不相応な若い男を仕留めるために必死になって取った資格だろうが！　はん！　小谷もたいしたことがねえな！　二十室の部屋だぁ⁉　トイレは五つでお風呂は三つだぁ⁉　学校のグラウンドみたいな庭だぁ⁉　十年契約で一千億だぁ⁉　そんなもん、ぜーんぜん、少しも、ちーっとも羨ましくねえぞ！」

　森田は勢いよく立ち上がった。

「俺には、お前の未来が見えるんだよ！　スポーツ選手の栄光は束の間、怪我をして、引退を余儀なくされて、自棄になって金を浪費し、言い寄ってきて金を吸い取ろうとする輩に利用されて怪しげな先物取引に手を出し金を騙し取られ、気づいたら豪邸も手放し取り巻きも離れ、家族にも捨てられ自己破産の憂き目に遭うのがお前の末路だぁ！　ざまあみやがれ！　そのときは、俺が家政婦にでも雇ってやるぜ！　だぁーっはっはっはっ！」

　森田は、画面の中の小谷洋平を指差して大笑いした。

「だぁーっはっはっ……」

インターホンが鳴った。

「なんだ!?　こんなときに……」

森田は、舌打ちをしながらモニターカメラを覗いた。

青と白の縦じま模様のユニフォームを着た配送員が、段ボール箱を抱えて立っていた。

『「佐山急便」でーす！　お届け物に参りましたー！』

「届け物？　どこから？」

森田は怪訝な声で訊ねた。

三ヵ月間、檻《おり》の中にいたので注文などしていない。

『「桜富士テレビ」の、中山様からのお届け物でーす！』

「『桜富士テレビ』の中山だと!?」

中山は、森田が水曜レギュラーをやっていた『あさ生！』のテレビ局のチーフプロデューサーだ。

井波を出演させ、掌返しに森田を地獄に叩き落とした中山がいまさら……。

もしや、再度の掌返し——無罪になった森田に擦り寄るための贈り物？

「現金な奴らめ！　ジュースの詰め合わせやせんべいじゃねえだろうな……」

森田はぶつぶつと言いながら、玄関に向かった。

内鍵とチェーンロックを外した瞬間、勢いよくドアが開き、白、黒、赤、青の仮面をつけた複数の男たちが雪崩《なだ》れ込んできた。

インターホンを鳴らした男は、段ボール箱を持ったまま逃げ出した。

「なっ……なんなんだ!?　お前ら……」

森田はリビングルームに逃げ込んだ。

後頭部に衝撃――激痛とともに、森田の視界が縦に流れた。

目の前に床があった。

立ち上がろうとした森田は髪の毛を摑まれ、白と黒の仮面男に押さえつけられた。

強盗か？　いま流行の闇バイトで雇われた輩なのかもしれない。

迂闊《うかつ》だった。釈放されたばかりだというのに、踏んだり蹴ったりだ。

闇バイトの連中は、殺人も厭《いと》わないという。

命あっての物種だ。

「お前ら……金ならやるから……手荒い真似はやめてくれ……おいっ、なにをするんだ！」

背後にいる青の仮面男にベルトを外され、スラックスとトランクスを一気に脱がされた。

予期せぬ展開……感じたことのない恐怖に襲われた。

まさか……。

粟立つ脳みそ――破裂しそうな心臓。

赤の仮面男に尻を浮かされ、人気ＡＶシリーズの「女豹《めひょう》」のようなポーズを取らされた。

「ちょ……ちょっと、待て……待ってくれ！　やめてくれたら……五百万……いや、一千万やる！　だから、ここ……こんなこと……や、やめてくれ！」

森田はうわずる声で、必死に懇願した。

「あんたのカマを掘って、屈辱を与えろってのが命令だ」

赤の仮面男が、くぐもった声で言いながらスウェットパンツを下ろした。

「カ……カマを掘る!? 俺をレイプするより、女のほうがいいだろう!? 見逃してくれたら、紹介してやる! ウチの娘はどうだ!? 十代だぞ!? 若いから肌も綺麗だし、締まりもいいぞ! な? な? 娘をレイプしないか? 俺が電話したら、すぐにくるから……」

白の仮面男の拳が飛んできた。

口に激痛──生臭い血の味が、口内に広がった。

「聞いていた通りの下種男だな。生憎《あいにく》だが俺ら、女には興味がねえ。だからって男なら誰でもいいってわけでもねえがな」

黒の仮面男が吐き捨てた。

「いままでやってきた卑劣な悪事の数々を、男に犯《や》られる屈辱を味わいながら懺悔《ざんげ》しろ!」

「おかげさまで、あんたのそのみっともない怯えた姿で元気になったよ。任務を果たせそうだ」

黒の仮面男の言葉に続き、赤の仮面の男がいやらしく笑いながら森田の肛門に何かを押し付けた。

「お、おい……やめてくれ……五千万やってもいい! だから、やめ……ぎゃあっ!」

肛門が裂けるような激痛に、森田は叫び声を上げた。

「おら! しゃぶれや!」

黒の仮面男が森田の口を強引に開けさせ、滾《たぎ》り立ったペニスを突っ込んできた。

「やめふぇふれ……ほねふぁいだ……いふぁい! いふぁい! やめふぇふれー!」

肛門と口にペニスを突っ込まれた森田の断末魔が、リビングルームの空気を切り裂いた。

☆

森田は下半身裸で床にうつ伏せになっていた。

悪夢を見ていたのではなく現実に起こった出来事だというのは、口から溢れ出す精子と肛門から垂れ流れる血液交じりの精子が物語っていた。

これが天罰というものなのか？

森田の視界の端に、夫婦円満の秘訣を幸せそうに語る由梨の顔が入った。

『最後に、一言いいでしょうか？』

由梨がＭＣに申し出た。

『はい、もちろんです』

『感謝している人がいます。私を自由にしてくれてありがとう。おかげで、夢のような幸せな家庭を築くことができました』

由梨の笑顔が……佑真とひまりの笑顔が、悔し涙で滲んだ。

森田はのろのろと起き上がり、スマートフォンをソファの脚に立てかけ動画のスイッチを入れた。

カメラに映る場所で、うつ伏せになった。

「前妻の……小谷由梨の雇った半グレに……暴行されて……しまいました……恐らく……私に捨てられた……復讐でしょう……みなさん……この動画を……拡散……お願い……します……」

嗚咽交じりの切れ切れの涙声で、森田は言った。

いまのは、嘘の涙だ。

視聴者が信じようが信じまいが、小谷洋平の妻が前夫の森田を半グレを雇いレイプしたという告発は、一気に拡散されるはずだ。

真実がどうであろうと、森田の告発で由梨はもちろん、小谷洋平のクリーンなイメージにも傷がつくだろう。

うまくいけば、離婚問題に発展する可能性もあった。

真犯人を探して復讐するのは、森田が再浮上してからだ。

いまは、この地獄を利用して、由梨、佑真、ひまりを破滅に追い込むのが先決だ。

元妻、小谷洋平の妻に地獄に突き落とされた、憐れなカリスマ青少年教育コンサルタント、森田誠の独占手記二百四十分。これは話題を呼ぶだろう。

三人とも、俺のところまで堕ちてこい。俺がお前らの代わりに、このスキャンダルをきっかけにして、テレビや週刊誌のインタビューを受けまくり再ブレイクして見せる。

エンディングのテーマに乗ってカメラに手を振る由梨……森田はよろよろと立ち上がり、テレビに向けた血と精液に塗れた尻を右手で叩きながら振り返り、左手の中指を突き立てた。

「待ってろ！　ファッキュー！　由梨！　ゴートゥーヘル！」

初出　『ザ・フナイ』二〇二二年八月号（一七八号）〜二〇二四年四月号（一九八号）

本作品はフィクションです。

登場する人物、団体名はすべて架空のものであり、実在するいかなる個人、団体、場所と一切関係ありません。

【著者略歴】
新堂冬樹（しんどう・ふゆき）
小説家、実業家、映画監督。1998年に『血塗られた神話』で第７回メフィスト賞を受賞し、デビュー。“黒新堂”と呼ばれる暗黒小説から“白新堂”と呼ばれる純愛小説まで幅広い作風が特徴。『無間地獄』『カリスマ』『悪の華』『忘れ雪』『黒い太陽』『枕女優』『虹の橋からきた犬』『そのヘビ、ただのヒモかもよ!』など、著書多数。芸能プロダクションも経営し、その活動は多岐にわたる。

インスタグラムアカウント：shindo_fuyuki_official
X（旧ツイッター）アカウント：@shindo_business

シン人間失格

2024年6月1日　第1刷発行

著　者　新堂冬樹
発行者　唐津　隆
発行所　株式会社ビジネス社
〒162－0805　東京都新宿区矢来町114番地　神楽坂高橋ビル5F
電話　03－5227－1602　FAX 03－5227－1603
URL　https://www.business-sha.co.jp/

〈カバーデザイン〉林　陽子（Sparrow Design）
〈本文DTP〉茂呂田剛（エムアンドケイ）
〈印刷・製本〉モリモト印刷株式会社
〈編集担当〉赤塚万穂　〈営業担当〉山口健志

ISBN978-4-8284-2628-0

ビジネス社の本

そのヘビ、ただのヒモかもよ！
自己洗脳の思考術

新堂冬樹……著

定価１５４０円(税込)
ISBN 978-4-8284-2419-4

「私は、なぜ成功したのか？」
１日１千万稼ぐ営業マン、流行作家、大ヒットビデオ制作、芸能プロｅｔｃ．
新堂冬樹流ずるい思考術を大公開！

本書の内容
- 思考はおカネのかからない投資である
- 人間がネガティブなのは当たり前
- 成功する思考のトレーニング方法
- これから成功するビジネスとは？

ビジネス社の本

定価1650円（税込）

月刊 ザ・フナイ

マスメディアには載らない本当の情報

世の中にまだ広く知られていない
情報・新たな生き方、
世の中の仕組み・事実の発信

新堂冬樹先生の最新作
『雛鳥は夜に羽ばたく』
大好評連載中！